西方传统 经典与解释
Classici et commentarii
HERMES

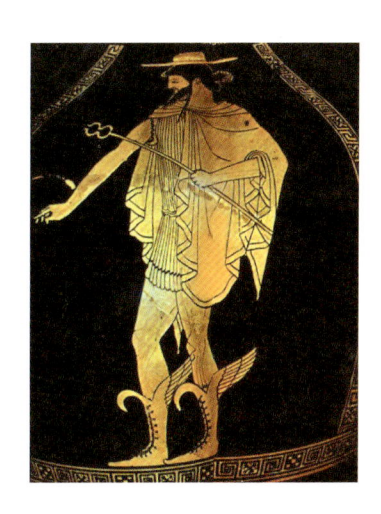

HERMES

在古希腊神话中,赫耳墨斯是宙斯和迈亚的儿子,奥林波斯神们的信使,道路与边界之神,睡眠与梦想之神,亡灵的引导者,演说者、商人、小偷、旅者和牧人的保护神……

西方传统 经典与解释
Classici et commentarii

HERMES

古今丛编

刘小枫 贺方婴◎主编

维吉尔的诗艺
——《埃涅阿斯纪》中的比喻与象征

Die Dichtkunst Virgils.
Bild und Symbol in der *Äneis*

［德］柏世尔（Viktor Pöschl）◎著
［德］塞利格松（Gerda Seligson）◎英译　黄芙蓉◎译　王承教◎校

华东师范大学出版社
·上海·

华东师范大学出版社六点分社　策划

本书由中国社会科学院"绝学"、冷门学科建设项目——"古典学研究"资助出版

出版说明

自严复译泰西政法诸书至20世纪40年代,因应与西方政制相遇这一史无前例的重大事件,我国学界诸多有识之士孜孜以求西学堂奥,凭着个人禀赋和志趣奋力迻译西学典籍,翻译大家辈出。其时学界对西方思想统绪的认识刚刚起步,选择西学典籍难免带有相当的随意性和偶然性。1950年代后期,新中国政府规范西学典籍译业,整编40年代遗稿,统一制订选题计划,几十年来寸累铢积,至1980年代中期形成振裘挈领的"汉译世界学术名著"体系。尽管这套汉译名著的选题设计受到当时学界的教条主义限制,然开牖后学之功万不容没。1980年代中期,新一代学人迫切感到必须重新通盘考虑"西学名著"翻译清单,首创"现代西方学术文库"系列。这一学术战略虽然是从再认识西学现代典籍入手,实际上有其长远考虑,即梳理西学传统流变,逐步重建西方思想汉译典籍系统,若非因历史偶然而中断,势必向古典西学方向推进。正如科学不等于技术,思想也不等于科学。无论学界迻译了多少新兴学科,仍与清末以来汉语思想致力认识西方思想大传统这一未竟前业不大相干。

"五四"新文化运动以来,学界侈谈所谓西方文化,实际谈的仅是西方现代文化——自文艺复兴以来形成的现代学术传统,尤其近代西方民族国家兴起后出现的若干强势国家所代表的"技术文明",并未涉及西方古学。对西方学术传统中所隐含的古今分裂或古今之争,我国学界迄今未予重视。中国学术传统不绝若线,"国学"与包含古今分裂的"西学"实不可对举,但"国学"与"西学"对举,已经成为我们的习惯——即"五四"新文化运动培育起来的现代学术习性:凭据西方现代学术讨伐中国学术传统,无异于挥舞西学断剑切割自家血脉。透过中西之争看到古今之争,进而把古今之争视为现代文教问题的关键,于庚续清末以来我国学界理解西方传统的未竟之业,无疑具有重大的现实意义和历史意义。

本丛编以标举西学古今之别为纲,为学界拓展西学研究视域尽绵薄之力。

古典文明研究工作坊
西方经典编译部甲组
2010 年 7 月

目　录

导论　问题的提出 / 1

第一章　基本主题 / 13

　　第一节　作为整首诗象征铺垫的第一序列场景(1.8-296) / 13

　　第二节　分别作为《埃涅阿斯纪》的"奥德赛式"上半部与"伊利亚特式"下半部首个象征的海上风暴(1.8-296)和阿列克托场景(7.286-640) / 26

第二章　主要人物 / 38

　　第一节　埃涅阿斯 / 38

　　第二节　狄多 / 70

　　第三节　图尔努斯 / 106

第三章　艺术原则 / 161

　　第一节　情绪系列的象征 / 161

　　第二节　情绪序列的形式 / 181

译后记 / 199

导论　问题的提出

[1]在维吉尔(Virgil)的作品中,诗歌的象征性特征显而易见,该特征的明晰度在西方诗歌艺术史上前所未有。在一定程度上,这一特性是维吉尔的诗歌对中世纪和文艺复兴时期文学产生巨大影响的原因。因为这些时期的欧洲人本能地倾向于选择象征性的解释,因而很容易被维吉尔的艺术所吸引。

就像《牧歌》(*Eclogues*)和《农事诗》(*Georgics*)的意义远远超出其题目本身所暗示的那样,《埃涅阿斯纪》也不仅仅是一个史诗故事。作为对罗马历史的解释和对人类生活的刻画,《埃涅阿斯纪》是一部象征性的诗歌。

正如所有真正的诗歌一样,维吉尔的模仿对象——伟大的荷马史诗——本质上也是象征性的。但与荷马相比,维吉尔更自觉地运用了象征手法。维吉尔的文字意象鲜明,具有多层面的真实性;在他创造的形象中,象征变成了寓言——这些都与荷马大异其趣。尽管荷马不自觉地运用了象征的手法,但从有意识地将叙事转化为象征的意义上来讲,荷马的诗歌全无象征性可言。

象征性和鲜明性(transparency)是艺术发展至后来进入成熟阶段的特征,反映出一种将形式作为表达方式的自觉意识,这样的艺术被认为是"古典的"。该自觉意识的表现遍及《埃涅阿斯纪》整部史诗，达到了令人吃惊的程度。因此，《埃涅阿斯纪》而非《伊利亚特》才是古典诗歌的翘楚。因此，[2]通过聚焦于诗学象征来揭示维吉尔的艺术成就，这样做也就无可厚非了。那些对"象征"一词心存疑虑的人可能会希望使用别的说法。但我无法找出一个更适合的词来表明这样的观念：艺术形式作为独立的存在，它不仅是内容的载体，其本身也是内容。的确，根据赫勃尔（Friedrich Hebbel）的理论，形式本身就是最丰富的内容。

尽管形象和声音都是基本的诗学象征，但我在多数情况下只会讨论形象，强调象征的更隐秘的表达方法。在本书中，我不打算完整地列出《埃涅阿斯纪》中的比喻和形象，而是探究形象化的描述在何种程度上表达了诗歌的基本主题、主要角色的命运和个性特点。同时，我也将探寻其中包含了何种艺术原则。这样的研究不仅可以加深我们对维吉尔的理解，也将澄清诗歌艺术的几个基本问题。这样，文化发展关键时刻诗歌中的形象史就可以被勾勒出来，维吉尔在诗歌的内在历史（inner history）中的作用也将得以彰显。一直以来，这个话题得到的关注寥寥。

在《埃涅阿斯纪》中，几乎句句隐喻，也很少有几个场景中没有明喻。而且，作为荷马创造的史诗形式的内在法则——人为塑造（Plastik，借用歌德这个使用频率颇高的词汇）的结果，几乎没有一个举动不带有具体的意义。荷马史诗的形式要求再现事物，但不是以这些事物被想象的或被感觉的方式，而是以它们被看见或被听见的方式。人物的感情和思想必须借其行动和语言被推断出来。古人用可见事物表现不可见事物，把创造的天赋与游刃有余地制造神话和象征的能力结合起来，这样的风格倾向使他们创造出了丰富的形式，赋予外部可见事物以意义，赋予内心活动以形状。[3]维吉尔是这种传统的继承人，也是这一传统的大师。同时，他也是这一非常重要的新发展趋向的首位代表人物。因为在他手里，诗歌的内化(internalization)这种在希腊长期发展的过程，向前迈进了相当大的一步。从那时起，诗歌对内心世界的表达就从未停止过。维吉尔的诗歌语言比希腊的诗歌语言更明确地表现了可识别(discernible)事物之下的感受(sensation)。而且，在作为情感的隐喻性的表达中，语言的象征能力发展到了一个全新的高度。

在维吉尔的诗篇中，灵魂的国度得到微妙的表达，细微的差别得到精妙的区分，其程度无论荷马还是古典时期抑或希腊化时期的希腊人都无法比拟。这并不是说，与前辈诗人相比，维吉尔更多地描述情感；而是说，在遵循和继承前人风格特征的同时，维吉尔笔下的形式变得更容易引起读者的共鸣，更意味深长，成为一种更敏感的手段，有能力表达更微妙的情感。荷马式的技艺并没有被随后的发展所抛弃，却被发展得更完满。这些技艺继续存在于维吉尔的诗歌中，并被调入了绘画和音乐的元素，浸透了一种全新的对事物的敏感，自此赋予它以西方诗歌的抒情特征。在荷马直接观察与原初意义的基础上，维吉尔加上了情感的深度和象征的意义。

在维吉尔的诗篇中，所有的一切都参与了内在的戏码，反映出诗人对人物灵魂深处的激荡和事件背后的宿命都了如指掌。每一个事物(风景、清晨、傍晚、黑夜、服饰和兵器)，每一个手势、行动以及形象都成为心灵的象征。每一个诗行的韵律都闪烁着内心的光芒并表达着感情的微妙变化。毫无疑问，任何一个对诗歌有基本常识的人会都会注意到，这表明了诗歌领域怎样的进步和拓展。我们可以很容易地看出，有多少从前无法表达的事物得到了表达，[4]维吉尔之后的诗人们受惠于维吉尔的程度有多深。在这种意义上，我们仍去怀疑维吉尔的原创性，就不只是愚蠢了。这些怀疑主要是由于总体上的对维吉尔诗歌和艺术创作活动的极深误解。希腊人完全漠视对内容和主题的原创性，并因此特别强调形式及细微差别的原创性（通常一个新的差别总是意味着一个新的灵魂被表现出来），这表明了他们对艺术精髓的深刻直觉。

新近的解释者们认识到（也可能此前一直都有所察觉）：对形式的敏感（Durchseelung）是维吉尔艺术的一个基本特质。但学者们仍然没能准确地观察细节——至少没有对《埃涅阿斯纪》做出这样的评析。当前，准确的评论是摆在维吉尔评论者面前的最重要也最艰巨的任务之一。这需要评论者描述艺术事实，但事实上，其意义无法用明晰的语言来描述，只能用艺术的直觉来暗示。一个人若要给自己制定目标——去发现诗学形态和形式的意义，他必然会发现自己闯入了一个区域，该区域里的重要现象就是反理性。

与所有艺术阐释以及那些处理精神和生活之表现形式的科学一样，文学的阐释同样要面对这个问题。因此，它必须同时依靠理性和直觉。然而，把诗歌排除在科学研究的主题之外也是一个严重的错误。必须认识到，唯有通过对诗歌形式的集中分析，我们才能理解诗歌的特定内容。和其他艺术品一样，一部诗歌本身只是一个碎片，一个飘浮在空中的客体，一个没有音调的文本，只有找到与之应和的接受者，它才能变得完整。正如歌德所说，只有知晓如何补充（Supply, Supplieren）它的人才能理解它。评论者也必须具有能够被有魅力事物深深感动的能力（帕特森［Walter Paterson］将之描述为进行艺术批评的首要条件）。他需要调谐内心的耳朵和眼睛[5]去感知诗歌所发出的轻柔的不可言说的声音。若非如此，那他就无法触及诗歌的精髓。

要理解维吉尔和古人，评论者们处处都面临着令人生畏的困难。坦率地说，这些障碍就是长期以来学者们的陈词滥调，它们是全无艺术品位的语文学所造成的一堆错误，是远离艺术和生活的理性沉渣。这些陈词滥调掩盖了维吉尔诗歌的熠熠光芒和柔美,必须将其掸去才能欣赏其诗篇的纯净光辉和令人感动的魔力。

然而不幸的是,理性主义一直存在,甚至会永久存在下去。毕竟,理性主义是语文学和其他学科及其代表的不可或缺的部分,甚至如某些哲学家认为的那样,理性正是智慧(Intellect)的基本性质。柏格森说:

> 处理身体或思想的生命是个问题,智慧具有锐利、严格和无情的工具特征,但这工具本来不是为此设计的……智慧天生就对生命缺乏理解。①

那么,在研究维吉尔的学者中发现此种不恰当的行为就不足为奇了。自塞尔维乌斯·丹尼利斯(Servius Danielis)开始,评论者们鲜有诗歌鉴赏力,他们固执,不明白古代诗学和修辞学并不总是值得推荐的,他们罗列出一长串从古代阐释方法中得出的概念。古代的理论落后于古代的艺术甚远,以至于克罗齐(Benedetto Croce)明确地否定古代存在美学的理论,认为美学自维科(Vico)始。② 古代的阐释者与他们的现代继承者都用无情的理性来解释诗歌,而不是出于对诗歌的由衷喜爱。正是这些人揭示诗篇的语言现象、使用素材的动机,以及理性思考可以理解的内容,但他们不曾关注诗歌的形式。

[6]然而艺术总是首先与形式有关,尤其是个体艺术的形式。把某种现象简单地归结为类型、范畴和修辞,并不能揭示其内在的

---

① 《创造进化论》(*L'Evolution Creatrice*)第七版,1911,页179。
② Julius Stenzel("Die Gefahren des modernen Denkens und der Humanismus," *Die Antike* 4, 1928)认为,直到非常晚的时期,希腊人才创造出了某种相对充分的对美学现象的描述。

艺术价值。正如歌德正确地指出的："形式对很多人来说是一个掩藏的秘密。"即使在上个世纪后半期，美学和艺术史以及对现代文学的阐释已经给科学的艺术批评打下了基础，①传统的语文学仍然冥顽不化地完全漠视这门科学最基本的结论，这非常奇怪。但更糟糕的是，它一意孤行地反对美学概念本身，并认为它在科学上，甚至在道德上有瑕疵。而且，尽管如果没有艺术之独特"光学"(optics)的知识背景，就根本不可能理解一首诗歌，②传统的语文学仍然继续漠视其他领域里这一众所周知的事实：艺术品要求一种与事实报告和科学论著区别开来的不同的处理方式。这一结论甚至适用于海因兹(Richard Heinze)的《维吉尔的史诗技艺》(*Virgils epische Technik*, Leipzig, 1915)——虽然这本书在出版时，是一个相当不错的成就，但其研究方式仍然过于理性；同样也适用于德国古典学家诺顿(Eduard Norden)注疏《埃涅阿斯纪》卷六的那部广为人知的专著——该作品同样需要有美学角度的分析作为补充。③

曾对《牧歌》和《农事诗》做出过创新性研究的克林纳(Friedrich Klingner)④，给维吉尔研究者提出的任务在《埃涅阿斯纪》研究中仍未实现。⑤尽管在语言、技巧、典故来源、思想和主题

---

① 德国古典时期基本上摈弃了对语言艺术的理性分析。洪堡(在他关于席勒的文章中)讲道："在以应然的方式来欣赏艺术的能力方面，没有人能与德国人相比。"

② Carl Vossler("Benedetto Croces Sprachphilosophie," *Deutsche Vierteljahresschrift fuer Literatur und Geistesgeschichte*, 1941, 126)认为，只要不把诗歌的音步、韵律、句法、词汇的形态和语音的形式看作诗学氛围的组成部分，对它们的分析就无可厚非。这些分析本身在诗歌分析上并不少见。美学分析可以成为解读艺术作品的钥匙。

③ Cartault 的 *L'Art de Virgile dans l'Eneide* (Paris, 1926)未能名副其实，无法满足人们对这一书名所产生的预期。

④ *Das neue Bild der Antike*, Berlin, 1942.

⑤ 克林纳这方面的作品大多收录于文集 *Roemsche Geisteswelt* 中。

方面对这部史诗的研究已经取得了丰硕的成果，我们仍需从美学角度对其进行研究。

由于二战之后的环境，我不能对德语国家以外的维吉尔研究给出一个完整的综述——鉴于罗曼民族和盎格鲁-撒克逊国家的研究没有误入上述歧途，[7]至少没有达到相同的程度，如此一来，我的这个缺点就更令人遗憾了。他们取得了重要的阐释成就，尤其是在维吉尔作品的研究中，尽管他们也过分依赖理性，据我所知，也未产出可与圣伯夫（Sainte-Beuve）的《论维吉尔》（*Essay on Vergil*）相提并论的力作。①

关于方法：理解维吉尔的最好方法是与荷马进行比较，而要完成这项工作，每一诗行都是挑战。欣赏创造性艺术的最好方法是把相关的形式并置。因为《奥德赛》和《伊利亚特》在《埃涅阿斯纪》中重生（多那图斯[Donatus]曾在《维吉尔传》中说：《埃涅阿斯纪》"神似荷马的两部史诗的影子"），因此，以两者的比较为批评的支点，可以最清楚地展示维吉尔的艺术原则。古代批评萌生时期的维吉尔研究——根据盖利乌斯（Gellius）和马克罗比乌斯（Macrobius）的记录——比后来的维吉尔研究更明确地认识到了这种比较的价值。我要引证的是斯卡利杰（Julius Caesar Scaliger）《诗艺》（*Poetics*）的五卷。在这部文艺复兴时代的艺术入门读本中，通过与荷马、阿波罗尼乌斯（Apollonius Rhodius）和希腊诗人特奥克里托斯（Theocritus）等人的比较，维吉尔的诗歌得到了详尽的阐释，其中不乏对后世影响颇深的洞见。尽管学者未必接受他的断言"支持维吉尔者须反对荷马"（pro Vergilio contra Homerum），但人们仍然必须追问他所提出的问题："维吉尔与荷马有

---

① 在此要感谢巴塞尔大学的 Harald Fuchs 先生为我提供了相当数量的文献节选。

何关联?"

　　这在美学批评和思想史上都是核心问题,因为在比较维吉尔和荷马时,人们不仅在比较两种艺术形式,还是在比较艺术想象史的不同阶段。荷马诗歌以奇特的方式在《埃涅阿斯纪》中再现,在一部被其作者声称必将流传后世的新作品的结构中被保存,这一现象本身就值得深思。① 从但丁到霍夫曼斯塔尔(Hugo von Hofmannsthal),西方诗歌一次又一次地创造出可与古代文学相媲美的变体。[8]《埃涅阿斯纪》对荷马史诗的化用是其中的伟大范例。这种融合与维吉尔对象征形式(形式作为象征)的意识密不可分。唯有对表达的隐喻特征,对每个人及历史事件的象征价值抱有坚定的信念,诗人在引述前人作品时才能是独创的,方可把他人的表达看成其自身经历的表达,但此种说法只强调了创造过程的一个方面。只有对希腊诗歌形式意识的历史完全了解——特别是对亚历山大时期有特别的关注,才能显示出希腊罗马完美统一的根源。

　　然而,有一个主要的关切是真正属于罗马人的。维吉尔对荷马的依恋与罗马对传统形式之权威(auctoritas)的尊敬相似——这种尊敬存在于罗马生活的方方面面。正如评价政治行动时,要看它与祖先的权威(auctoritas maiorum)是否一致,哲学和诗歌作品的艺术价值也以它与伟大希腊典范的比较得以确定。在罗马人的观念中,只有在随着历史进程逐渐成长起来的其他事物的基础之上,才可能创造出某种完美的事物。人们必须在新形式中继承并重复过去的成就。的确,在这里,完善的概念从定义的角度排除了原创性的概念!

---

① 是否有人注意到,《埃涅阿斯纪》卷六那段著名的诗歌谈及希腊人超过罗马人的方面并不包括诗歌? 圣伯夫曾提醒我们,这段诗歌没有提及荷马,并认为时序上的难题并不存在。马克罗比乌斯(卷六 1,行 5)认为,维吉尔在其作品中保存了他以前的诗歌。

因此，罗马人最先将"经典"的概念作为"标准"之一，在回应希腊杰作的过程中结出硕果，就不足为奇了。但这并非罗马文学在翻译古希腊作品中发展起来这一特定情形的结果，否则，这一整体的最为独特的成就就应该被视作偶然；而且也不像海因兹所坚称的那样，将此归因于整个罗马民族的缺陷——想象力贫乏。相反，它表明了罗马人的特性，即，不会让某些被认定为伟大的、真理性的事物消失，而是一次次地向其回归，从而[9]将其留存后世。世世代代的罗马人在传承古老的共和国（res publica）这一政治结构时，从未停止为其注入新的活力，同时也被其所塑造。在其智力生活中，他们努力用古老的希腊形式来表达自己，并加入罗马的内容。罗马人政治和宗教上依附于祖先习俗（mos maiorum），精神生活中则表现为对希腊形式的依恋。对此二者而言，自我控制和被养成的顺从都很重要。这种态度有益于把罗马农业社会健康的根基与希腊思想最辉煌的果实结合起来——这是罗马人最幸运的品性，西方文化传统的存在也得归因于此。

在政治和宗教领域，祖先榜样（exempla maiorum）从一开始就塑造了罗马生活，但希腊形式的创造却是长期发展的结果，因此，罗马人的写作从安德诺尼库斯（Livius Andronicus）不稳定的尝试逐步发展到奥古斯都时期的顶峰。希腊形式只能在时机成熟的时候才能够重生。只有在奥古斯都时代，希腊的形式和罗马的内容才达到平衡——这种平衡是奥古斯都时代作家新的古典艺术存在的基础。当作为希腊艺术和人文代表的荷马第一次被一个势均力敌的人吸收时，罗马史诗最高的成就才可能实现（对罗马抒情诗歌也可以做同样的论断）。不仅在主题的重要民族意义（与奈维乌斯［Naevius］和恩尼乌斯［Ennius］一样）上，在艺术高度、情感洞察力、分辨力和激情上，维吉尔都可与荷马相提并论。因此，毋庸置疑，尽管存在着时代的鸿沟，维吉尔和荷马仍能完全相依相知。

另外，这也是一个丰饶的时刻，在百年的罗马动乱与帝国时期的和平之间，是一个富有成就的历史时刻，这一时刻被泰纳（Hippolyte Taine）在《意大利之旅》（*Italian Journey*）（见"佛罗伦萨和威尼斯"，6.1）一书中用娴熟的笔法描述为：

> 无论何时何地，能够激发艺术作品灵感的，[10]是置身于两套情感秩序间的灵魂所感知到的事物的某种复杂而混糅的状态：为令人愉悦的事物而放弃宏大；但在从一种状态向另一种状态发展的过程中，却又兼而拥有两者的特征。他必须具有对宏伟事物的品位，也就是对崇高形式和活力四射的激情的品位，没有这两点，艺术作品只能是秀美（pretty）。而且，他也必须具有对令人愉悦的事物的品位，也就是对于愉悦的渴望和对修饰性事物的兴趣，没有这些，人的思想只是关注行动，就不能享受艺术品的愉悦。
>
> 因此，这昙花一现的珍贵的艺术之花只开放在两个时代交汇之时，在英雄的与享乐的习惯之间，在人们刚刚走出漫长与痛苦的战争、在创建帝国或者寻找发现的旅程之后，开始稍作停歇、环视四周，快乐地思量着要装饰自己亲手奠基并搭建而成的宽敞却徒有四壁的房屋之时。在此之前，则为时过早，因为他全心投入劳作之中，不可能顾及享乐，但如果在此之后稍过一段时间，则又太晚，他只想着享乐不再去努力。在这两者之间的独特时刻——根据变化的迅疾程度或长或短，人们仍然强壮而又鲁莽，拥有崇高的情感与勃勃的激情，却又向往着放松下来极大地调动自己的感官与智力。

我们看到，在匆匆好多个世纪之后，维吉尔不仅还有能力去挽救荷马的形式，甚至还可以去挽救与荷马的形式密不可分的某种荷马的精神特质。面对荷马的诗篇,他被深深地感动,一如埃涅阿斯站在迦太基的尤诺神庙的浮雕前,看着上面描绘的特洛亚战争的种种悲剧,感叹 mentem mortalia tangent[世事动人心魄]。另一方面,维吉尔借着希腊形式的力量,将其与古老的罗马诗歌以及自身的艺术灵感融合,带给拉丁语以新的力量——anima Vergiliana[维吉尔式精神][11]自此成了拉丁语的一部分。他为奥古斯都时期的人性(humanitas)注入了新的活力,至今仍未湮灭,甚而还可以包容新的可能,开创出新的未来。维吉尔的影响力和荣光经久不衰(但丁认为将永不磨灭),这表明了一条最基本的罗马信念:流传后世的事物必须建立在已经验证、恒久不衰的事物之上。因此,《埃涅阿斯纪》既是希腊罗马文化融合的硕果,也是希腊罗马文化的象征。由此发展出来的基督教文化、西方世界的延续性和"希腊核心文化圈"(耶格尔[Werner Jaeger]语),与罗马共和国和罗马帝国一样,尽皆根植于此,亦即根植于罗马人追求恒久不衰的意志及展现这种意志的特殊方式上。

对于浸润着这种罗马精神——该精神逐渐被凝聚进中世纪的基督教秩序之中,被固化在罗曼语系对传统和形式的感情之中——的人来说,维吉尔是无法逾越的诗歌的化身。但在另一方面,对于孜孜以求的当代人来说——尤其对于德国人的思想来说——正如罗马和基督教的生活方式一样,维吉尔的作品也越来越让人感到陌生与空洞。隶属罗曼语系的学者库尔提乌斯(Ernst Robert Curtius)是一位西方文化的伟大开拓者,他为维吉尔的两千年诞辰纪念作出了令人瞩目的贡献,我们从他那里获益良多。①他曾在 1924 年写道:

---

① "2000 Jahre Virgil," *Neue Schweizer Rundschau* (1930).

一个喜爱维吉尔的德国青年是一个有趣的样本，是美学品位上的特立独行者，甚至可以说是个古怪的人。德国人对古希腊事物有一种浮士德式的渴望，这种渴望使他们对拉丁特性最纯粹的表达视而不见。维吉尔的经典地位是从埃奥尼亚海域到喀里多尼亚海域的其他作品无可比拟的，但在此界域之外，其地位就不那么稳固，也令人存疑了。①

如今，时机已经成熟，是该反驳关于维吉尔的陈旧观点的时候了。讨论荷马和维吉尔哪个更伟大当然没有意义。[12]库尔提乌斯仍然把胜利留给维吉尔，德国人则完全无法理解这样的判断，而有些人则只知道去嘲笑"我不晓得有什么比《伊利亚特》更伟大的作品"(nescio quid maius nascitur Iliade)这样的说法，我们的责任就是获取一种比他们更高明的观点。

处于危险境地的不仅是维吉尔的问题，还关涉西方文明基础的问题。我们正在寻找能够将我们维系在一起的纽带。② 因此，我们必须在我们的文化意识中为《埃涅阿斯纪》寻找一个牢固的位置，使其成为西方世界的圣经之一。

---

① *Franzosischer Geist im neuen Europa*, p. 209.
② 在 T. S. 艾略特(*What is a Classic? Address Delivered before the Vergil Society on the 16th of October* 1944, London, 1945)最深刻的见识中，维吉尔是欧洲的经典诗人。

第一章　基本主题

第一节　作为整首诗象征铺垫的第一序列场景(1.8-296)

《埃涅阿斯纪》的第一个高潮——确定了文本的基调,并让读者为即将发生的非凡情节做好准备的事件——是那场将埃涅阿斯驱赶到迦太基海岸的风暴。该事件在诗歌中被置于开篇的位置表明,它并非只是无家可归的特洛亚人命运中的一个普通的插曲。悲剧的紧张气息以及狂野的激情氛围集中地呈现了弥漫于整部诗歌里的情绪的本质。好似一个"音乐"的主题,从一开始就让事件带有激情的崇高精神与命运那魔鬼般的力量。① 只有自然界最强有力、最狂野的行动的意象——当然这也是从荷马那里传承下来

---

①　斯塔提乌斯(Statius)在《忒拜战纪》(Thebais)开篇模仿了这一主题,描述夜晚的风暴将提丢斯(Tydeus)和波吕尼刻斯(Polyneices)驱赶到阿德拉斯托斯(Adrastus)家中的场景。"暴风雨"作为悲剧基本元素的历史以及在莎士比亚和现代戏剧中作为开篇的象征值得进一步探讨。另外,暴风雨在歌剧中也十分重要。

的,在荷马那里,自然的力量第一次被提升到艺术的高度——对维吉尔来说才足够庄严,才能作为他的罗马史诗的开篇。

这种开篇方式当然不是从《奥德赛》中借用的,因为那部史诗的开篇要平静得多。如果在荷马史诗中有相似之处,就是《伊利亚特》开篇的那场瘟疫。的确,整部《埃涅阿斯纪》在戏剧化的声势上更适合与《伊利亚特》而不是《奥德赛》相提并论。但是,即使在《伊利亚特》中,荷马也很快就开始描写[14]阿基琉斯(Achilles)和阿伽门农(Agamemnon)的争吵,并将争吵作为真正情节的起点,而没有将瘟疫主题所营造的情绪利用起来。至于希腊化时期罗德岛的阿波罗尼奥斯(Apollonius Rhodius),他用一个讲故事人的随意姿态,用一段近乎滑稽的轶事——一个穿着一只鞋子的人的预言——作为史诗的开始,其史诗就更不具有《埃涅阿斯纪》中象征的感染力了。与人们通常的想象相反,与荷马相比,在对艺术的理解方面,阿波罗尼奥斯与维吉尔的差距更大。

这一情节序列被海上风暴主导(1.8-296),奠定了整部诗篇的思想与氛围基调。这是史诗的前奏,用序曲的形式宣告了史诗的基本主题。① 且让我们来印证之。

至于尤诺的仇恨这个主题,诗人在序曲之后,揭露了她相反的计划:让迦太基统治世界。在推出罗马历史上的竞争者迦太基(Carthago Italiam contra[迦太基面对着意大利],1.23)之后,两个最高力量的对决立即被揭示,此处 contra[面对]的象征意义甚于地理意义。经过稍稍变化之后,这个词在狄多的诅咒中重又

---

① 维吉尔的作品经常令人联想到歌剧。因为在他的史诗中,前后的落差巨大、苦难深刻,安排情节发展时技巧娴熟,而且也善于创造令人动容的形象和行动。现代的文学批评,尤其是德国的文学批评倾向于否认这种必要的"戏剧化"做法。维吉尔直接或间接地影响了意大利歌剧的发展。参见罗曼·罗兰的《古代音乐家》中的"歌剧的诞生"章。

出现：

> 我祈求岸对岸（contraria）、海对海、武力对武力，子孙后代自相为敌。（《埃涅阿斯纪》4.628）

因此，罗马和迦太基对于世界统治权的争夺在史诗一开始就是基本主题，尤诺固执地打击史诗英雄也预示着这一点，史诗后半部分中的战斗同样如此，恰如尤庇特的讲词所描述的那样（10.11）。

这种具有历史决定性意义的竞争本身不过是罗马史上所有残酷战争的缩影。史诗后半部分也是意大利各部族与罗马间的战争以及罗马内战的象征。而且，史诗还包含了对政治的本质和超乎寻常的二元性的透彻检视。图尔努斯身上[15]充满了激情的黑魔形象，而埃涅阿斯身上则闪烁着精神和道德的力量，他们二者相互对立。罗马历史通过双方的对立冲突呈现出来，而罗马的胜利则被看作是较高尚的那一方的胜利。因此，《埃涅阿斯纪》的前半部和后半部是不同形式的象征。（此处我想提请读者注意，对本文的讨论主题非常重要的是，我们要明白，象征的本质承认并要求多元的解释。象征关系的精髓就是象征者与被象征者不精确的对应。象征关系是灵活的，指向无穷的可能。）

在给席勒（Schiller）的一封信（1797 年 8 月 17 日）中，歌德①写道：

---

① 我受理查德·迈斯特（Richard Meister）启示引用了歌德的这些话。要了解关于象征的详细论述，参见歌德的文章"Philostratus' Painting"（Weimar ed., 1889 f.) v, 49, 141.

象征物指向其他多种多样的事物,这是非常特别的情形。其特点在于包容性(inclusiveness),同时还要求有一定的连续性。这些象征物在我的脑海里激发出与之有关的、相似的和新奇的想法。因此,无论从内部还是外部来说,它们都显现出一定的统一性和普遍性(oneness and universality)。

他在《格言与反省》(*Maximen und Reflecxionen*)一书中写道:

象征把可见的形象转变为思想,也把思想转变为可见的形象,这样,形象化的思想就具有了长久不衰的力量,无论以任何语言讲述,它都能保持这种难以形容的特征。(*Iubilaumsausgabe*,35,p. 326)

同样,在《日记辑》(*Tagebucher*,班贝格[Bamberger]编辑,第一卷第 236 页)一文中,德国剧作家赫勃尔说:"任何一部真正的艺术作品都是一个神秘的象征,具有多重意义,在某种程度上都超出了人们的理解能力。"尤诺首先是迦太基这一历史力量的神秘化身。因为处在这样的角色位置上,她一手操控了海上风暴,让埃涅阿斯的船只遇难之后,抵达迦太基的土地。必须注意的是,她充满激情的怨恨其实根源于爱。《埃涅阿斯纪》一度被认为是一部"悲恸的史诗",但也可以被称为一部"爱的史诗",因为其深刻的悲剧性实际上源于人们"泛滥的爱"。欧吕雅鲁斯(Euryalus)就是这样,诗人对他有如下描述(9.430):Infelicem nimium dilexit amicum[因为太爱一个朋友,所以遭了厄运]。类似的还有尤诺、维纳斯、图尔努斯、狄多和拉提努斯(Latinus),史诗中的拉提努斯说[16](12.29):Victus amore tui... vincla omnia rupi[但是出于我对你的爱……我撕毁了一切约束]。同样的人物还包括阿玛塔（Amata）、拉奥孔（Laocoon）和厄凡德尔（Evander）。爱也是埃涅阿斯行动的动力。① 即使是暴戾的墨赞提乌斯（Mezantius），在他儿子劳苏斯（Lausus）死后表现出的悲痛也使他的死亡蒙上了悲剧的色彩，毕竟他是出于爱才自寻死路的。

在人类的层面上，埃涅阿斯是罗马事业的化身。他怀着不畏各种艰险的坚定决心（1.204以下）直面命运这一严厉的打击。而在神祇的层面上，尤庇特给维纳斯揭示了解决冲突的办法：

> 她（尤诺）也将换个好主意，和我一起爱抚罗马人，世界的主宰者，穿拖裾袍的民族……（《埃涅阿斯纪》1.281-282）

鉴于该场景发生在尤比特和尤诺这一最高的层面上，《埃涅阿斯纪》的第一情节单元可以说是以两大主神的露面为框架的。写作表达的是某种事实，各场景间的平衡则象征着各种力量的势均力敌，是这种势均力敌状况的形象化表述。人类行动体现在诸神的行动中，这不仅是艺术的手段，也是对事实的陈述，明白了这一点就掌握了古典写作的秘诀。形式不仅需要服从自主的美的法则，也建立在内容主题本身之上，通过主题的鲜明对照，其精髓得以表现。"完美的形式恰是锐利的思想的另一面"（库尔提乌斯语）。

尤庇特的安详宁静（1.255）与尤诺的愤怒激情相对照，强调了史诗内在的张力。充满激情的女神遭遇了维吉尔笔下庄严崇高的

---

① 维亚切斯拉夫·伊凡诺（Wjatscheslaw Iwanow, *Vergil*, *Aufsaetze zur Geschichte der Antike und des Christentums*, Berlin, 1937, P. 66）指出福音书中的一个暗合之处，即《路加福音》7:47："他许多的罪都赦免了，因为他的爱多。"

尤庇特。后者是这个世界的至高统治者，[17]他凌驾于痛苦和激情之上。① 尤庇特对两个女神的争吵做出裁决之前的那段诗歌中，其最高神性表现得尤为明显：

> 但是全能的天父，掌握世间最高权力的天父，开口说道（当他说话的时候，高大的众神之殿一片静默，大地一直到底层都发抖起来，高高的天宇也是静寂无声，西风停止，大海平息了它的波涛）。(《埃涅阿斯纪》10.100-103)

无论天上还是人间，狂风休止，大海波澜不起，一片静穆；自然界中狂野的力量以及所有自然的要素都在他面前垂首恭立。② 与其他神相比，他不仅代表了更高的权力，也代表了更崇高的存在。在这一点上，他与荷马笔下的宙斯大相径庭。宙斯比其他神更有权力，而尤庇特则更庄严。③尤庇特不会像宙斯那样，因自己的恼怒震撼整个宇宙。尤庇特令宇宙敬畏（只在场景的结尾处模仿了《伊利亚特》的著名诗句[10.115 和 9.106]）。

在尤庇特身上，可以清晰地看到他的神性。这种神性结合了

---

① 这完全是因为形式上的因素——形式标准在古典作品中总是接近真相的第一步。弗里德里希（Friedrich,"Exkurse zur Aeneis", *Philologus*, 1940）认为，维吉尔可能打算在终稿中删去尤庇特的这段讲词，并将他的首次出场安排到第十卷的神祇大会中。他的观点并不正确，因为在第十二卷791行以下，尤庇特和尤诺达成了和解。这个情节要求他们的出场必须提前。但是，弗里德里希的错误并没有削弱他的这一观点：导入和结束这段对话的那些诗行具有临时性的特征。

② 廊下派有宇宙神的概念，参见克里安西斯（Cleanthes）给宙斯写的赞美诗中的语句："因被霹雳击打，宇宙战栗着低眉俯首。"（维拉莫维茨译文）

③ 宙斯也有高贵的特质，但是与《伊利亚特》中的原始神祇不同，维吉尔的尤庇特从来不会在身体气力上与人争高下（参《埃涅阿斯纪》8.5 以下内容）。

恶魔般的暴虐和拉丁语传统中的基本力量：宁和（serenitas）——在这个无法转译的词汇中包含了清醒的头脑、灵魂的欢悦以及天空的光耀。维吉尔笔下的尤庇特形象使宁和这一概念存留于思想史中，经由罗马帝国的后继者传至当世。罗曼·罗兰（Romain Rolland）就曾在其生命晚期这样描述人类的使命："精神的自由就是克服内心混乱无序后的宁和。"

维吉尔笔下的尤庇特是理想中的罗马的象征。[18]尤诺则是可怕的暴力和破坏力在天神层面的象征，她会毫不犹豫地从地下世界里唤来邪灵：Flectere si nequeo superos, Acheronta movebo〔如果不能改变天神的意志，我将去发动地狱〕。尤庇特是规范性的力量，他约束着尤诺所代表的那些力量。因此，在更深一层意义上，两个最高神祇的对抗代表了历史上和人性中的两种倾向，他们的矛盾象征着无休止地弥漫于整个宇宙、灵魂和政治中的光明与黑暗、心智与情感、秩序与混乱之间的对立。这种对立在精神层面上一直延伸到为奥古斯丁所表述的中世纪基督教的历史概念之中。

秩序是黑暗力量的制约者，为建立秩序而进行的斗争及其最终的胜利是史诗的基本主题，该主题以不同的面貌在史诗中反复出现。在历史上，黑暗力量表现为对内对外的战争，在灵魂中表现为激情，在自然界中表现为死亡与破坏。尤庇特、埃涅阿斯和奥古斯都抑制了这种黑暗力量，而尤诺、狄多、图尔努斯以及安东尼则是受控于这种黑暗力量的人的代表。尤庇特镇定自若的理性与尤诺不可理喻的激情在埃涅阿斯和狄多的对比中再次出现。罗马的神祇、英雄以及皇帝都是这同一个理想的复现。

因此，作为一种内在需要，尤庇特在开篇的一系列场景之后的总结性讲词中向我们宣告：奥古斯都的罗马式和平（pax romana）观念以克服亵渎不恭的愤怒（furor impius）为基础。整部史诗的基本思想在下面这一突出的象征性画面中显露无遗：

> 战神的大门将被关闭，门内，亵渎不恭的"愤怒"之神将坐在一堆残酷的武器上，两手反背，用一百条铜链捆住，张开可怕的血口嚎叫着。（《埃涅阿斯纪》1.294-297）

[19]这是《埃涅阿斯纪》中的最佳范例：历史事件被浓缩到一个形象之中。① 该形象依然在浴血的内战经历中颤抖，令情节达到高潮。作为天神讲词结束时的形象，它将人类生活中狂乱的行动疏导成为命运女神（Moria）的安宁秩序。史诗的序曲以 altae moenia romae[罗马巍峨的城墙]（1.11）意蕴深长地结束，而以 musamihi causas memor[诗神啊，请你告诉我，是什么缘故]（1.12）开始的诗歌场景则用 tantae molis erat romanam condere gentem[建立罗马民族何等艰难啊]（1.33）收尾。至此的海上风暴场景第三次揭示了史诗真正描写的对象——罗马帝国的命运。而且，罗马历史的象征意义在此处被揭示为诸神所启示的秩序，该秩序的建立是进行了艰苦战斗和克服了深刻苦难的结果。

尤庇特和尤诺一个在风暴之后出场，一个在风暴之前出场，他们将海上风暴的情节包裹起来，并构成了次一级的神埃俄路斯（Aeolus）和涅普图努斯（Neptune）出场的框架。埃俄路斯不祥的平静和涅普图努斯波澜起伏的海上旅程恰相对照，正好与尤庇特的宁静和尤诺不受控制的脾性呼应。风神用罗马主人似的手约束狂野的力量——这一举动在荷马史诗中并无先例：

---

① 该形象本身是希腊的——我指的是古希腊画家阿佩利斯（Apelles）的绘画，画面包括一辆战车，车上是带着闪电的亚历山大、卡斯托尔和波吕丢刻斯两兄弟以及胜利女神，随后跟着被反剪双手的战神。塞尔维乌斯称，奥古斯都广场上也曾有一座被反剪双手的愤怒之神的雕塑。

埃俄路斯王在一个巨大的岩洞里,在这儿把挣扎着的烈风和嚎叫的风暴用威权制住,用铁链和牢狱约束它们。狂风围着禁锢它们的岩壁鸣吼,山谷中响起巨大回声。但埃俄路斯王高坐山巅,手持权杖,平息它们的心灵,节制它们的怒气。(《埃涅阿斯纪》1.52-57)

[20]在这里,我们可以从自然神话中见出政治史的端倪。埃俄路斯遏住风暴和奥古斯都克服亵渎不恭的愤怒,这二者间的对比关系极其明显。而且,这种对比关系在涅普图努斯场景中更加清晰。

在平息狂躁的暴风雨时,无论行动方面还是蕴含力量的形象方面,伟大的海神涅普图努斯都和尤庇特一样,是残酷力量的遏制者。① 而且,由于出现了史诗中的第一个明喻(并非取自荷马),驯服风暴的情节因而得到了强调。该情节本身被比作一个政治行动:

就像在群众集会上时常发生的叛乱一样,那些下等的黎

---

① 《埃涅阿斯纪》1.126-127:"(海水)被搅得翻腾(graviter comotus)起来。他把安详的面孔伸出水面(placidum caput extulit unda),眺望大海。"也可参见1.154以下的内容。关于"被搅得翻腾"和"他把安详的面孔伸出水面"之间的"冲突",圣伯夫曾有讨论。他认为"这并不矛盾,纵使'世事动人心,泪落虚妄事',一个刚毅之人身陷困境,也可以在心智不被动摇的情况下流眼泪。而天神就更能做到这一点了——虽然内心感动,但不让这情感抹杀掉他额头上一贯具备的高度镇定的特征"。我们或可进一步认为,埃涅阿斯、涅普图努斯和尤庇特都表现出了对激情的约束。人类艰难地约束激情,而神祇则高贵而从容地约束激情。温克尔曼曾有一个著名的论断:"高贵的单纯和静谧的伟岸是希腊经典之作的突出特征。"在解释拉斐尔"利奥一世会见阿提拉"画作中苍白沉静而又高傲的人物形象时,温克尔曼引用的就是"这时倘若他们看见了一个德高望重、受人尊敬的人物,就会安静下来,竖起耳朵谛听他说什么"这行诗。

民百姓因激动而骚动,火把和石块乱飞(动了怒火是会动武的),这时,倘若他们看见一个德高望重、受人尊敬的人物,就会安静下来,竖起耳朵谛听他说什么。他的话果然平息了他们的怒火,使他们的心情平定下来;同样,澎湃的大海也全部平静下来了。(《埃涅阿斯纪》1.148-154)

上面的引文被解释为发生在公元前54年的一个政治事件的引喻。当时,加图(Cato)用相似的方式平息了民众的暴怒(参普鲁塔克《小加图》)。① 这样的指涉并非不可能。在维吉尔的眼中,共和派的加图是完美的罗马人。[21]在埃涅阿斯的盾牌上,加图就曾经作为受到惩罚的喀提林的对立面出现(8.670)。

在《喀提林阴谋》(Coniuratio Catilinae)一书中,撒路斯特(Sallust)将加图作为罗马辉煌理念的化身加以美化,很可能也曾有意将加图和喀提林相对照(《埃涅阿斯纪》中曾有这样的描述),以此作为屋大维和安东尼冲突的明喻。② 贺拉斯(Horace)在罗马的《颂歌集》(Ode)中也刻画了加图的完美形象,称其为一个公正而意志坚定的人(Iustum et tenacem propositi virum)。奥古斯都之前的撒路斯特和西塞罗(尤其在他佚失了的《加图》一书中),以及奥古斯都时期的诗人维吉尔和贺拉斯,他们每个人也都曾以自己的方式,向加图这个罗马精神和态度的最坚定的代表致敬。加图也是奥古斯都时代真正的罗马人的理想榜样,这反映了与凯撒的对手进行和解的精神,表明当时重建共和国的意图是严肃的。

尽管因为上述原因,我可以接受《埃涅阿斯纪》第一个明喻可

---

① R. S. Conway, "Poesia ed impero", *Conference Virgiliane*, Milano, 1931.

② 参 Pöschl, *Grundwerte roemischer Staatsgeinnung in den Geschichtswerken des Sallust*, Berlin, 1940, P. 10.

能与加图的政治生涯相关的说法,但我必须强调,这种关系的意义不大。① 即使对希腊历史学家修昔底德(Thucydides)的门徒撒路斯特来说,加图也不过是罗马政治家的一个理想化的类型,正如喀提林(Catiline)的阴谋不过是罗马的一个腐败症状一样。也就是说,诗人的目的并不是描述加图或者任何历史上的某个人物,而是为了展示这个人物所指向的内容。在这里,加图所指向的内容就是一个理想的政治家,该政治家能够用他的权威统领众人。诗人为他所要表达的思想设置了一个诗意的形象,一个经过艺术加工的现实。

那些精于对《埃涅阿斯纪》做寓意解释的学者忽略了这样一个事实:将历史人物等同于诗歌中人物的做法不仅无法证实,也是错误的——至少,这种等同只是一种假定。其错误在于,这种解释混淆了象征和寓言:象征甚至不必依附其所指涉的内容而存在,但[22]寓言②只在有所指涉时,才能成立。象征允许甚至要求有更多的解释,而寓言则只能有一种解释。③不可能仅凭一把政治或历史的钥匙来解读《埃涅阿斯纪》,它的崇高与风格排除了用寓言解释的可能。将《埃涅阿斯纪》定义为寓言,是误解了它作为完美的史诗和艺术特征的真实性,尽管其场景时不时可能会让人想起或者象征性地指喻真实事件或人物。加图或者怪物卡库斯(Cacus, 8. 185以下)——如康威(R. S. Conway)认为的那样,它们揭示了安东尼剥夺公权的暴行——的例子就是如此。

---

① 和贺拉斯笔下的形象一样,但都不过是模糊的记忆而已。尽管可用"虔敬"一词来描述加图,但加图并非以此名世。

② 英译者按:英文里没有与 Allegorie 这个德文词严格对应的词。德文中的 Allegorie 仅允许单一的意义,本质上相当于一个较大的 parable。

③ 亦可参冈都夫(Friedrich Gundolf, *Shakespeare und der deutsche Geist*, Bonn, 1911, P. 1):"象征是精髓,和某一事物一致,因而代表了该事物的存在,而寓言则不是这样。"

这些场景和历史事实的真实关系尤为神秘，且绝不简单。变形发生在更高的层面上。① 历史上的事件和诗人的内心经历被剥离出来，远离任何偶然和真实的事物。它们超越了具体的时间，被置于一个广阔遥远的神话之地，在那里，在一个更高的生活层面上，构成了象征与诗意的形体，拥有独立存在的权力。因此，史诗用明喻形式表达出制服风暴的故事，为的就是要强调诗歌中的历史世界这个层面，其意义重大，绝非仅可能暗指小加图。在平息狂躁民众的共和国首席公民（princeps rei publicae）身上，在对被奥古斯都秩序所击败的对立面的描述里，我们遭遇到相反的政治现实，神话事件的历史背景顷刻间变得清晰可见。

规管（regulation）这一观念在《埃涅阿斯纪》第一个情节系列中出现了四次：一是埃俄路斯控制狂风；二是埃涅阿斯面对命运的打击发出悲叹后，涅普图努斯平息风暴；三是在尤庇特的预言中，奥古斯都用铁链拴住亵渎不恭的愤怒之神；四是尤庇特自己牢牢地控制住命运。仅在埃俄路斯的罗马式行动、涅普图努斯的明喻以及共和国首席公民奥古斯都身上寻找共同点，[23]这样的做法会破坏诗歌形式和内容的统一，也无法理解那种较之一般理解更深刻的统一性。在涅普图努斯情节中，诗人用政治事件表达自然的现象，其目的是要表明，自然是政治组织的象征。作为两者联系的明喻象征性地表达了自然和政治，神话和历史之间的联系，这也是《埃涅阿斯纪》的核心。正如《农事诗》中，两种秩序（政治和自然）不仅是诗歌的象征，也体现认识论的现实。尤庇特作为世界的主宰，控制着两者。它们的统一在《埃涅阿斯纪》第六卷的宗教和哲学启示中得到最崇高的表达。

---

① 这表明，康威（R. S. Conway）和德鲁（D. L. Drew）的著作 *The Allegory of the Aeneid*（Oxford，1927）的结论需要修正。

那么,奥古斯都把帝国的边界划至海洋,让自己的荣光远及云天,这样的说法并不为过。宇宙的无限与罗马帝国的辉煌得到统一。坚信罗马秩序的基础与其辉煌都来自神,这是奥古斯都时期人们最基本的世界观。① 这也是理解西塞罗的《论共和国》(de Re publica)中的共和国的基础。维吉尔和西塞罗的哲学观点一致。他也接受了柏拉图关于宇宙与城邦统一的想法,从而衍生出西塞罗关于世界秩序和真正的共和国相统一的思想。维吉尔将这一思想与荷马的信念——自然世界的统一被纳入到了人类世界之中——相结合,从而形成了一套新的思想,此即奥古斯都时期的罗马观念。

即使埃涅阿斯的神话涉及自然现象,它仍然是罗马历史和奥古斯都帝国的隐喻,史诗并未就此止步。《埃涅阿斯纪》是人性的诗篇,并非政治的宣言。在这部史诗中,神话和历史表达了更高层面,实现了神性秩序,揭示了命运的自然法则在人类世界的存在,从而获得了意义和辉煌。诗篇中有三个层面的现实:(1)宇宙:[24]作为神性秩序的领域,是思想和法律的世界;(2)神话:史诗人物和命运的英雄世界;(3)历史:历史和政治现象的世界。三个层面层层镶嵌,又相互区分。神话作为史诗的中间符号(intersymbol),存在于第一和第三层之间。在第一个方向上,它包括了罗马历史,在另一个方向上,它包括了永恒的宇宙法则。同样,《埃涅阿斯纪》中的悲剧不仅象征着罗马历史的悲剧,也象征着人类命运的悲剧。的确,它本质上是悲剧的象征,这一点在《农事诗》中得到了最壮丽的表达。② 单独列出上面任何一项,都不足以表达《埃涅阿

---

① 参 Klingner, "Rom als Idee," *Die Anike*, 3(1927),3 以及 *Das neue Bild der Antike*,第 234 页。

② "在元史诗(epopic)的领域中,若要名副其实,需要整个自然界各种元素的配合,需要对天地之间整个世界有一个完整全面的视野。"见 Herder, *Adrastea*, X, Stueck, v. 24. 281 Suphan。

斯纪》的深度。因此，维吉尔的史诗必须从两个方面分析：宇宙的和罗马的，人类的和历史的。任一方面都恰如其分、十分必要，但只有将两者结合，才可能完整地理解史诗。

那么，此处就可以得出结论，《埃涅阿斯纪》的开篇包含了构成整部诗篇艺术感染力的精华。开篇的风暴是袭向罗马未来命运的浪潮。层层海浪将滚滚而至，而奥古斯都必会将其平息，得以将统治的边界拓展到海洋，令其辉煌直抵群星。歌德曾对戏剧提出要求，他认为每一场景都必须象征性地代表整体，这一点在维吉尔史诗中以最完美的方式得以体现。

第二节 分别作为《埃涅阿斯纪》的"奥德赛式"上半部与"伊利亚特式"下半部首个象征的海上风暴（1.8-296）和阿列克托场景（7.286-640）

《埃涅阿斯纪》的前后两个部分融合了《奥德赛》和《伊利亚特》，形成一个更紧密的统一体。早在史诗的序曲中，[25]就有模仿《奥德赛》的部分（1.5）：Multum ille terries iactatus et alto[他陆上水上都历尽了颠簸]；而 multa quoque et bello passus[他还必须经历战争的痛苦]（1.3）则指的是《伊利亚特》。也可能像塞尔维乌斯认为的那样，第一行中的 arma[武装，多译为"战争"]指的是《伊利亚特》，而 virumque[人，也译为"英雄"]指的则是《奥德赛》。因此，暴风雨情节的意义（1.8-296）不仅在于它是《埃涅阿斯纪》这部史诗的序曲，也是埃涅阿斯经历的第一次重大考验。这是《埃涅阿斯纪》的《奥德赛》式上半部的开篇。暴风雨之后还有更多的考验；例如，像奥德修斯一样，埃涅阿斯历经漂泊（第三卷）、与狄多的纠葛（第四卷）、特洛亚的陷落（第二卷）和葬礼竞技（第五卷）。特洛亚的陷落可能源于《奥德赛》的特洛亚战争回忆录，尤其是在特勒马科斯(Telemachus)情节中的涅斯托尔(Nestor)和墨涅拉俄斯(Menelaos)的讲词,以及德摩多科斯(Demodokos)关于特洛亚遭遇灭城之灾的吟唱。

海上风暴的情节是来自《奥德赛》的第一个主题,再加上其他模仿荷马的段落,与其后各卷相比,《埃涅阿斯纪》第一卷更贴近其模仿的典范。在其《维吉尔研究》(*Etude sur Virgile*,第二版,第107页)中,圣伯夫给出如下观点:

> 正如《埃涅阿斯纪》中散布着荷马最有名而且最引人注目的明喻一样,在第一首《牧歌》中,即时间上的第一首里,可以隐约地看到特奥克里托斯最优雅的形象。维吉尔在开始时展示并使用了这些明喻,而且是在最显著的位置。他对此并不感到尴尬,反而引以为豪。

而且,关键问题不在第一卷中作者维吉尔挪用了某个主题,将其用于特征迥异的场景中。问题在于,这些场景赋予了故事以重要的意义。紧接着的来自《奥德赛》的情节包括:满怀敌意的神祇谋划着严重灾难、灾难来临、英雄沮丧的独白、遭遇海难之后的船队登陆以及对属下的劝勉(1.198),埃涅阿斯与维纳斯相遇(借鉴了奥德修斯在伊萨卡遇见雅典娜的情节),埃涅阿斯隐身进入迦太基(源于奥德修斯隐身来到费阿刻斯城),[26]与狄多(对比瑙西卡)的会面、女神赐予埃涅阿斯令人目眩的神一样的俊美,以陌生人的形象出现在狄多面前,尤庇特和维纳斯的对话(模仿卷一中宙斯和雅典娜的对话),尤庇特讲词中的主旋律(是《埃涅阿斯纪》的主题)等等。

开篇伊始,仿照《奥德赛》中的做法,维吉尔用众神之父的话赋予史诗以更高的意义。在《奥德赛》中,宙斯提及奥瑞斯特斯

(Orestes)的命运,指向那些求婚者被杀这一故事的高潮,并将惩罚此世的罪犯作为史诗的基本主题。尽管维吉尔在《埃涅阿斯纪》前两篇讲词中(1.94 与 1.198)大量借用荷马的词汇,从而有意识地强调荷马对他的影响(《埃涅阿斯纪》1.94/《奥德赛》5.306;《埃涅阿斯纪》1.198/《奥德赛》12.208),但接下来,他却独立地发展了自己的主题,并且超越了荷马。同样,迦太基狄多女王那段戏剧冲突也以荷马关于瑙西卡(Nausicaa)的明喻开始,但在《埃涅阿斯纪》中发展成为狄多的悲剧,而不是完全模仿瑙西卡这一节。史诗开始的系列情节既表明了维吉尔对荷马的深深敬仰,同时也是维吉尔与荷马竞争的例证。他越是公开声称自己对荷马的依赖,就越是雄心勃勃地要在形式的完美、主题的解释和联系上超越荷马。正因为如此,第一卷最适合比较两个诗人,也最适合用来理解维吉尔的艺术原则。①

相比较而言,《奥德赛》的主题在其余各卷得到了更独立的处理。特洛亚陷落的主题(《埃涅阿斯纪》第二卷)就是众所周知的例子。在流浪主题(第三卷)部分,维吉尔本来应该和荷马更一致,但他更多关注的是已逝时间的沉郁的回声(波利多鲁斯[Polydorus]、赫勒努斯[Helenus]和安德洛玛刻[Andromache])以及怎样逐渐地去揭示未来,而不是历险本身。维吉尔主要的关注点也不是旅程中身体层面所感知到的恐惧,而是要展示埃涅阿斯精神世界中愈发深刻的悲哀,[27]同时,他也越来越意识到所要肩负之使命的重要与伟大。而这些都与《奥德赛》呼应极少。

关于女性诱惑的主题,在荷马笔下只在卡吕普索(Calypso)、

---

① 我会在随后的埃涅阿斯部分和狄多部分及本书最后一章内容中给出详细的讨论。

喀耳刻(Circe)和瑙西卡的形象中有些许暗示,但在维吉尔笔下,狄多这一弃妇的形象(第四卷)被升华到悲剧的高度,随之而来的还有对埃涅阿斯的考验。在竞技比赛(第五卷)中,其游戏规则也与荷马大相径庭。最后,埃涅阿斯到冥界的旅程远非众多冒险经历之一,与和狄多相恋一样,冥界之旅(第六卷)成了考验英雄的旅程:既考验了他的虔敬,也揭示了整部史诗的象征意义。超越第一卷中的尤庇特讲词,冥界之旅部分涵括了对史诗的最全面的解释。在史诗的这个部分里,传奇故事与史诗涵括的两个层面——宇宙秩序(universal order)和罗马的世界秩序(world order)——之间的联系昭然若揭。史诗以神话形式刻画了冥界之旅。冥府故事特别有助于我们从局外观察这个世界及其中的神秘机制,正是通过冥府之旅这样的神话形式,埃涅阿斯意识到了凡俗生命与世界秩序之间的关联,意识到了他个人的命运和罗马历史之间的联系。① 神圣秩序与罗马秩序间的密切关系再次得到了展示:前者由弗列居阿斯(Phlegyas)宣告,"你们要以我为戒,学着做一个公正的人,不可侮慢神灵啊"(6.620);后者则由安奇赛斯在该卷结尾揭示,"罗马人,你记住,你应当用你的权威统治万国"(6.851)。公正是两者的基础,也是柏拉图—西塞罗思想体系认定的罗马事业的首要原则。和在人类世界中的情形一样,冥界的秩序也是通过对恶的力量,对为非作歹和违法乱纪之人的约束实现的。

那些世界秩序的违反者——反对尤庇特统治的人(6.583 以下)——被拘禁在塔尔塔罗斯的三重高墙之后,永远为其罪孽付出

---

① 正如诺顿(Norden, *P. Vergilius Maro, Aeneis Buch* Ⅵ, Berlin, 1915)所言,西塞罗的《斯基皮奥之梦》(*Somnium Scipionis*)是此一形式的另一个变体。

代价;在冥界还关押着煽动残酷战争的人(6.612以下)。主题之间的内在联系被透露在三座大门的形象上,它们分别是压制狂风的大山、[28]塔尔塔罗斯的大门以及雅努斯之门。在埃涅阿斯盾牌上刻画的"罗马的"塔尔塔罗斯中,被铁链锁在岩石上的喀提林代表了罗马帝国的敌人(8.668以下,此内容因为"时间原因"未被囊括在卷六的内容之中)。可以说,但丁关于政治重犯会在地狱中接受惩罚的想法源自维吉尔。

鉴于卷一和《奥德赛》的主题联系相对紧密,而其他各卷则不那么密切,因而值得一提的是,在模仿《伊利亚特》的《埃涅阿斯纪》后半部分中,其最后一卷(第十二卷)从《伊利亚特》移植过来的场景最多。我认为这是维吉尔有意安排的结果。与之相反,第七卷和第八卷则是受《伊利亚特》影响最小的部分,而第六卷被认为是第一部分即《奥德赛》式前半部分最能体现维吉尔特点的诗章。(第四卷更多表现出阿波罗尼奥斯的影响而不是荷马的影响。)维吉尔的平衡感令人惊叹,且由于这种平衡渗透在整部史诗中,使史诗臻于完美的境地。维吉尔严格地始于荷马诗歌,在达至个人能力的顶峰之后,重又回到荷马,而在这个荷马的外壳之下的则是维吉尔的内核。

阿列克托情节象征着《埃涅阿斯纪》后半部分(第七卷至第十二卷)的悲剧氛围,与《奥德赛》式前半部由激烈的海上风暴预示的灾难性宿命氛围遥相呼应。海因兹曾指出,这两组场景相互平衡,臻于完美,尤其是两者都以尤诺开始。① 这种呼应说明,将海上风暴作为开篇象征,用以表明诗人意图的解读观点是正确的,绝非什么随意的推断。鉴于阿列克托情节的作用显然是象征(该情节并

---

① Richard Heinz, *Virgil's epische Technik*, the third version; Leipzig, 1915, P. 82.

无荷马诗歌的先例),海上风暴也一定起到了类似的象征的作用。因为古典写作需要遵循严格的对称原则。故此,[29]作为前后两部分史诗之"象征"前奏的这两个情节在功能上相对应,这也可以被视为是对海因兹所指出的呼应关系的一个补充。

因此,第一卷中的恶的力量和第七卷历史世界中的狂暴力量是并行呼应的关系。由于《伊利亚特》比《奥德赛》更雄浑辉煌,《埃涅阿斯纪》的《伊利亚特》式部分,即《埃涅阿斯纪》的后半部要比前半部瑰丽:

更伟大的事序即将被我展现,我将开始更宏伟的工作。(《埃涅阿斯纪》7.44-45)

相应地,在史诗的后半部分,特洛亚人需要抵抗的敌对命运就更加来势汹汹:和埃俄路斯的风暴相比,阿列克托的行动要狂暴得多,更具破坏性得多。尽管海上风暴采用了"奥德赛式"的主题,但在阿列克托的行动上,维吉尔却开始摆脱荷马的影响,大胆地将地狱力量引入史诗的情节之中(荷马未曾如此)。在我看来,恩尼乌斯很可能也不曾写过类似的情节,尽管(如诺顿展示的那样[1])他在对不和女神(Discordia)的刻画中有类似的细节,昭示了阿列克托的一些重要特征。然而,恩尼乌斯笔下的战争之魔不和女神与维吉尔的复仇之神阿列克托风格迥异。

阿列克托令人毛骨悚然的本性在以下三个情节中得到揭示:阿

---

[1] 论及维吉尔与恩尼乌斯之关系的作品有 Norden, P. *Vergilius Maro, Aeneis Buch* Ⅵ(Berlin, 1915)和 S. Wiemer, *Ennianischer Einfluss auf Vergil's Aeneis* Ⅶ-Ⅻ, Greifswalder Beitraege zur Literature-und Stilforschung (Greifswald, 1933)。

玛塔逐渐增强的错觉、①图尔努斯睡梦中鲜明的暴力、对希尔维娅(Silvia)豢养的雄鹿的疾速追猎过程。阿列克托先以蛇的面貌出现，在阿玛塔胸中注入毒魔(7.351)，然后又将火炬投向图尔努斯胸膛(7.456)，最后是使阿斯卡纽斯(Ascanius)的猎狗突然发狂(7.479)。

其中的第一个情节尤其成功地[30]将阿列克托的魔性转化成了充满激情的举动，以服务于最激烈的行动。海因兹是第一个探讨此种解释的学者，他总结说，该主题未被彻底展示出来，因为对它的"刻画不够明确"。② 但实际上，史诗的情节并不缺少明确性，也不像海因兹所说的，维吉尔首先意欲为战争爆发找出新的理由。③弗里德里希(Friedrich)正确地指出，该情节象征性地表达了特洛亚人的敌人所具有的暴力(impotentia)，目的就是要象征性地表达出被释放的激情及内战的疯狂。这场战争被定义为内战，因为特洛亚人

---

① 史诗不止一次地描述这种不断增强的幻象，见 7.354 以下、7.374 以及 7.385-386 处。第七卷 385-386 行："她甚至假装巴库斯神附体，奔进树林里去，这是更大的罪，使自己陷入更严重的癫狂。"海因兹解释说，这两行诗歌既可以解释假装的疯狂(simulato numine Bacchi[假装巴库斯神附体])，也可以解释随后讲述的真实情况(reginam Allecto, stimulis agit undique Bacchi[阿列克托用酒神巴库斯的刺棒驱赶着这位王后])。如此两者就不会有矛盾了。但是，"假装巴库斯神附体"就意味着阿玛塔的疯狂是模拟的。此处的 Numen 正如 1.8(quo numine laeso)和 7.583(ellum perverso numine poscunt)中的 numine 一样，指的都是神的意志。因此，第七卷 385-386 行诗歌的意思是，阿玛塔假装接受的是神的意志，似乎是狄奥尼索斯命令她去森林中一样，但并不是说她的疯狂本身是假装的。

② Richard Heinz，前揭，第 187 页。下面的诗行清晰地描述了她们的疯癫与开启战端之间的联系(7.580-582)："还有那些被巴库斯附体、在没有路的树林里踊跃的妇女们的家人，由于他们尊重阿玛塔的名声，也从四面八方聚拢，呐喊着要战争。"母亲们是阿玛塔的激动的舞伴，站在图尔努斯一边对抗埃涅阿斯；她们好战，当然也影响了她们的儿子。

③ 因为战争的理由已经十分充分了，一是由于新的求爱者打乱了王后和图尔努斯的谋划，二是希尔维娅的雄鹿被猎杀。

和意大利人,从一开始就被视为同种。他们最终会达成和解,并融为一体。但这一情节也有一个形式上的理由:维吉尔认为,有必要用一系列激动人心的景象为战争的刻画做好准备。在这些情节中,第一个情节充满了高尚的情感和悲剧的精神。酒神的女性追随者们的疯狂行为——在希腊悲剧家欧里庇得斯(Euripieds)的好几部戏剧中都被作为悲剧主题来处理——在这里尤其适合于这样的目的。①狄多的悲剧也采用了类似的手法。②它们都用发生于夜间的酒神的狂欢行动来标志悲剧的发展。因此,在史诗的内心情感系列中可以找到情节的深层理由和艺术感觉。此处,在悲剧发展的开始阶段,史诗要求一种疯狂紧迫行动的极端氛围,因为诗人希望为史诗的"伊利亚特式"部分创造一个导向战争的狂热的序曲式象征。③同时,他希望用地狱象征性地表达出战争就是制造地狱——渎神的罪行和罪恶的疯狂——的观念。④此种艺术表达在荷马史诗中无

---

① 通过"神的疯狂"这个主题,西比尔的发狂(6.77)与战争的预言联系起来了。

② 4.68"狄多如痴如狂,满城徘徊"可与 7.376-377 行"为巨大的魔力所刺激,发疯似的,无法克制地满城奔跑",以及 4.300-304"疯疯癫癫,失去了理智,激愤之下,满城狂奔,就像个酒神的女信徒兴奋地挥舞着酒神的神器,在三年一度的酒神节上听到呼唤酒神的名字,被夜间的狂欢声召唤到奇泰隆山"比较。

③ 单凭图尔努斯场景(7.406 以下)或者狩猎场景(7.476 以下),要达到同样速度的情节发展不太可能。

④ 7.461:"一股好战的疯狂。"
7.583:"个个都不顾神的警示,不顾神的旨意,由于邪魔的煽动而发起这场罪恶的战争。"
拉提努斯将战争称为必须被救赎的罪行:
7.595:"我可怜的百姓啊,你们要为这渎神之事付出鲜血的代价。还有你,图尔努斯,你这是犯罪啊,等待你的将是可怕的惩罚,等到你想要对神明起誓,那就晚了。"
12.31:"我进行了这场罪恶的战争。"
11.305:"公民们,我们现在作战是不合时宜的,我们的对手是神的后代,他们是不可征服的。"
维吉尔笔下的狄俄墨得斯(11.255 以下)也将特洛亚战争看作是罪恶的。

可借鉴,因为荷马并无此种观念。

三个情节都以渐强的音调开始,直至狂风暴雨般的行动。第一个情节发展到逃向山野的酒神追随者们令人眩晕的疯狂,第二个情节导向图尔努斯的疯狂,[31]该情节被比作沸腾的大锅(这个形象本身就是一个激烈发展的运动),第三个情节发展到最终失去控制的战争骚乱,受阿列克托召唤如潮水般奔涌而来的意大利军队:

> 用两面有刃的刀来一决胜负,出鞘的刀像地里的庄稼密密麻麻,黑压压的,青铜的盔和盾在阳光照射下闪闪发光,一直反射到云层。就像起了一阵风把海面吹出白色的波浪,渐渐地海面隆起,波浪越发冲得高,直到海水从海底一直蹿到天空。(《埃涅阿斯纪》7.525-530)①

上述描写来自荷马的明喻:

> 两军的行列密密层层,
> 盾牌、头盔、无数的长矛紧密竖立,
> 有如新起的西风吹起的一片片涟漪
> 散布在海面上,②海水在下面变黑。
> ——《伊利亚特》7.63-66

这些诗行也受到了《伊利亚特》其他诗行的启发(2.457,

---

① 也是象征性地指涉战争的阴暗结局。
② Hermann Frankel(*Die Homerischen Gleichnisse* Goettingen, 1921)将Φριξ解释为 blinkendes Flimmern[微微闪烁的光亮]。

13.338；另参 4.422 以下，13.795 以下；14.394 以下；15.381 以下），且也可能受到了恩尼乌斯的影响。维吉尔在荷马的基础上进行了强化——荷马将竖立的兵器比作幽暗大海上的白色波浪（《伊利亚特》14.696 以下），维吉尔则出色地对这个粗略的形象进行了补充。他竭力地推进情节的发展，突出战争的爆发，使用从暴风发展到飓风的明喻，渲染了整体的效果。该明喻体现了尤诺出场所带来的强烈的压迫感和情势的激烈程度，是整部诗篇节奏的一部分。维吉尔诗艺的一个最重要的原则在这里得到了体现：追求统一性。[32]沃尔夫林（Woelfflin）在题为"经典"（The Classical）的讲座中，将其称为"同化原则"（the principle of assimilation，指形式之间会相互同化）。他说："艺术作品被建构成自足的各个部分，各部分之间用同质的意象和为各细节所共有的节奏统一起来。"①全部情节序列都朝向同一个目标，这样的创作取向导向的是剧情发展的同一个目的。受目标驱动的情节发展是戏剧性质的，而一个看似没有目的的情节发展则属于史诗。②如果没有希腊戏剧，维吉尔的诗艺就不可思议。因为只有希腊戏剧通过将所有部分统一在整体法则之下，统一的概念才第一次找到了完美的诗学形式。正如歌德在他 1797 年 4 月 28 日给席勒的信中强调的那样（与给施莱格尔[August Schlegel]和沃尔夫[Friedrich August Wolf]的信形成对比），尽管这种思想在荷马史诗中也存在，但并未完全得

---

① 圣伯夫强调了如下原则。他说："时至今日，以此为核心凝聚起其他一切要素的高超特征已被遗忘。我们已经认不出它来了——我指的是色调和颜色的整体，是各部分之间的和谐与妥帖，是那种微妙雅致的比例——它们是天才的迹象之一，因为它实质上连接着思想的精华，请允许我称其为最高级的雅致。"

② 但这个界限并不确定。从荷马史诗开始，史诗就结合了戏剧化地表现事物与亚里士多德对史诗的戏剧化情节的要求。

以实现。①而在《埃涅阿斯纪》中,整体结构的统一性得到了完美的体现。尽管只有在《埃涅阿斯纪》中,史诗的"性质才得以完美体现",但出于典型的德国人对于维吉尔的无知之症,歌德与席勒关于史诗性质的讨论才不曾论及他。与施莱格尔的观点相反,维吉尔是第一个赋予史诗终极形式的人,而这种终极形式是史诗从一开始就注定了的。维吉尔是创造史诗之"经典形式"(classic form)的第一人。

除了发展成一个渐强行动的意象之外,有关阿列克托的情节还组合形成了一个较大的单元。如果比较一下每个情节的高潮部分,他们显然都彼此适合,相互协调。阿玛塔的狂野举动,汹涌的沸水、图尔努斯的大锅里蒸腾的热气,以及正在酝酿中的战争飓风,它们都越来越强地象征着最原始的、无法控制的自然力量。而且,其中最后一个情节,即海上风暴,作为最强大的行动着的自然力量的展示,是可想象的最强有力的象征。可堪比较的功能性内容在创作框架下通过相关的象征得到了加强,因此,在《埃涅阿斯纪》中的"伊利亚特式"和"奥德赛式"两部分中,[33]我们都可以看到暴风雨。拉提努斯王灰心丧气,面对灾难的征兆,最终屈服于命运,这个时候,尤诺打开了雅努斯神庙的铁门。这个被释放的行动被描绘得如此生动,形式和谐的原则如此有效地得到了实现,而史诗的节奏(如同裹挟并洗劫一切事物的汹涌激流)如此强而有力。拉提努斯王则被比作洪流中的岩石(7.586以下;参《伊利亚特》15.618以下)。拉提努斯看到,战争最终的迸发如同飓风一样,在

---

① 正如沙德瓦尔特(Schadewaldt)在《伊利亚特研究》(*Iliasstudien*,1938)中表明的,施泰格尔(Emil Staiger)在《诗学的基本概念》(*Grundbegriff der Poetik*,1946)中指出,荷马史诗强调情节的片段,而不是情节的统一性(第124页以下)。

它的面前,人类无能为力(7.594: Frangimur heu fatis, inquit, ferimurque procella[唉,命运摧折着我们,风暴驱赶着我们])。此处,暴风雨和沉船的形象再次成为了命运的象征。

作为一个统一体,阿列克托相关的场景清晰地展示了诗人塑造渐强和渐烈行动的艺术才能。从充满希望的诗行——带着气宇轩昂的姿态:高高地骑在马上回去向埃涅阿斯报告和平的消息(7.285)——出发,①尤诺的干预马上开始,故事越来越阴郁、紧张,直至战争的爆发。然而,若要深刻地理解此段逐渐剧烈化的情节,则需要回到本卷开篇处,去体会史诗如何从台伯河快乐平静的晨景逐渐发展到盔明甲亮的东道主的狂暴行动。诗人在整卷诗歌中都在强调外在的对照。为了加强行动的力量,他以宁静、遥远的场景开始。因此,我们看到,第七卷情节发展与第一卷的过程相反:《埃涅阿斯纪》第一卷从暴风雨和紧张的情绪开始,经过基本严肃的与维纳斯的会面,终到狄多的兴高采烈的欢乐观众和最后隆重的宫廷宴饮。②我们可以看到,与之相反的是,卷七以宁静的场面开始,随后的发展则越来越急迫,终至意大利参战者们的波翻云涌——游行的行列充满了狂野的激情和狂暴的力量,好似一场庆祝意大利各部辉煌胜利的凯旋。

---

① 诗人有意将和平(pacem)一词放在第七卷的第一段中,而接下来,就是尤诺的干预这个情节,而她的干预直接导致了战争。
② 整个场景以第314行以下那些静谧的诗行开始,以第415行帕佛斯的迷人的景象结束,但悲剧性的基调却一直存在。这种基调既存在于埃涅阿斯的讲词(crudelis tu quoque mater[母亲,你也这样残忍吗],1.371)中,也存在于狄多的故事中。

第二章　主要人物

第一节　埃涅阿斯

[34]渐趋激烈的风暴将我们的关注点导向突然遭难的埃涅阿斯,海因兹发现,这是维吉尔最钟爱的艺术技巧。extemplo Aeneae solvuntur frigore membra[埃涅阿斯又冷又怕,四肢瘫软](1.92),"进入几近昏厥的状态"(圣伯夫语),高喊出人类的恐惧:

> 你们这些有幸死在父老面前、死在特洛亚巍峨的城墙之下的人,真是福分匪浅啊!狄俄墨得斯呀,最勇敢的希腊人,为什么你没能够在特洛亚的战场上亲手把我杀死,断了这口气?而勇猛的赫克托尔(Hector)却在战场上死于阿基琉斯的枪下,身躯高大的吕西亚王萨尔佩冬(Sarpedon)也死了,多少勇敢的战士的盾、盔和尸体被西摩伊斯河的波涛吞没卷走了啊!(《埃涅阿斯纪》1.94-101)

[35]这段话源自《奥德赛》卷五306-312行:

> 那些达那奥斯人要三倍四倍地幸运,
> 他们为阿特柔斯之子战死在辽阔的特洛亚。
> 我也该在那一天丧生,接受死亡的命运,
> 当时无数特洛亚人举着锐利的铜枪,
> 围着佩琉斯之子的遗体向我攻击;
> 阿开奥斯人会把我礼葬,传我的英名,
> 可现在我却注定要遭受悲惨的毁灭。①

但维吉尔的这段描写真的不过是在引用荷马的诗行吗?

奥德修斯的哀伤是因为他必须放弃荣誉,不能被体面地埋葬,但他没有提到爱。埃涅阿斯渴望死在"父老面前",这不仅表达了他对荣誉的渴望,还表达了他对爱和温馨家庭的眷恋。临终之前有被爱的人相伴,可以缓解死亡带来的锥心的痛苦,这是《埃涅阿斯纪》中常见的主题。因此,狄多临终之时,有妹妹在身旁,也因为尤诺派来的彩虹女神伊里斯(Iris),才得以从痛苦中解脱。奄奄一息的卡密拉(Camilla)在被狄阿娜带走之前,得到战斗伙伴阿卡(Acca)的援手。我们听到了埃涅阿斯对帕里努鲁斯(Palinurus)的同情,还有尼苏斯(Nisus)的关爱,他为欧吕雅鲁斯牺牲了自己。同样,死于战争的帕拉斯(Palas)和劳苏斯的痛苦也因为埃涅阿斯的哀悼而得以减轻。图尔努斯和墨赞提乌斯独自面对死亡,但内心也思念着挚爱的亲人。即使阿克兴战死者和被诅咒的克利奥帕特拉(Cleopatra),也有尼罗河河神充满爱意的迎接(8.711)。这是埃涅阿斯希望得到的死亡方式。而且,奥德修斯只记得自己在特洛亚城墙陷落之前面临的危险,但埃涅阿斯则提及伟大的特洛亚英雄赫克托尔、萨尔佩冬以及被西摩伊斯河吞没的尸体——他

---

① 除了《奥德赛》这一段,还可以参见《伊利亚特》卷21,行279以下。

和死去的故乡同伴间的关联十分明显。

埃涅阿斯是个具有丰富阅历和复杂内心世界的人。面对死亡的绝境和痛苦,他内心的悲痛与焦灼爆发出来。他的讲词不仅表达了他极度的恐惧,也[36]说明了他的性格特征。人们可以一瞥他的内心世界,并瞥见史诗的基本主题。这是维吉尔对流亡意味着什么这个问题的亲身经历,而在《牧歌》第一首中,这种经历就已经得到了令人动容的表达。① 埃涅阿斯的讲词以这种哀伤可怜的形象达到高潮(荷马史诗无此种高潮),并以此结束。尽管受到了荷马的启发(《伊利亚特》21.301),但这一形象恰如其分,和海上的风暴相符,埃涅阿斯的讲词似乎是为了这场风暴而特别创造出来的内容。紧接着,诗人用一个类似的形象表达了风暴令人悲惋的毁灭性:

> 还有战士们的武器、船板和特洛亚的珍宝也漂在海面。
> (《埃涅阿斯纪》1.119)

这一句对应了"战士的盔被波涛吞没卷走"的说法,我们从中可以清晰地看到,诗人寻求形象的同质和主调的统一所付出的努力。维吉尔笔下的这段沮丧的独白无论在形式上还是在情感上都超越了荷马。通过与暴风雨形象的内在联系,这段独白更精致,更深刻,也更温柔,但较之《奥德赛》中仅具"可现在我却注定要遭受悲惨的毁灭"这样简单结尾的对应内容而言,却不那么"自然"。②自然与纯朴的丧失是达到古典形式的完美所必须付出的代价。荷

---

① 克林纳的解释既有说服力,又动人心弦。参 Friedrich Klingner, *Roemische Geisteswelt*, Leipzig, 1943。

② 此外,维吉尔在此处和其他类似之处都用一个统领主题的形象作为一个情感单元的结束。尸首随着河水漂走是战争恐怖的象征,这让人回想起先知西比尔的话(6.87)以及埃涅阿斯对厄凡德尔说的话(8.538)。

马那朴素的文字无法容纳这种丰富的、意味重大的内容以及成熟的艺术特性。

关于特洛亚城那令人哀伤的记忆,在埃涅阿斯的第一通言辞中就得到了强调,也是《埃涅阿斯纪》"三部曲"之一①中反复出现的主题。该主题既出现在史诗英雄与维纳斯的对话中(女神啊,如果要我从头说起:1.372),也浮现在他于迦太基尤诺神庙特洛亚战争浮雕前的凝思中。对特洛亚的回忆还延伸为城市陷落时的宏大叙事(第二卷),又突然鲜明地呈现于波利多鲁斯、赫勒努斯和安德洛玛刻的会面中(第三卷)。在与狄多会面的场景中,埃涅阿斯再一次表达了他对特洛亚城的渴望(4.430)。埃涅阿斯与特洛亚前任领袖赫克托尔的密切关系也一次次地在这些诗卷中得到揭示。② 最初,[37]在浮雕的描述中,赫克托尔的重要性体现在他被单独刻画在浮雕上,说明他的命运非同寻常;③然后,在特洛亚战争最后一夜那决定性的一刻,赫克托尔在梦中来到埃涅阿斯的身边(2.270以下);再然后,是安德洛玛刻面对赫克托尔的衣冠冢时令人动容的哀婉形象(3.302以下)。在埃涅阿斯与图尔努斯决战之前,从他留给阿斯卡纽斯的话中可以想象出赫克托尔的性格:

> 但是等你自己年纪稍微成长些的时候,你就要注意不要忘记,要时刻心里想着你的父辈给你立下的榜样。想起你的

---

① [译注]《埃涅阿斯纪》可被视为一个"三部曲",前三卷为三部曲之一,讲述狄多的故事,后三卷为三部曲之三,讲述图尔努斯的故事,中间三卷为三部曲之二,涉及冥府及罗马帝国等诸多内容。以下称"三部曲"皆指这种结构上的说法。

② 在《伊利亚特》中(6.77以下),两个人都被认定为特洛亚人的领袖。

③ 第一卷485-487行:"他不禁从内心深处发出一声长叹,当他看到希腊人虏获的战利品、战车、他朋友的尸体以及普利阿姆斯伸出的毫无武装的双手。"

父亲是埃涅阿斯,你的舅父是赫克托尔,你就会勇气倍增。(《埃涅阿斯纪》12.438-440)

特洛亚城已经荡然无存,但埃涅阿斯心里依然存有这城市的形象、这城中英雄的荣光,正如他心里存留着这城市的守护神一样。他想建立一个新的特洛亚的动力来自这挚爱的记忆。埃涅阿斯是崩溃和拯救、内战的混乱和即将到来的奥古斯都和平间的情绪的象征。

讲述特洛亚的"伊利亚特式"部分被安插在迦太基事件相关的叙事之中,属于《埃涅阿斯纪》"三部曲"之一的内容。作为压在史诗英雄心上难言的重负,这部分内容是史诗"三部曲"之三关于意大利的"伊利亚特式"部分的对应物。① 此处,希腊—特洛亚的过去与罗马的未来在史诗中融为一体,这一平衡是古典对称美的又一个范例。相关的部分在形式和内容上相互对等。而形式则是被组织过的思想的表达。

在《埃涅阿斯纪》"三部曲"之二中,史诗英雄摆脱了记忆的重负。我们被告知,他如何将"那些没有成就伟大荣耀的灵魂"(5.748)留在西西里[38],置于阿刻斯特斯(Acestes)的统治之下,去建立第二个伊利昂(第五卷)。然后,在最后一次犹豫之后(5.700以下),埃涅阿斯下定决心,肩负起了新的使命。在冥界得到的启示使他完全明白了自己的新使命。此刻,一直萦绕心头的特洛亚最终被新的使命所代替。记忆变成了希望:对记忆中特洛亚的渴望变成了对未来罗马远景的向往,其关切的对象从祖先变成了子孙后裔。

---

① 正如在斯泰勒(Stadler)在其 *Vergils Aeneis*(Einsiedeln,1942)中分析的那样,三分法是仅次于两分法的最基本的情节设置原则。由于第七卷和第八卷只是在为战斗做准备,所以,《埃涅阿斯纪》的"伊利亚特式部分"是从第九卷才正式开始的。

史诗序曲从第一行 Troiae ab oris[离开特洛亚的海岸]开始,一直到最后一行 altae moenia Romae[罗马巍峨的城墙]结束,显然强调了旅途的始与终。罗马是序曲的最后一个词,这是史诗内在的目标,也是史诗的主题。甚至词语的安排也指出了重点所在。① 埃涅阿斯的"历史"态度表明,维吉尔世界里的道德发生了变化,也表达了其与荷马世界的差异。与荷马笔下的英雄人物不同,埃涅阿斯这个人物身上同时蕴含了过去、现在和未来。② 甚至在面对死亡的危急时刻,过去的经历也如影随形:他的行动源自记忆和希望。他肩负着历史的重任,"扛起子孙的光荣和命运"(8.731),而我们也可以加上,"以及祖先的光荣与命运"。在《埃涅阿斯纪》中,我们第一次看到了个体人物承受历史命运的悲剧。英雄人物从来都不仅完全系于某一特定的时刻。就像在迦太基一样,他似乎被束缚于当下,但总有天神提醒他必须承担的使命。

---

① 关于《埃涅阿斯纪》序诗的分析,参 H. Fuchs, *Museum Helveticum* v. 4 (1947), P. 191. n. 114.

② 首先,即使想,他自己也不会留下来:

3.190:"我们离开了这片土地。"

3.493-497:"我祝你们生活幸福,命运已使你们得到了归宿,而我的命运还一而再再而三地改变。你们已经安享太平,无须再在大海上漂流,也无须把那永远在退却的意大利无休止地追求。"

另外,还有墨丘利随时在驱逐:

4.272:"你在利比亚的土地上逍遥岁月,你希望的是什么?"

4.569:"喂,起来,不要再耽搁了。"

4.574-576:"从天上又一次派来了神明催我们砍断纠缠在一起的缆绳,催我们赶紧走上流亡的旅途。"

瑙特斯也说:

5.709-710:"女神之子,我们的进退要听从命运。"

西比尔也劝告过他:

6.36:"对你来说,现在不是观光的时候。"

6.539:"埃涅阿斯,黑夜临到了,我们还在悲叹,白耗费时光。"

对于荷马笔下的人物来说，可感知的现在至高无上。过去的经历表现为记忆和经验，未来只是一闪即逝的景象——但有些时候，比如对荷马笔下最具悲剧性的人物阿基琉斯来说，关于未来之悲剧命运的知识淹没了现在。荷马有时候也会借天神之口说出自己对人类悲剧命运的洞察，宙斯关于阿基琉斯战马的讲词便是这样的一例。但即使荷马的英雄和埃涅阿斯一样感受到锥心的悲痛，他们似乎轻易地就能将其抛之脑后。埃涅阿斯却从来不会忘记悲痛，哀伤每时每刻都要从他的心底倾泻而出。[39]但荷马笔下的英雄不会让忧伤萦绕心头到如此之甚的地步。的确，《奥德赛》中的人物受制于某些隐秘的渴望，而这些渴望会将他们的灵魂展露出来。因为感官被心灵之光照耀时，其即时性特征就被冲淡了。在《奥德赛》中，我们可以看到，重心在对当下的强调与对灵魂的强调间摇摆变化，但无论如何，灵魂在很长时间内都是缺失的。与流亡中的埃涅阿斯不同，荷马笔下的奥德修斯在讲述自己的冒险经历时，完全陷入眼前的事件和渴望中。而且，他的渴望也仅局限于他自己生活的那个狭小范围。可以想象维吉尔会如何处理《奥德赛》的题材——他会丰富人物灵魂的内在世界，加强历史的重要作用，同时降低可感的现在的重要性。

荷马史诗中的过去和未来从未达到这样的心理深度和历史感。在广度上，希腊史诗也不及《埃涅阿斯纪》。是罗马诗人维吉尔发现了令人痛苦的历史重负和它的重要意义。他第一个深刻地洞察到伟大历史所需要的代价；很久以后，历史学家布克哈特（Jacob Burckhardt）才重新表述了同样的见解。埃涅阿斯的看法来自他卓越的历史意识，这是罗马超越希腊的地方，也是典型的罗马人对时间的感受：现在仅作为整体时间的一部分得到评价，而且也总是与历史和未来相联系。在更深的层次上，过去和未来之所以永存，是因为它们赋予了现在以重要性和价值。

而且,埃涅阿斯的观念也印证了罗马人的责任观。这和希腊的生命观形成鲜明的对比,因为无论荷马的英雄做什么,他们凭的是本性而非责任。相反,埃涅阿斯则是一个肩负责任的英雄。狄多之所以是个悲剧,是她因亵渎了自己的职责而良心不安,恰如图尔努斯因天神加之于他的幻象而背叛自己的职责后,内心愧疚一样。① [40]如果完成职责使命不是史诗英雄的重中之重,那《埃涅阿斯纪》就不会是罗马精神的完美阐释了。现代人的责任观中的某些观念其实是罗马道德观的延续。早期的家庭和国家就是在此基础上构建的,无论之后发展到什么阶段,比如康德和席勒的基督教道德观,罗马精神的影响都非常有效。②这也是维吉尔会如此深刻地吸引席勒的原因。

------

① 迦太基的王后和鲁图利亚人的王子违背责任或对他们的义务做出错误判断,而埃涅阿斯对责任仍具有坚定的信念,即使他曾在短时间内将其遗忘。埃涅阿斯不是出于暴力或者激情,而是出于服从,他的生活中有现实的契约,他也为之奉献。从这一方面以及之后会讨论的其他特征中可以看出,他更像是基督教的英雄而不是荷马的英雄。沙德瓦尔特在 Sinn und Werden der Vergilischen Dichtung(*Das Erbe der Alten*, Heft 20 [1931], P. 94)一文中,认为埃涅阿斯更像一个圣人而不是英雄。

② 对照尼采《人性的,太人性的》(*Menschliches*, *Allzumenschliches*, 2d division, nr. 216)中的说法:"不可否认,从上个世纪末开始,一股道德主义的复兴潮在欧洲蔓延。……倘若追溯这股潮流的源头,人们就会找到卢梭……另外一个源头是廊下派式伟大的罗马精神的复活,通过这种复活,法国人以最高贵的方式传承了文艺复兴的使命。他们从对古典形式的模仿过渡到对古典特质的模仿,并取得了最辉煌的成功,他们永远有资格要求得到最高的荣誉,因为他们这个民族迄今为止向近代的人类贡献出了最优秀的书和最杰出的人……康德的道德主义从何而来? 他一再暗示自己来自卢梭以及复苏了的廊下派式的罗马。席勒的道德主义呢? 一样的来源,一样的对来源的赞美。贝多芬化入音符的道德主义呢? 是对卢梭、席勒以及信奉古典的法国人的永远的赞歌。'德意志青年'是第一批忘恩负义的。"[译按]译文参考尼采,《人性的,太人性的》(下卷),李晶浩、高天忻译,"尼采注疏集",刘小枫主编,华东师范大学出版社,2008,页718-719。

对史诗英雄埃涅阿斯来说,特洛亚的记忆和建立罗马的希望是他的神圣职责。在完成职责的过程中,他表现出虔敬的品质。虔敬这个词没有其他意思,就是完成自己对神、国家、祖先和后世的责任。"责任"这个词并非受理性的驱使,而是对爱的回应,因而排除了这个词引起的令人不悦的联想。

埃涅阿斯的第一段讲词指涉荷马史诗的内容。这一指涉是对荷马范例的一个意蕴深长的改编,虽然并不那么明显。《埃涅阿斯纪》的外部和内部结构使《奥德赛》中的简单思想脱胎换骨,变成了史诗不可或缺的部分。讲完这段话之后,风暴愈发剧烈,对风暴的描写也发展向两个高潮,与荷马在《奥德赛》第五卷和第十二卷中的风暴相比,着重点发生了相当大的改变。首先,是吕西亚人(Lycian)的船只带着"忠诚的俄朗特斯(Orontes)"沉没了。"忠诚的"这个称号本身就表明了诗人的同情心和对埃涅阿斯悲剧性的评价。[1] 当奥德修斯自己,而不是诗人,在描述舵手死亡的时候,说舵手的头骨被桅杆击碎,像潜水者一样坠入水中。荷马的描述与这里的描述形成了鲜明的对比。奥德修斯描述了同伴可叹的命运,说他们落水前如同波浪上飞舞的海鸥。他用精确而形象的语言描述了同伴的死亡,却没有感同身受的情感投入。[2]甚至在讲词中,荷马也是冷静的。而维吉尔即使在叙述中也是动情的。另一个高潮是在特洛亚宝藏被海浪卷走这个情节中:该情节表明了埃涅阿斯身上的悲剧色彩——丢失了从特洛亚带出的纪念物,[41]且对结束海上风暴的叙述非常重要。

---

[1] 灾难在他眼前发生,如塞尔维乌斯强调的那样,"他亲眼看见(自己的伙伴)走向灾难"。

[2] 参第十二卷第411行以下。表面上冷静地给出可怖的细节,这种做法对罗马诗人而言并不合宜。维吉尔摈弃了荷马史诗中现实的细节,在他笔下,俄朗特斯被海水冲下船去,船只卷入漩涡(1.113以下)。这一细节具有画面感和音乐特征,而不是详尽而无趣的描写。

这是内心和外部环境描写的双重高潮:埃涅阿斯的死亡恐惧在加深,他被失去俄朗特斯和特洛亚宝藏的情感所压倒。而最终的高潮也就是特洛亚的悲剧。

如果说埃涅阿斯的话首先表明了他的虔敬,他在被救之后安抚同伴的讲词(1.198以下)则揭示了他性格中另一个基本特征——心灵的伟大。

> 经历过各种各样的遭遇,经过这么多的艰险,我们正在向拉丁姆前进,命运指点我们在那儿建立平静的家园;在那儿特洛亚王国注定要重振。忍耐吧,为了未来的好时光保全你们自己吧。(《埃涅阿斯纪》1.204-207)

维吉尔通过刻画埃涅阿斯的哀伤和悲痛,强化了埃涅阿斯的伟大心灵:

> 他虽然因万分忧虑而感到难过,表面上却装作充满希望,把痛苦深深埋藏在心里。(《埃涅阿斯纪》1.208-209)

这段讲词令人想起奥德修斯对他同伴所说的话(《奥德赛》12.208以下),但两者大相径庭。荷马笔下的奥德修斯是一位勇士,他身处危险的境地(斯库拉[Scyllas]和卡律勃底斯[Charybdis])时仍能够下达睿智而又谨慎的指令;[42]而维吉尔的埃涅阿斯则拥有一个朝向伟大目标的伟大灵魂。和第一段讲词一样,第二段讲词也以对特洛亚的怀念和即将复兴的帝国为高潮。① 我们

---

① 埃涅阿斯被刻画为罗马之稳定和伟大的象征。波利比乌斯曾经赞美说,坎尼之战后的罗马人具有稳定和伟大的特征(《罗马兴志》6.58)。

可以看到,这与荷马不同,维吉尔把某个具体的重要事件转变并升华,使之具有普遍的重要意义。他脱去了史诗过于贴近客观细节的现实,在更恢宏的场景中寻求明晰的表达。

埃涅阿斯出场时的这些讲词反映了他的基本特征。无论揭示心理活动还是刻画外部情节,这些讲词都是整部诗篇不可或缺的部分,因为诗人从一开始就完全聚焦在至关重要和蕴含深意的事件之上。当然,这种从一开始就揭示人物最基本的性格特征和命运的做法在荷马那相对松散的史诗中也时有体现。例如,在《伊利亚特》第六卷中,赫克托尔没能在家里找到安德洛玛刻,听说她既没和家人在一起也没在雅典娜的神庙里;因为听说希腊人军力渐强,特洛亚人已被击败,她到特洛亚高高的塔楼上去了。安德洛玛刻疯狂地冲向城墙,身边的保姆带着孩子。这些情节都展示了她温柔而易于激动的个性。诗人不必描述她的爱,因为行动胜于言语。这就是读者所见的安德洛玛刻!这个场景也暗示了赫克托尔的命运,安德洛玛刻的担忧成了悲剧的预兆。

在《伊利亚特》中,这样的文辞关联在刻画其他人物时并不明显,尽管他们的首次亮相也有其特点。阿伽门农对克律塞斯(Chryses)大喊大叫暴露了他残暴、自私的本性。忒提斯一出场就表现了慈母本性——为回应阿基琉斯的祈祷,她如薄雾般从海上升起,去爱抚儿子。赫克托尔对帕里斯的斥责表明,他是特洛亚民族荣誉的毫不妥协的捍卫者,是真正的[43]领袖。在表达压抑已久的憎恶时,赫克托尔流露出了激情四溢的本性。但这和整个情节发展缺乏明确的联系。细节与整体,言语、行动与人物,人物与命运,命运与情节结构的严格的统一——这些在《埃涅阿斯纪》中是最基本的艺术特征,但在《伊利亚特》中,并没有得到同样娴熟的处理。《伊利亚特》没有完全遵循古典写作的原则——根据这一原则,各部分只有和整体相关联才能获得真正重要的意义。《伊利亚特》刻画事件的发展过程更散漫,所以每个人物有更多的机会得到刻画。

《奥德赛》中的情形则略有不同。在对荷马的两部史诗进行文学批评时,这一点不容忽视。荷马煞费苦心地刻画了各主要人物的首次出场,并且和谐地围绕着一个主题——渴望英雄归来,并为他的缺席而哀伤。在一个令人无法忘却的场景中,荷马刻画了奥德修斯眼含热泪望着汹涌的大海的形象。① 佩涅罗佩(Penelope)无法继续承受哀痛,她走出房间,阻止游吟诗人继续吟唱阿开奥斯人的归程。伪装成门托耳(Mentor)的雅典娜走近时,特勒马科斯看着那大门,心里想着他的父亲正回来驱逐这些瘟疫般的求婚者。欧迈俄斯(Eumaios)在把威胁陌生人的狗赶开之后,开始诉说因

---

① 《奥德赛》5.151。类似的形象也出现在《伊利亚特》第一卷第348行。其中,阿基琉斯凝望着永无休止地涌动的大海,流下眼泪,接下来,特提斯在水面浮现。但此处"永无休止"的大海应和着人类的情感,正如史诗的其他地方,自然回应、接受并升华了人类的行动,表达了人与自然的统一,这一点在荷马史诗中十分常见。维吉尔对人类灵魂的这种倾向十分敏感,他也模仿了这一片段(当然略有不同),描述特洛亚妇女凝望大海的情景:

> 但是在远处一段僻静的海岸上,孤零零地坐着一伙特洛亚妇女因悼念已故的安奇塞斯而哭泣着,她们眼泪汪汪,谛视着无边的大海,唉,她们是多么疲倦啊,但是还得经历多少海程。(《埃涅阿斯纪》5.613-516)

在这里,维吉尔对《奥德赛》的主题作了艺术的改编,但其纯熟的技巧足以让多数读者忘记,它其实是对荷马诗句的严格翻译。阿尔比尼(Albini)在其关于维吉尔的诗艺的著作中赞美了维吉尔的这一诗段,但没有意识到这是对荷马的模仿(Albini, *Conference Vergilliane*, Milano, 1931)。歌德《伊菲革涅亚》(*Iphigeneia*)的第一个独白象征着德国人对"南部内陆"(inner south)的向往:"我每天每日站在大海之滨,我的心总在向往希腊故国,可是,海波只传来阵阵澎湃的沉重的涛声,应和着我的叹息。"这段独白也受到《奥德赛》里的这一诗段的启发。另参莱斯基有关荷马诗歌的评论(Lesky, *Thalatta*, Wien, 1947, P.185ff.)。

主人的缺席而感到的哀伤。每个人都怀有同样的渴望,而这渴望就是他们生活的主要内容。

让我们再一次回到埃涅阿斯所经历的考验。在狄多事件的决定性时刻,埃涅阿斯内心那些最基本的力量——责任心,坚定的决心,以及人性的情感都表露了出来。《埃涅阿斯纪》卷四的高潮出现在女王狄多恳求埃涅阿斯改变将其抛弃的无情决定之后:

> 埃涅阿斯由于尤庇特的告诫,目不转睛,挣扎着把眷恋之情①压在心底。(《埃涅阿斯纪》4.331-332)

[44]此处 obnixus curam sub corde premebat[挣扎着把眷恋之情压在心底]与第一卷中的 permit altum corde dolorem[把痛苦深深埋藏在心里](1.209)相似。唯一的区别在于,前者更多地强调了难度,需要付出更大的努力,但并不像现代学者给出的解释那样,是埃涅阿斯炽热的爱打动了他自己。因为维吉尔刻画此一感情时多有保留,所以,与其说他自己被爱情打动,毋宁说他对狄多的悲痛感同身受。这份因为爱而得到强调的同情心是埃涅阿斯的人性的表达。① 但他遵从神的旨意,抑制了这份同情心。埃涅阿斯的决定,并非是真正放弃了爱,而是遵从神的禁令。神禁止他去

---

① 在普劳图斯之后,Cura 这个词出现在许多表达"爱恨"(love sorrow)或者"爱"(love)的场合里。该词饱含着罗马人的温情,同时在他们的道德主义的实践中也比较典型。拉丁语中的"爱"(love)在同时蕴含了"伤心"(sorrow)、"关爱"(care)和"担忧"(worry)的含义。Cura 最开始时并无激情或欲望(例如ερως或者 cupido)的意思,但可以表达对心爱之物的同情。从 Cura 这个概念出发,我们可以很好地理解罗马人。参 H. Fuchs, *Museum Helveticum*, v. 4 (1947), p. 103。

① 这里的"爱"更多的是伦理意义上的而不是情爱意义上的。在冥府中,埃涅阿斯也为狄多的悲惨命运落泪(6.475)。

抚慰女王满怀悲伤的心。出于对神和对子孙后代的职责,他必须放弃对狄多的作为人的责任。埃涅阿斯的痛苦是因为其他人,而不是因为其自身的不幸遭遇。他保护身边之人,使之免于痛苦和伤痛的关爱之情从未懈怠。此一关爱之情在特洛亚陷落的情节中得到了最充分的表达:

> 敌人的枪林刀阵没有吓到过我,敌人的密集部队没有吓到过我,现在一阵风就把我吓坏,一点点声音就使我提心吊胆,我为跟着我走路的孩子担心,又为我驮着的父亲担心。(《埃涅阿斯纪》2.726-729)①

狄多被拒绝之后,诅咒埃涅阿斯,然后被侍女抬到了大理石的②寝宫中,同样的悲痛的决定在更高的形式上得到了强调:

> 但是埃涅阿斯出于对神的虔敬,虽然他很想安慰一下狄多,解除她的痛苦,用言语岔开她的哀愁,虽然他频频叹息,为深情而心碎,但是他不得不服从天神的命令,又回到船上。(《埃涅阿斯纪》4.393-396)

---

① 帕里努鲁斯曾表现出同样的态度:

> 我当时并没有一丝一毫为我自己害怕,我倒是怕你的船失去了引航人,失去了作为武装的舵,会在波浪起伏的大海上沉没。(《埃涅阿斯纪》6.352-354)

图尔努斯也曾因为抛下同伴(10.672以下)和对他们的遭遇无能为力(12.638以下)而感到莫大的耻辱。

② 这个形容词具有象征意义。

安娜最后一次试图改变埃涅阿斯离去的决定无果之后,该主题以更加鲜明的方式第三次出现:[45]埃涅阿斯内心的挣扎被橡树的明喻有力地呈现出来。这个明喻是埃涅阿斯英雄品质的象征,具有廊下派所赏识的内心力量。有趣的是,我们发现塞涅卡(Seneca)也曾将智慧之人比作受到连续打击的大树,①此种联想或许就是借鉴了《埃涅阿斯纪》中的这种说法:

> 就像一棵古老的橡树,木质坚硬,被阿尔卑斯山里刮来的阵阵北风吹得东倒西歪,想要把它连根拔起,只听一阵狂啸,树干动摇,地面上厚厚地落了一层树叶,而这棵橡树还是牢牢地扎根在岩石间,树巅依旧直耸云天,树根依旧伸向地府;②同样,英雄的埃涅阿斯也频频受到恳求的袭击而动摇不定,在他伟大的心胸里深感痛苦,但是他的思想坚定不移,尽管眼泪徒然地流着。(《埃涅阿斯纪》4.441-449)③

[46]"眼泪徒然地流着"(Lacrimae inanes)说的是埃涅阿斯落泪,但这泪水只是徒然,因为它们根本无法改变其坚定的决心。与所

---

① Seneca, *On Providence*, 4.16:"除非经历过风吹雨打,否则,树木就不会坚实,不会苍劲有力。正是因为有这些打击,树木才抓得牢,站得稳。"荷马史诗很少有以这种方式表达内心冲突而展现人类态度的明喻。如果撰写一部关于树木的明喻的历史,包括荷尔德林笔下的橡树,赫勃尔笔下沙漠中的树,尼采笔下山上的树以及瓦莱里的棕榈树。

② 从荷马的奥林波斯山的形象过渡到了橡树的形象。橡树的比喻给埃涅阿斯蒙上了一层超人的光辉。

③ Magno pectore[伟大的心胸]等同于 magno animo[伟大的精神]。作为一个 μεγοφυχος,他最大程度上感受到了因爱生悲的痛苦,感受到了那种让人无法承受的重量,但高贵的灵魂却使得他能够承受并抑制住这种感情。

有当代的评论者不同,①奥古斯丁和塞尔维乌斯正确地解读了这几行诗歌。②若将泪水解释为安娜或者狄多的,就会在相当程度上削弱其艺术效果。因为诗歌强调的不是埃涅阿斯和安娜之间的争执,而是埃涅阿斯的心碎和他对命运的痛苦的服从。故此,把埃涅阿斯比喻成一棵古老的橡树,这个明喻的意义只能被理解为埃涅阿斯内心的挣扎,抑或坚如磐石的决心与其属人的灵魂间的纠结。一旦我们理解这场战斗压倒性的特征,就不会接受其他任何解释了。③大胆的

---

① Conington-Nettleship, Forbiger, Cartault, Heyne-Wagner, K. H. Schelkel (*Virgil in der Deutung Augustins Stuttgart*, Berlin, 1939) 等人认为,此处指的是安娜抑或安娜和狄多的眼泪。Henery 的解释是正确的,却被不公正地忽视了。与之类似的还有 Pease,他在 *Kritisches und Exegetisches zu Vergil's Aeneis*(1883, pp. 34-38)一书中引用了 Gross 睿智的评价。参 Glover 的 *Vergil*(2d ed.),195nr. 5 和 Rand, *The Magical Art of Vergil*, 1931, pp. 361-62。

② 在《上帝之城》(*De Civitate Dei*)第九卷第 4 节中,奥古斯丁认为,学院派和非学院派关于情感以及关于廊下派的写作没有本质上的差别。他说:"双方都明确地认为,如果对这些好处或功用的威胁逼迫他们做什么丑事或坏事,否则就不能维护这好处或功用,他们说,他们宁愿失去身体的自然健康和安全,但不愿意做违背正义的事。这样,心志中既然坚守这样的观念,哪怕心灵中较低的部分受到侵扰,还是不准违背理性的搅扰横行。这些情绪要受心灵的控制,心灵不认同它们,而德性要对抗它们,德性才是这里的王。维吉尔也这样描述埃涅阿斯。他说'他的思想坚定不移,尽管眼泪徒然地流着'。"奥古斯丁的观点完全正确,他认为这些词表明了埃涅阿斯英雄的、哲学态度。塞尔维乌斯的解释也是正确的:"眼泪之所以徒然,是因为神意无法改变(lacrimae inanes, quia mens immota)。"但他接着追问:"埃涅阿斯的眼泪还是狄多的眼泪打动人,安娜的或者所有人的眼泪都能打动人(lacrimae Aeneae vel Didonis ve! Annae vel omnium)?"正是这个提问误导了后来的解释者。第三种解释见于关于 Juvenal(13. 133)的研究文献,是古代的一种基于正确阐释的发挥,把埃涅阿斯的眼泪说成是虚伪的。

③ 因此皮斯(Pease)在关于第五卷的评论中说:"埃涅阿斯这一人物,与将其看作是冷酷无情的人物相比,把他刻画成内心充满情爱与责任的纠结的人物,这样的心理的和戏剧化的处理与他性格中的其他因素更相一致。"

内在冲突比蹩脚的外在冲突要好得多。①橡树也承受着痛苦,这表现在它的呼啸声②和 altae consternunt terram concusso stipites fronds[地面上厚厚地落了一层树叶]的形象上。正如塞尔维乌斯所说,落叶恰似埃涅阿斯流下的眼泪。的确,因为维吉尔的比喻比荷马的比喻更少冗余的特征,埃涅阿斯落下的眼泪显然与橡树飘落的叶子相关。③老橡树比喻的核心是"承受痛苦",该比喻中的橡树与特洛亚覆亡情节中象征着特洛亚城沦陷的桉树类似。桉树的比喻也与荷马式比喻大异其趣。它不是要去描述事件,而是要去

---

① 这几行诗歌可能受《奥德赛》的影响:"奥德修斯心中也悲伤,怜惜自己的妻子,可他的眼睛有如牛角雕成或铁铸,在睫毛下停滞不动,狡狯地把泪水藏住。"(《奥德赛》19.210-12)《埃涅阿斯纪》这几行诗歌也有类似的三层含义:同情心(magno persentit pectore curas)、思想坚定不移(mens immota manet)和泪水。它们提及了眼睛,描述了埃涅阿斯的情感(《埃涅阿斯纪》4.331以及 4.369),让人想起《奥德赛》中与此类似的诗段,不过因情节的需要,《奥德赛》中的"眼睛在睫毛下停滞不动"的说法被改成了"思想坚定不移"(mens immota manet)。

② 该拉丁语词是 stridor, stridere,参《埃涅阿斯纪》2.418:"树林呼哨" (strident silvae);1.87:"接着是人们的呼叫声,缆索发出的吱吱嘎嘎的声音" (insequitur clamorque virum stridorque rudentum);7.613:"执政官打开吱吱嘎嘎作响的(雅努斯神庙的)大门"(reserat stridentia limina consul);6.573:"门轴发出可怖的吱吱嘎嘎的声音,神圣的门打开了"(Tum demum horrisono stridentes cardine sacrae, panduntur portae);6.558:"铁镣拖地,当啷有声" (tum stridor ferri tractaeque catenae);4.689:"胸膛上的伤口发出嘶嘶的声响"(infixum stridit sub pectore volnus);斯塔提乌斯(Statius)《忒拜战纪》 (*Thebais*)1.32:"怨叹声声阵阵"(Stridentes gemitus);同样,斯塔提乌斯还模仿维吉尔描写地狱,称"从那儿发出一阵吱吱嘎嘎的声音,像是一阵怨叹" (stridor ibi et gemitus poenarum)。在以上这些例子中,stridor, stridere 这些词都表达了一种可怕、痛苦和悲剧的印象。

③ 弗兰克尔(Hermann Frankel)在 *Die Homerischen Gleichnisse*(Goettingen, 1921)中分析了荷马的明喻,他认为,荷马的明喻比人们认为的要少得多,但无论如何,荷马和维吉尔的区别都相当显著。

解释命运。橡树所承受的折磨——它的"悲剧",才是核心:

> 这就像农夫们想把山头上一根老桉树砍倒,用双刃斧不停地一斧一斧地砍伐,树被砍得摇摇晃晃,树颠不住抖颤,慢慢地它忍受不了创伤,发出了最后的呻吟,倒下了,扯离了山脊。(《埃涅阿斯纪》2.626-631)

[47]赫拉克勒斯在帕拉斯死亡时克服了自己的悲痛,却也流下了"徒劳的泪水":

> 赫库列斯听见了青年勇士的祷词,在他内心深处克制住了喟然长叹,却压不住涌泉似的眼泪,但哭泣也是徒然。(《埃涅阿斯纪》10.464)①

这些段落的内在联系也证明,是埃涅阿斯而不是安娜在哭泣。因此,卷四中的这个重要部分的辉煌寓言以一种内在的对比结束,再次强调埃涅阿斯不移的决心和满怀的心伤。值得注意的是,这个场景以眼泪结束——在这个很容易被看作是冷酷无情的时刻,实际上却强调了英雄的人性。总而言之,埃涅阿斯的冷静与狄多的热烈是如海涅(Heine)和勃克林(Boecklin)等人的现代艺术所刻画的男女悲剧性对照的始祖,而埃涅阿斯—狄多之间的对立与尤庇特—尤诺之间的对立关联在前文也已提及。

作者用一个比喻表达了埃涅阿斯痛苦的决定,在第五卷的开

---

① 维吉尔常用 inanis[徒然地]一词强调生命的悲剧性特征。比如《埃涅阿斯纪》6.884-886:"让我把满把的百合花和大红花撒出去,至少让我用这样的礼物向我后代的亡灵表表心意,尽管只是徒劳。"10.758-759:"在尤庇特的天宫里,诸神看到双方这种徒然的杀戮。"

头部分,也有一个具有象征意味的行动与其同出一辙:

> 这时,埃涅阿斯早已毫不动摇地乘船出海,北风翻起黑色的浪涛,船舰破浪前进。他回顾迦太基的城堡,只见火光烛天,这是不幸的埃丽莎点燃的火焰啊。(《埃涅阿斯纪》5.1-4)

[48]尽管有肆虐的风暴,有对狄多的怀念(这一点清晰地反映在"回顾迦太基的城堡"这些语词中),他仍然坚定不移地在大海上航行,哪怕是狄多葬礼火堆的火焰唤起了特洛亚人内心不祥的预兆。塞尔维乌斯的解释是,"'毫不动摇的'指的是毫不犹豫地前进,是航程的毫不动摇",这种说法得到了海涅的赞同,却遭到了瓦格纳(Wagner)的反对。① 我认为塞尔维乌斯的说法基本正确。尽管毫不动摇地(certus)指的是舰队航行的路线稳而直,但稳而直的航线本身就代表了英雄坚定的决心——这是象征性语言的一个例子:外部的行动表达了内心的感受。毫无疑问,希腊思想和地中海地区常见的"生命之舟"的隐喻(或国家之舟)影响着这整个段落。② 该情节中还有"风"和"命运"的象征关联——这也是古代常

----

① Wagner说:"此处certus[毫不动摇地]所表达的并非是向着某个目标不急不躁地掷出长矛和射出箭镞时的那种沉稳,它指的是埃涅阿斯在控制其航程时沉稳而不急躁,与此类似的说法可见Tibullum Ⅲ.1,3:沉稳一词表明,埃涅阿斯已不可能中途折返。"

② 在狄多著名的临终之言中,生命被比作海上的旅行,而命运是推动航船的风:"我已经活过了,我已经走过命运限定我的航程(Vixi et quem dederat cursum fortuna peregi)。"与之类似,拉提努斯的话:"对所有已到安息港口的人,不会再损失什么。"(O minisque in limine portus funere felici spolior, 7.598)在彼特拉克《歌集》第189首中,我们可以看到对这一古代象征最引人注目的运用:"我的生命如同一条船,在黑夜环境,在波涛翻滚的大海里,在暴风雨中,渡过一道鬼门关;爱神站在舵前,它是我的主宰,又是我 (转下页注)

见的做法,在《埃涅阿斯纪》中曾反复出现。艺术的特征就是要用单一的细节清晰地表达宏大的复杂性,诗歌的象征就是要去揭示普遍的"哲学的"洞见。评论家们或认定可见的形象,或认定内在的意志,因此意见纷纭,恰恰是因为误解了诗学表达的象征特征。因为诗学表达的象征特征必然既涵括可见的形象,也涵括内在的意志。①

在上述的比喻中,存在一种了不得的思想,那就是,埃涅阿斯的旅程和整部诗歌隐喻了人类的命运。即便在古代,《奥德赛》也是如此被解释的。当然,简单地使用这种广为人知的简化版哲学寓意解释法——[49]比如贺拉斯在《诗艺》(即《书信》I.2)中所说明的那种——是有问题的。但毫无疑问的是,维吉尔非常了解这种哲学寓意解释法,且《埃涅阿斯纪》也是这种意义上的一个隐喻。

(接上页注)的敌手和克星。"而歌德关于海上旅程的诗段(Goethe, Johann Wolfgang: Vermischte Gedichte. Frankfurt am Main: Insel 1984)是这样结束的:

> 可是他雄赳赳地站在舵旁;
> 航船虽受风和波涛的播弄,
> 风和波涛却无可奈何他的心。
> 他威风凛凛,望着可怕的深渊,
> 不管着陆或翻船,他都信赖
> 他的天神。

另外,《埃涅阿斯纪》中还有几处将生命比喻成船只的航行的地方,比如3.9: Et pater Anchises dare fatis vela jubebat[父亲安奇塞斯叫我们按命运的吩咐扬帆下海]。5.20-23:"风刮起来了,空气凝成了浓云,我们无法抗拒,也不可能前进。既然命运之神征服了我们,我们只能服从,且去走她叫我们走的航程。"7.594:Frangimur heu fatis, inquit, ferimurque procella[唉,命运摧折着我们,风暴驱赶着我们]。

① 卷一中的海上风暴作为命运的象征也和这个比喻相关。

埃涅阿斯在困境和烦扰中仍然意志坚定,这一点在其他象征中也有体现。例如在第五卷里帕里努鲁斯死后的这些诗行:

> 于是他亲自在黑夜的海上操舵,朋友的不幸使他精神上受到打击,他屡屡叹息。(《埃涅阿斯纪》5.868-869)

海上旅程的象征意义在这里再次显现。它的形象与表达朴实而庄严,有一种明晰的美。而另一个例子是在第十一卷中,其艺术构思和卷五的开头颇相呼应:①

> 这时黎明女神已经起身,离开了俄刻阿努斯河,埃涅阿斯虽然很想有时间把阵亡的同伴埋葬,因为他们的死使他心里感到不安,但当东方发亮的时候,他首先要向天神还愿。(《埃涅阿斯纪》11.1-4)

请注意这种令人怜惜和自我抑制的态度。于是,他"不再言语"(nec plura effatus),从帕拉斯的尸体前转身走回到营帐:

> [50]在这长长的送葬行列走过之后,埃涅阿斯停住脚步,深深叹了一口气,又说道:"可怕的命运在召唤我们再去进行战斗呢,我们还要流泪呢。伟大的帕拉斯,我祝你永远得福,我们永别了。"他不再言语,向着高高的营寨走去,回到了自己的城堡。(《埃涅阿斯纪》11.94-99)

---

① 第五卷和第十一卷分别是整部史诗之前后两部分的倒数第二卷,二者相互呼应,都以埃涅阿斯的出场开始,以他的退场结束。

我们可以从这里了解,诗人所感受到的战争苦痛是何等之深。在埃涅阿斯因帕拉斯之死的悲痛之下,闪过的却是更深刻的悲剧:他朋友的一例死亡,象征了在他之后无数与他同样命运的人——还有"其他的眼泪……"在这样的时刻,埃涅阿斯成为诗篇最基本悲剧情感的拟人化象征。的确,诗人创造的所有人物都可能揭示了他自己的想法的一个部分,但埃涅阿斯则代表了最核心的部分。我们或可以从埃涅阿斯的形象里找到维吉尔的"心灵图示"。埃涅阿斯对悲剧的敏感度和诗人自己对世界和生命的敏感度是一致的。维吉尔笔下的神祇满怀同情地注视着世间的纷争:

> 在尤庇特的天宫里,诸神看到双方这种无谓的疯狂杀戮,看到这些总有一天要死的凡人受这么悲惨的折磨,很是怜悯他们。(《埃涅阿斯纪》10.758-759)

诸神也有令人目瞪口呆的遗憾。维吉尔在史诗开篇时就说:Tantaene animis caelestibus irae[天神们的心居然能如此愤怒?][51]这种悲悯之情在埃涅阿斯心中一次次喷涌而出——而且只在他身上出现。我们可以在他的悲叹中感受到这一点:"劳伦土姆人现在正面临着可怕的大屠杀,十分可怜。"(Heu quantae miseris caedes Laurentibus instant, 8.537)与"天神们的心居然能如此愤怒"这个问题在内容上关系最密切的是,埃涅阿斯在拉丁人请求签订一个和平协议以埋葬死者时对他们所说的话:

> 拉丁人啊,命运不该把你们卷入这场残酷的战争,使得你们和我们的友情疏远。(《埃涅阿斯纪》11.108-109)

埃涅阿斯的冥府之旅是这种情感的最高形式,因为冥府之旅是埃涅阿斯历经生活悲剧的象征。他在冥府所遭遇的罪过、赎罪和痛苦在心中激发出了悲天悯人的悲剧性的哀伤。埃涅阿斯在其他各处的行动和遭遇也含有同样深切的悲悯的特征。这一点在狄多情节中得到了明确的表述：

  埃涅阿斯为她那不公平的遭遇心里也很激动，久久地望着她离去的身影，不觉潸然泪下，心里充满了怜悯。(《埃涅阿斯纪》6.475-476)

看到忘川河畔沿岸的那些灵魂饮下河水，忘却前尘，永远地抛却过往的记忆，得以回到世间时，埃涅阿斯的悲悯尤其感人至深：

  那么，父亲，你是不是说有些灵魂将升到阳世，再见天光，重新投进苦难的肉身呢？为什么这些鬼魂这样热烈地追求着天光呢？这是多么愚蠢啊。(《埃涅阿斯纪》6.719-721)

[52]这几行诗歌似乎是《奥德赛》中阿基琉斯那番悲叹的翻版。阿基琉斯说，他宁可做阳世间最穷困的人的佣人，也不愿意在这个幽冥之地做国王。① 如西塞罗"斯基皮奥之梦"情节中的情况一样，也是柏拉图主义的体现。在这两个诗歌情节里，满怀悲伤的灵魂都在表达其悲伤的过程中得到了精神上的安慰。鉴于后世之

---

① 这一遗憾在埃涅阿斯身上也再次出现，特别是关于自杀的一幕，比如6.436："他们现在多想生活在人间啊，哪怕忍受贫困和艰苦的劳作也是甘心的！"

人日益增强的对救赎的渴望,这些段落之所以能如此强有力地打动他们的心灵,原因也就十分明了了。

埃涅阿斯把自己的命运与幸运的人相较,也以某种相似的方式发现了命运的悲剧性特性:

> 你们这些有幸死在父母脚下、死在特洛亚巍峨的城墙之下的人,真是福分匪浅啊!(《埃涅阿斯纪》1.94-96)

> 已经在建立城邦的人们是多么幸福啊!埃涅阿斯说道,抬头望着这座城市的高楼。(《埃涅阿斯纪》1.437-438)

> [53]我祝你们生活幸福,命运已使你们得到了归宿,而我的命运还悬而未决。你们已经安享太平。你们无须再在大海上漂流,也无须追求那永远在退却的意大利。(《埃涅阿斯纪》3.493-497)

> 孩子,从我身上你要学到什么是勇敢,什么叫真正的吃苦,至于什么是运气,你只要去请教别人。(《埃涅阿斯纪》12.435-436)

尽管敏感的心常常沉浸在悲伤之中,但埃涅阿斯却也通过经历这些悲伤,即"走过生命的各种险阻"(经过所有的极端情况,我确然还活着,3.315),控制内心的折磨(把深刻的悲伤压在心底,1.209)和服从命运的安排,从而表现出英雄的气概。因此,埃涅阿斯解释了叔本华之于诗歌的期望:诗歌应具有这样一种力量,它使我们免于多愁善感,让我们去接受命运。我要在这里再次强调,埃涅阿斯所承受并克服的那些悲伤中,之于他自己的失去或被拒绝的幸福要少些，更多的反倒是出于怜悯那些由于命运赋予他的使命而必须遭受苦难的其他的人。荷马笔下的英雄之所以遭受苦难，是因为严格的亚里士多德意义上的"自爱"(love of self)的结果。维吉尔笔下的狄多和图尔努斯等角色也是因为自爱而遭受痛苦，但埃涅阿斯却是因为他人而感到痛苦。他身上迸发出了新的人性，昭示着基督教的哲学，预示着基督教英雄的出现。虽然遍历战斗和痛苦，他们的心灵依然温柔，隐隐地搏动着对所有遭受磨难的生命的同情。

维吉尔也重新定义了责任的概念。一直以来，责任都是罗马伦理中的首要因素，也是埃涅阿斯所有行为中的决定性因素。通过将责任与深刻的人性融合，埃涅阿斯[54]使其接近了基督教思想中的仁慈与团结。这也是维吉尔成为古罗马和中世纪基督教间的中介者的主要原因。

按这种思路考虑，海因兹对埃涅阿斯所做的廊下派的解读就不可能是对的——至少在该词的严格意义上如此。史诗英雄经历了极度的悲伤，尤其是精神上的悲伤，尽管他十分敏感，但做必须要做的事，绝不使自己变得铁石心肠，却一直都是他的道德目标。惟其如此，他才是令人感动的悲剧英雄。由于必须有英勇的精神力量去克服他敏锐觉察到的悲伤，因此反而加强了史诗英雄意志坚韧的形象。维吉尔拓宽了埃涅阿斯敏感的内心渴望与命运的严酷要求之间的空间，而廊下派的教义则用无可抗拒的理性让柔软的内心变得坚硬沉寂。尽管埃涅阿斯所怀有的是出于同情的高贵的悲悯，但我们必须明白，廊下派甚至不允许智慧之人怀有这样的情绪。

埃涅阿斯渴求的并非心灵的宁静状态，他竭力抵御的是他的哀伤对行动的影响，而不是要用理性将其摈除。该做法与基督教的联系毋庸置疑：在其生命的底层意义上，他选择直面悲伤而不是转身离去。确如前文所述,圣奥古斯丁是正确的,他宣称 mens immota manet: lacrimae volvuntur inanes[他的思想坚定不移,尽管眼泪徒然地流着](4.449),这行诗歌表达的是西塞罗和中期廊下派的思想。根据他们的说法,亚里士多德派和廊下派对待苦难的态度一致。但这只适用于帕奈提俄斯(Panaitios)为代表的中期廊下派(帕奈提俄斯致力于减少各种哲学流派间的差别,倾向于采取中庸的立场),而非严格意义上的廊下派。埃涅阿斯的哀伤不会被严格意义上的廊下派所接受。埃涅阿斯对自己的伤口采取了"廊下派"的态度(12.398),对身体的疼痛和同伴们的同情无动于衷(这一点得到了特别的强调),[55]但这种情况是由于他对拉丁人违反约定感到义愤填膺而导致的结果。在战争中面对图尔努斯时,他的怒不可遏也是基于这同一个原因。拉丁人违反停战协议的做法使埃涅阿斯变成了一个怒火中烧的斗士,坚定不移且毫不留情地摧毁敌人,达到了 debellare superbos[征服高傲的人]的要求。满怀愤怒地恢复公正的行动容不下任何其他的考虑。此处,也仅在此处,埃涅阿斯被形容为 avidus pugnae[渴望战斗](12.430)的人。

从这个角度看,埃涅阿斯对苦难的态度根本不符合廊下派的要求。他将命运看作一系列磨难的观点或可被归为廊下派的做法。对库迈的女先知西比尔关于特洛亚人将遭遇的血淋淋的战争的预言,他不以为意,并用如下的话作答:

> 没有哪种我将要遭遇的艰难困苦,神女啊,能算得上是前所未有的或出乎意料的;一切我都想到了,一切我都事先在我心里考虑到了。(《埃涅阿斯纪》6.103-105)

这几句话和他所表现出来的平静态度与女先知的癫狂状态形

成了绝妙的对比。诺顿在他的注疏中提到了这一对比。① 史诗中还有其他地方，埃涅阿斯对命运的态度可被认为与廊下派有关，例如：

> 相反，我的勇气、神的圣意、我们父辈的亲谊以及你远扬寰宇的声名，联合起来促使我主动地服从命运的安排，来到你的面前。（《埃涅阿斯纪》8.131-133）

[56]但埃涅阿斯内心并非一直都默从命运。比如曾经说：

> 去意大利并非我自愿。（《埃涅阿斯纪》4.361）
> 女王啊，我不是出于自愿才离开你的国土的啊，是神的命令强迫我这样做的。（《埃涅阿斯纪》6.460-461）

船只被烧毁后，埃涅阿斯 casu consussus iniquo[震动于这一不公平的打击]——这个短语多次出现，既表明了埃涅阿斯人性的一面，也至少在同样程度上表明了他对正义的强调——又一次犹豫迟疑。瑙特斯（Nautes）劝他接受廊下派的处世哲学：

---

① 还有狄多那句著名的话，Non ignara mali miseris succurrere disco[我自己不是没有经历过苦难，我懂得要帮助受苦的人]，也指向这种没有尽头的痛苦。此处的 disco[知道，懂得]一词用的是一般现在时而不是过去完成时，表达的是一种普遍的情况，强调痛苦的普遍意义（参 Albini, *Conference Virgiliane*, Milano, 1931）。狄多女王的话语也带有廊下派的色彩，比如《埃涅阿斯纪》4.419-420:"当初我既然已料到有这场沉重的痛苦，我今后也是能熬得过来的。"但这并没有表达出狄多的真实感受。在被激情掌控的时刻，狄多女王远未采取廊下派逆来顺受的态度。她的自我控制只是表象，在表面上的廊下派式的坚强态度的对比之下，狄多的状态尤其显出悲剧性的特征。

女神之子,我们的进退要听从命运;但不管未来会发生什么,忍耐一切,我们就一定能克服不利的环境。(《埃涅阿斯纪》5.709-710)

在史诗最后,埃涅阿斯对阿斯卡纽斯所说的话中,诗人似乎通过预言图尔努斯死后埃涅阿斯将要遭遇的厄运,再次重申了史诗英雄的遗嘱:

孩子,从我身上你要学到什么是勇敢,什么叫真正的吃苦,至于什么是运气,你只要去请教别人。(《埃涅阿斯纪》12.435-436)①

在这几行诗歌中,没有任何如斗士般挑战或夸耀命运的迹象。同样最令人印象深刻的形式大概可以在塞涅卡的《论预言》(De Providentia)中找到。埃涅阿斯不愿让儿子延续自己的运气——自己的令人痛苦的命运,这不仅表明他对阿斯卡纽斯的爱,也含有一种对[57]自己的命运以及他人之悲伤的遗憾和怜悯。这绝对不是廊下派的态度。尽管有些许相似之处,埃涅阿斯对命运的态度并非完全意义上廊下派式的。

格利尔帕策(Grillparzer)在论述命运的文章中颇具说服力

---

① 埃涅阿斯的坚定决心和他的无情命运相对照,突出了 Tu ne cede malis, sed contra audentior ito quam tua te fortuna sinet[但不要在灾难面前屈服,鼓起更大的勇气来,逆着灾难,沿着你的命运许可的道路走下去](6.95-96)这两行诗歌的意义。在其卷六注疏(第三版)中,诺顿表达了对维拉莫维茨的赞同,接受了他对 qua tua te fortuna sinet[沿着命运许可的]的解读。这种解释削弱了埃涅阿斯的 magnitude animi[灵魂的伟大],并使其勇气没有可参照之物。征服命运女神是塞涅卡表达出来的廊下派的概念,他将其作为人类生命无止境的使命。

地证明，对命运的诗学认知与哲学认知绝难完全一致——我们应该牢记这一点。诗学观念与哲学观念对现实的认知方式根本不同。诗意世界的确可以分享哲学世界的思想，却永远不可能完全融入哲学的世界，不可能等同于哲学的世界。诗意世界与哲学世界尊崇不同的法则。歌德在给席勒的信中提到了他和谢林（Schellling）的对话："（在我看来，）哲学将毁灭诗歌。"①这段对话意义深远。廊下派的智者绝不会以其最纯粹的形式在诗歌中出现却又不破坏诗歌的诗学特征。②而且，严格意义上的廊下派不可能出现在维吉尔的诗篇中，因为它与维吉尔时代的精神背道而驰。作为奥古斯都时代观念和意识的先驱者，西塞罗遵循了帕奈提俄斯将廊下派希腊化和人性化的做法。③此后罗马的廊下派同样也未曾遵守严格意义上的廊下派教义。塞涅卡在《论预言》中的态度并不典型，且整体上与早期廊下派严厉和极端的教义精神相去甚远。他致力于一种人性的和自由主义的廊下派教义，这一点在后来的奥勒留（Marcus Aurelius）的温和廊下派中得到了延续。

埃涅阿斯的性格综合了以下特质：荷马式的英雄主义、早期廊下派的"伟大精神"（magnitudo animi）以及维吉尔—奥古斯都时代的"人性"（humanitas）。这三个方面的内容融合成了一个

---

① Hermann Glockner, "Ueber Dichtung und Philosophie, Typen ihrer Wechselwirkung von den Griechen bis auf Hegel", *Zeitschrift fur Aesthetik*, 15(1921), 187ff.

② 莱辛早已反对将廊下派作为艺术对象，因为廊下派只能引起人们的冷静的倾慕。

③ 波伦茨（Max Pohlenz）详细地讨论过这一点，参 Max Pohlenz, *Antikes Fuehrertum, Ciceros De Officiis und das Lebensideal des Panaitios*, Leipzig, 1936。帕奈提俄斯也曾明确地反对廊下派完全摈除情感因素这样的要求，参 Gellius, *N.A*, 12.5。

新的整体。如果廊下派的要素占据主导地位,则该意义上的人性的和谐就会荡然无存。史诗中令人骄傲的敏感性特征,以及埃涅阿斯和狄多的伟大之处就在于,它们表达了"伟大精神"与"人性"间的张力。任何强调埃涅阿斯性格中的廊下派英雄主义一面或强调感性特质的一面、[58]排除其他方面的做法都是错的。把他看成过于铁石心肠或者心地过于柔弱,太像廊下派的罗马人或者现代的基督徒都不恰当。对狄多的解读也是如此。维吉尔那里既有古罗马人花岗岩般的坚忍不拔,也有柔美的人性之花,它开放于灵魂的崭新层面,并且终将对日渐强盛的基督教产生决定性的影响。

与之相关的,还有一个问题值得讨论:史诗英雄埃涅阿斯的"性格发展论"问题。海因兹试图对其做出如下阐述:从遭遇暴风雨时的灰心丧气到独白中表达出来那种沮丧("……要三倍四倍的幸运"和"同伴们啦……")开始,埃涅阿斯逐渐变得坚韧,最终达到了很高的程度。海因兹认为,刚开始时,埃涅阿斯没能践行廊下派的信条,但随着内心的发展成长,最终达到了廊下派所要求的境界。我并不认为现代的性格发展论适用于埃涅阿斯。的确,英雄的境界随着由渐强原则整体掌控的情境变化而发展,其性格在逐渐增高的水平上实现了自我的确证,其内心力量也随着使命逐渐被揭示出来而越来越强。但是,无论在逐步接近完美的廊下派圣人的意义上,还是在不为荷马式诗人所接受的内在发展或心理发展上,关于埃涅阿斯的性格发展论观念都是错的。因为作为其标志性存在的性格并无变化:英勇地实现使命与规定了其生存样式的人性情感间的冲突渗透于整部史诗的各个部分。这一点从史诗的开篇,到对杀死或宽宥图尔努斯感到犹豫不决的史诗结尾,都是一以贯之的。

而且,埃涅阿斯的头两段言辞不能被认为缺乏智慧、缺乏自我约束或存在对神的怀疑态度,相反,正因为其背后所隐藏着的那些怀疑与沮丧的情绪,这些言辞所表现出来的决心就更加令人敬佩。[59]在这里,埃涅阿斯甚至做到了后来西比尔要求他做的那样——audentior quam eius fortuna sinit[比命运所许可的更大胆些](6.95-96)。或许,vivo equidem vitamque extrema per omnia duco[经过所有的极端情况,我确然还活着](3.315)这个程式最能描述他的境况。逐渐意识到自己所肩负的责任之重大,他承受悲伤的潜力也在逐渐增强。埃涅阿斯在史诗"三部曲"之一和之三中的差别不在于他日渐增强的勇气,而在于他获得了更多的阅历,在于他更多地被罗马式的人生态度所浸润。六到八卷包含了史诗最核心的思想。因为这两卷中,埃涅阿斯在身体和精神两方面都触及了罗马。在第六卷中,他发现了罗马的理念,第七卷和第八卷中,他来到了罗马的土地上,看到了罗马的山川、宗教仪式以及罗马人简朴的生活方式。而且,这几卷诗歌还蕴含着宗教和历史—政治的启示。这些启示赋予了埃涅阿斯的行动以必不可少的重要性和意义框架。通过《埃涅阿斯纪》卷六,埃涅阿斯不仅明白了这个世界的悲剧命运以及返回此世后的解决办法,还知晓了罗马历史的发展轨迹和意义。第八卷则教给埃涅阿斯简单朴素的传统罗马道德,为埃涅阿斯提供了一个可以追随的样板。在将客人带入自己家的时候,厄凡德尔总结了该卷的教育意义:

> 当初得胜而来的赫库列斯也要低着头进我这门,我这"宫殿"还接待过他呢。我的客人,你要有胆量去藐视财富,让你自己配和天神为伍,你来到我这简陋的家不要挑剔。(《埃涅阿斯纪》8.362-365)

[60]在埃涅阿斯的敌人眼中,这个特洛亚的国王是个富有的亚洲王子。他耽于迦太基式的奢华,沾染上了东方阴柔的特质。雅尔巴斯(Jarbas)在祈祷中对埃涅阿斯有如下描述:"就像带着阉奴随从的,抹着香膏的头发的帕里斯"——这是东方阴柔特质的表现。图尔努斯愤怒的言辞(12.97)和努玛努斯(Numanus)尖刻的话语(9.603以下)都对照了古意大利的严厉与腓尼基式的懈怠。在厄凡德尔的房子里,埃涅阿斯洗去了亚洲的特性,吸收了意大利罗马对奢侈生活的轻蔑。① 离开东方世界,进入罗马世界之时,埃涅阿斯已经变成了彻头彻尾的罗马人。第八卷的深层意义在于,它刻画了埃涅阿斯内心的朝圣之旅。接下来,在这一卷的结尾处——在一个比较突出的位置,也就是史诗"三部曲"之二②的结尾处,诗人充满渲染力地刻画了他最终举起伏尔坎制造的盾牌——这盾牌上描述了奥古斯都的胜利和征服这一罗马历史的高峰——的形象:"他把这反映了他子孙后代的光荣和命运的盾牌背在肩上。"(8.730-731)于是,埃涅阿斯勇于行动、敢于承受苦难的形象被郑重地刻画得栩栩如生。埃涅阿斯最终变得成熟而睿智,完全有能力担负起罗马的命运。在《埃涅

---

① 参《埃涅阿斯纪》第四卷第261-264行的内容:"宝剑上镶嵌着星光点点的金黄色的宝石,他身穿一件推罗式深红耀眼的斗篷,从肩头垂下,那是富有的狄多送给他的礼物,是她亲自用金色纬线织成的。"这内容可能是对安东尼和克里奥佩特拉的呼应,否则狄多和埃及王后并无相同之处。最近的观点是将狄多看成克里奥佩特拉的寓言式的表达,我认为这是站不住脚的。在我看来,更重要的是,埃涅阿斯流连在迦太基象征着罗马精神遭遇了危险。这种危险来自他可能沉溺于东方的柔弱与无尽的奢华。真正的罗马人,从老加图到塔西佗都在徒劳地和这种倾向作斗争,而且,这种观点在奥古斯都统治时期十分常见。

② 在对这两者的刻画中,迦太基的富有(宴饮、狩猎)和早期厄凡德尔的简陋之间的对比是最引人注目的特点。

阿斯纪》最后几卷里,罗马使命和被埃涅阿斯人格化的庄严以及罗马场景中的那些象征,指明了埃涅阿斯最富力量的形象出现的位置。①

第二节 狄 多

正当特洛亚的埃涅阿斯带着惊奇的心情眼睛盯住这些画面,看得发呆的时候,狄多女王来到了神庙,容貌无比娟美,由一大批年轻的随从陪伴着。就像狄阿娜女神率领着一队歌舞者在欧洛塔斯河边或在昆士斯山脊上。[61]成千的山中仙女伴随着,聚在她左右,一只箭囊挂在肩头,在前进中她显得比所有的女仙(deas)②都高出一头。她的母亲拉托娜看了,快乐淌过平静的心灵——狄多也是如此,众人簇拥着她,轻松愉快地投身于工作和未来的王国。接着,在神庙的门内,在神庙圆穹屋顶下面正中的地方,由武装的卫士围绕着,她坐上高高的宝座,略事休息。(《埃涅阿斯纪》1.494-506)

---

① 从厄凡德尔那里回来的时候,埃涅阿斯的船只上装饰了众神之母库别列的狮子。这表明了罗马世界永久传承的统治。库别列女神崇拜的一些偶像符号在公元前192年被带到罗马,受政府保护,与之一起被带到罗马的还有维斯塔圣火和战神玛尔斯的盾牌。伏尔坎制造的盾牌是这一部分史诗内容的核心。埃涅阿斯为特洛亚人带来拯救,为鲁图利亚人带来毁灭(《埃涅阿斯纪》10.260以下)。在本书的图尔努斯章节中,我将讨论埃涅阿斯在媾和场景以及在阿本宁山的明喻中的"罗马"面貌。在阿本宁山的明喻中,埃涅阿斯被比作雄伟的意大利山脉。

② 此处的dea[女神]一词在朗读时也许应刻意地延长时间,就像在抄本P或R中一样,或如抄本M中一样本就写作deas。Conington-Nettleship (4th ed.)虽然认为应是deas,但他关于dea的意见却是正确的,他认为dea应该有自身的力量。类似的延长音可在《埃涅阿斯纪》3.464找到。

第二章 主要人物

狄多这部灰暗的戏剧以明媚的场景开始。这种对照遵循了古典创作的原则,[1]更加强化了史诗的悲剧色彩。在读者心中,狄多开始时的欢悦和她之后的哀伤、她对迦太基繁荣投入的持续的热情与城市最后的毁灭,都形成了强烈的对比。她的命运,如同索福克勒斯笔下的俄狄浦斯一样,在悲剧性的逆转中完成。[2]同时,精彩的开幕场景是一个重要的起点,就像一段明亮完整的旋律有一个精彩的起始音一样。维吉尔知道如何通过形象突出活动序列的开头和结尾,他还知道,接下来该如何增加内心的活动。

[62]维吉尔受到了批评,因为他借用荷马的比喻来描绘狄多的庄严出场:荷马曾在描述瑙西卡及其同伴的情节中,将她们跳舞的场景比喻成阿尔忒弥斯(Artemis)欢快的狩猎活动(《奥德赛》6.102以下)。普罗布斯(Valerius Probus),这个为我们传承了拉丁文学的人,是这些批评者中的第一个。格利乌斯(9.9.12)说:

> 我记得从普罗布斯的学生那里听到,普罗布斯曾经说,维吉尔唯一失手之处是他转用了荷马描述瑙西卡的动人诗行。首先,荷马恰如其分地把和朋友一起游玩的瑙西卡比作在山脊间由山野之神陪同狩猎的狄阿娜女神。毫无疑问,维吉尔的处理并不合适,因为这个由狄阿娜游戏狩猎而来的比喻,不

---

[1] 参海因兹,前揭,第328页以下。另参 Heinrich Wolfflin, *Die klassische Kunst* (1901) 和 *Gedanken zur Kunstgeschichte* (1940); Kurt Riezler, *Parmenides* 和 *Traktat vom Schonen* (Frankfurt, 1935); Riezler, "Homer und die Anfange der Philosophie", *Die Antike* (1936)。

[2] 莱因哈特讲到了索福克勒斯作品中的悲剧性逆转,参 Karl Reinhardt, *Sophocles* (Frankfurt, 1933)。也可参海因兹关于情节结构的论述中对突转的论述。

能用在狄多身上。因为狄多身着艳丽的节日服饰,身处城市之中。

第二,荷马明确、公开地提到了狄阿娜狩猎的乐趣,而维吉尔根本没有提到狩猎。他将箭囊置于狄阿娜的肩头,如同放上了一个行囊或是一个负担。令普罗布斯感到困惑的是,荷马笔下的女神勒托(Leto)无论心理还是精神上都处于真正的欢愉状态,这就是"勒托见了心欢喜"(《奥德赛》6.106)的意思。

但维吉尔在模仿时,却将狄多的欢乐描述成迟缓的和表面的,也可以说是半心半意的。否则,除此之外,"淌过"(Pertenptant)还能是什么含义呢。而且最糟糕的是,维吉尔跳过了这个诗行,"……非其他神女可媲美,很容易就可以认出她,尽管神女们也都俊美无比",但除了说在众多美人中其容貌更胜一筹外,不会有更好的方式夸赞一个人的美貌了。

敏锐的艺术批评家圣伯夫在其著作《维吉尔研究》(页292)中也基本上采用了这一观点。对这处的维吉尔式模仿的技巧,他只夸赞了韵律和语言的华丽。海因兹(前揭,页120,注释1)追随瑞贝克①和乔治②,也同意普罗布斯的批评。加图尔特(Cartualt)的观点和圣伯夫一样,[63]但其批评更加严厉,"有一点可以十分确定,那就是狄阿娜的舞蹈和狄多的治国并无相同之处。实际上,这样的比较并不恰当"③。然而,塞尔维乌斯早就已经给出了反驳的

---

① Ribbeck, *Prolegomena zur Vergilausgabe*, p. 143.
② Georgii, *Die antike Aneiskritik aus den Scholien und anderen Quellen*, Stuttgart, 1891, p. 44.
③ *L'art de Virgile dans L'Eneide*, Paris, 1926, p. 123.

意见:"很多人挑剔这个比喻的缺陷,是因为他们并不知道诗人选择的例子、寓言和比喻并不总是一一对应的,而是有时全部对应,有时仅在一点上对应。"事实上,诗人并不需要这样的辩护。其中的对应关系比塞尔维乌斯和普罗布斯设想的要彻底得多。甚至连斯卡利杰这个立场最明确、最成功的维吉尔的辩护者在这一点上也没谈到点子上。①

的确,荷马比较的重点以及维吉尔比较的重点都在于美貌,而不是活动。但这并不是决定性的,因为是整个比喻而不仅仅是所谓的相似点被用来说明或强调活动——维吉尔史诗从来都如此,荷马史诗也经常如此。②而且,狄多出场的举止轻盈而富于活力,丝毫不存在普罗布斯或者其他人猜想的那种庄严,它们的节奏是欢快的而非庄严平缓的,与在特洛亚人相关的浮雕前陷入忧郁沉思的埃涅阿斯形成鲜明的对比。狄多的出场闪动着明快的情绪。在这几行诗歌中,形成对比的是埃涅阿斯的沉静哀伤与狄多的欢

---

① 在其《诗学》第五章,斯卡利杰推翻了普罗布斯的观点,当他说 Vergilianos versus a magistro, Homericos vero a discipulo confectos[维吉尔的诗句是(就像)出自大师之手,(而)荷马式的诗句则(像)学徒所作]时,却又陷入了相反的错误。斯卡利杰在一开始时曾自得地说:"即使这个判断被博学的人拒绝,被所有人抛弃,但对我们而言,那些我们讲过的许多优秀内容,仍然会永留后世。"——他确然做到了永留后世。海因兹比较了阿波罗尼奥斯笔下的成功之处(《阿尔戈英雄纪》3.175)与维吉尔对它们的失败的改写(前揭,p. 120, n. 1),但只要仔细检视一下,我们就会发现他的说法是站不住脚的。

② 弗兰克尔在他的杰作 *Die Homerischen Gleichnisse* (Gottingen, 1921)中对此已有论述。另参前文提到的 Riezler; Bowra, *Tradition and Design in the Iliad*, 115f.; W. Schadewaldt, *Von Homers Welt und Werken* Leipzig, 1944, 234f.; Emil Staiger, *Grundbegriffe der Poetik*, Zurich, 1946, 123f.。施泰格尔反对当代的解释者,以一种合理的方式强调了相似点,并揭示了这些来自荷马史诗中的比喻在《埃涅阿斯纪》中如何变得独具匠心和自出机杼。

悦明快,是埃涅阿斯为自己的经历落下的泪水与狄多为自己城邦的未来做出种种计划时的快乐。①而接下来,这些都将被逆转。特洛亚将重新崛起,再次辉煌,而迦太基则会覆灭。狄多的生命将发生置她于死地的逆转,埃涅阿斯的生命则会发生通向幸福的变化,此二者达成平衡。

尽管狄阿娜生机勃勃的活动与狄多的出场间的呼应关系比人们认识到的要多得多,但两种场景的确相去甚远,让人生疑。但维吉尔早已考虑到了这一点,他并非原封不动地照搬了整个比喻。在荷马《奥德赛》中,人们可以读到这样的内容:

[64]有如射猎的阿尔忒弥斯在山间游荡,
翻越高峻的透革托斯和埃律曼托斯山,
猎杀野猪和奔跑迅捷的鹿群愉悦。
提大盾的宙斯的生活于林野的神女们
和她一起游乐。(《奥德赛》6.102-106)

维吉尔使用 exercet Diana choros quam mille secutae[狄阿娜女神领着一队舞者……成千的山中仙女伴随着](1.499)表明,是狄阿娜在引领着这些同伴。因此,她的举动可与狄多 instans operique regnisque futuris[投身于工作和未来的王国]中表现出的帝王庄严有可比之处。而且,阿尔忒弥斯和山泽女神的

---

① 阿玛松女王彭特希莱亚在特洛亚战争画面的结束时(《埃涅阿斯纪》1.490)出现,起到了为狄多女王的现身埋下伏笔的作用,是到狄多的一个过渡。彭特希莱亚和狄多都是女性首领,同属于相关的神话类型。这样的考虑可用来揭示维吉尔诗艺的"精妙"之处,但这种联系没能得到评论者的重视,因为它超出了人们通常解释问题的范畴。这类解释将在本书的最后一章中得到更多讨论。

狩猎行动①被狄多及其部属庄重的仪式化行动所取代②——这一点用 mille oreades[成千的山中仙女],以及比喻的起首几个词 in Eurotae ripis aut per juga Cynthis[在欧洛塔斯河边或在昆士斯山脊上]表达了出来。场景也从透革托斯和埃律曼托斯山上的狩猎场转换到阿尔忒弥斯在斯巴达和提洛斯的神坛。同时,女神的活动地点也发生了变化:维吉尔的诗行可使人们轻易地想到,狄阿娜来到神殿前或在神殿周围的样子与狄多出现在尤诺神殿前的情形一样。

我相信,如果不曾忽视事件发生地的变化,对维吉尔这个场景的批评就会少得多。地点的转换构成了狄多的活动的框架,而对地点变化的忽视恰恰是普罗布斯等人纠缠不休的原因。③ 同时,人们也忽视了一点,那就是,狄多不仅只是走向神庙,她也在组织和指挥那些正在完成工作的人们。④这一定就是 instans opera[投身于工作]之明确而直接的意义——即对建设工作的不竭的兴趣。因此,"投身于工作"既指女王视察建设的进程,也指涉了她内心的意志。在比喻中,狄阿娜被"山中仙女们随伴着,聚在她左右",而狄多则身处建筑工地上忙碌的人们中间。但如果"投身于工作"这个短语只是用来引起狄多随后的行动(ope-

---

① 斯卡利杰强调在荷马史诗中并没有真正的狩猎。

② 斯卡利杰正确地指出:"如果人们抱怨狄多的行进模式和狄安娜的有差别,那么,人们显然是在想象一个主持酒神狂欢的狄安娜!"

③ 塞尔维乌斯认为:"狄阿娜引领着一群舞者——这种说法并非是为了对照,而只是一种对正在漫游的一群人的一个诗意的描述。"我认为他的论断不太正确。

④ 参《埃涅阿斯纪》1.455:"内心对那些匠人们的手艺,对他们的工作感到惊奇。"(Artificumque manus inter se operumque laborem Miratur)史诗没有进一步描写神殿的工程,因为这会削弱场景的和谐统一。对 inter se 的解释,参见 Madvig, *Opuscula academica*, I。

rumque laborem partibus aequabat justis[把工作公平合理地分给众人],1.507)的话,这一描写就显得重复多余了——当然,我们总是可以说,这是由于史诗并未最终完成的结果,但用这个理由来解决问题,却总不免让人迟疑。[65]我在前面提到的解释表明,巡视建设进展的女王和在欧洛塔斯河岸与昆士斯山脊上率领山中仙女们舞蹈的狄阿娜之间的类比是极恰当的;这样不仅使女王更加庄严,围绕这座尚未竣工的神殿的所有行动也因此被注入了诗意的光辉。

而且,维吉尔还进一步修改了他所使用的素材。在荷马那里,奥德修斯还待在较远的地方,有关瑙西卡及其女伴们的美丽场景除诗人与读者外,没有其他人见到。但埃涅阿斯却是在等待并注视着狄多女王。① 正是这深切动人的第一印象在他心中催生了爱的种子。②在荷马那里,当诗人停下来说明故事之意义的时候,比喻中的场景也就停顿下来了。但在维吉尔的比喻中,比喻场景中的举止触发了相关之人的情绪,比喻场景因而在他们的内心世界里得到了延续。与荷马相比,维吉尔更擅长在比喻中用明晰的标记来刻画人物的内心世界——这虽然只是证明海因兹所言的维吉尔总体叙事之精神特质的一个

---

① 《埃涅阿斯纪》1.454:"等待女王的埃涅阿斯(reginam opperiens)",另有 1.494-496:"正当特洛亚的埃涅阿斯带着惊奇的心情眼睛盯住这些画面,看得发呆的时候……狄多女王来到了神庙。"埃涅阿斯的注意力完全集中在浮雕上的时候,狄多入场打断了他的行动,海因兹(第 319 页以下)因此认为,维吉尔的做法是用一个强有力的突然的事件作为一个情节序列的开始。例如,卷六中西比尔突然入场,打断了埃涅阿斯在代达路斯建造的神殿前的沉思。

② 维纳斯的话(《埃涅阿斯纪》1.535 以下)引起了读者和埃涅阿斯对狄多的同情,也为两人的爱情铺平了道路。可以说,维纳斯从一开始就赞同这场爱情。详见下文的分析。

特别的例子,①但它对分析《埃涅阿斯纪》中的比喻来说至关重要。这一点从未得到过明确的阐述。

那么,我们该如何看待诺顿所证明的出于修饰的目的维吉尔每每在后续写作中添补其比喻的观点呢?尽管海因兹试图反驳这一观点(第258页,注释1),但我们还是不能完全忽视其合理性。细致的分析似乎表明,有许多比喻确曾得到了添补——我更倾向于认为是后来的精细加工。然而诺顿认为,这些比喻仅仅是为了修饰,空有外在的华丽辞藻而已——这一观点十分错误。将比喻的辞藻仅仅看作是装饰,对诗歌和散文来说都是不够的,因为这与真正的艺术特质相背离。维吉尔每每用伴随着外部事件的内心活动将史诗中的那些比喻紧密关联起来。虽然许多比喻都可能是从外部开始设计的,但它们却都是整部史诗不可或缺的一部分。[66]将其轻蔑地说成是"后续的""修饰",这样就抹杀了文人史诗创作者维吉尔的精雕细琢。维吉尔的意图无不兼具深刻和凝练两个特征。②即使这些比喻后来都有所添补,但这些添补都可以赋予史诗以深度,使这些比喻与作者要么是从一开始就意识到的要么后来逐渐意识到的艺术想法更贴近。没有理由认为,因为嗣后有添补,这些比喻就不那么重要不那么生动了。即使经过了后来的添补,这些比喻也是诗人成熟的艺术能力和纯熟的写作技巧的

---

① 海因兹的观点非常重要:"较之对他们所作所为的关注,维吉尔更看重人物的感受和欲望。他更倾向于在读者心中激发起同情而不是感官的刺激。""故事中人物的情感被故事情节表达出来,而不是被很多语词描述出来。维吉尔讲述的任何内容都无不在引导——要么用直接的方式,要么用音调和色彩——我们的关注,使之导向这些情感。维吉尔将自己融入人物的灵魂中,与之相应地讲述故事。"参 Richard Heinze, *Virgils Epische Technik*, Leipzig, 1915, p. 362ff.

② 参多纳图斯(Donatus)关于 *sermone tardissimus*[言语迟缓]的描述。他还说过,维吉尔一天只写几行诗。

验证。

狄阿娜的比喻描述了一个事实,即狄多的外貌。同时也刻画了埃涅阿斯的内心活动,尽管隔着一层象征的面纱。无论形象和内心活动方面,还是在旋律和节奏方面,埃涅阿斯的行动都得到了清晰的刻画。视觉和声音构成了一个不可分割的整体。这段诗歌以简单的长长格(spondaic hexameters)开始:

> 就像狄阿娜女神率领着一队歌舞者在欧洛塔斯河边或在昆士斯山脊上,成千的山中仙女伴随着……(《埃涅阿斯纪》1.498–499)

情节开始变得生动起来:

> Hinc atque hinc glomerantur Oreades, illa pharetram,
> 山中仙女们左左右右地聚起来,一只箭囊(《埃涅阿斯纪》1.500)

并以一个纯粹的长短格(dactylic hexameters)结束:

> Fertumero gradiensque deas supereminet omnis.
> 挂在肩上,在前进中显得比所有的女仙都高出一头。
> (《埃涅阿斯纪》1.501)

[67]整个场景在最后这一诗行达到高潮,毕竟只有在此处,女王才以最神采飞扬的形象出现。随后,张力被释放,诗行恢复到平静的韵律:

Latonae **tacitum pertemptant** gaudia pectus.

她母亲拉托娜看了,快乐淌过平静的心灵。(《埃涅阿斯纪》1.502)

荷马比喻中欢乐的狩猎场景在维吉尔这里仅是一个戏剧性的出场,围绕在女神身边的那些自在自足的舞者在维吉尔笔下化成了朝着某个特定方向的内在加速运动。两个比喻的差异因而变成了两位诗人之差异的象征。但狄阿娜比喻的真正高潮在勒托平静的心中淌过的快乐,①这就解释了为什么和荷马不同,维吉尔要将这个细节放到结尾的地方。因为这样,勒托这个隐身窥视者的内心情感就被揭示出来了。②用席勒的意象来说:"我们可以从这个比喻所象征的情感中发现狄多戏剧发展的萌芽——女王的魅力令埃涅阿斯心动。"如果这样去解读,则上述几行诗歌就具有了无可比拟的品质。在这几行诗歌中,两者间的联系虽然只是微妙地被暗示出来,但在另一个场景中却得到了证明:在狄多故事之后的另一个至关重要的狩猎场景中,维吉尔用如同提洛斯的阿波罗显身的比喻刻画埃涅阿斯出现在爱慕者狄多面前的景象(《埃涅阿斯纪》4.129以下)。在后面这个比喻里的狩猎场

---

① tacitum[平静的]是维吉尔特别添加的一个词。参斯卡利杰 *pertemptant*: *Metaphora sumpta a citharoedis* 中的解释。他认为 pertemptant 表达的是心灵深处的一种轻而快的触动,因此,普罗布斯的讽刺是完全没有根据的。凭着敏锐的西班牙式的嗅觉,Cerda 还从中发现了情欲的意义,他说:"这些语词表达了那种情欲挑逗的意味,因为《农事诗》在描述马的情欲挑逗时,使用的就是同样的语词——难道你没看见,一阵震颤流淌过马的整个躯体?"(《农事诗》3.250)Cerda 认为:"很明显,这些语词指向爱情和欲望诱惑。"我认为,他的解释倒也没有离题甚远。

② 圣伯夫挑剔地认为,和瑙西卡相比,狄多并没有母亲在一旁看到自己迷人的一刻而暗暗高兴。这一观点并不正确。

景中,再次出现了大批欢呼的伴从(4.145),神祇周围又一次挤满了节日欢庆的人群。如狄阿娜一样,阿波罗穿过昆士斯山脉,"肩头牢牢背负着武器"(如《伊利亚特》1.46一样)。故此,说明"男女欢会这种重要场景"(霍夫曼斯塔尔的说法)的这两个比喻明显相关。狄阿娜比喻中的场所变成斯巴达和提洛斯的祭坛,还要加上箭囊,都是因为和那里的阿波罗的比喻相关的结果。阿波罗比喻在内容上受到了阿波罗尼奥斯的启发(《阿尔戈斯英雄纪》1.307以下),但功能上却不然。埃涅阿斯和狄多,这对命运多舛的不幸恋人的会面以两个与之相关的神祇的形象出现。他们神祇般的美貌散发出的无往不胜的力量象征了爱的力量。狄多容貌无比娟美(pulcherrima:1.496),埃涅阿斯高贵的容颜焕发出最俊美的神采(pulcherrimus:4.141)。①[68]综观这两次会面,我们可以发现,第一次会面同样意义重大。狄多第一次出场时,遥远的未来已经染上了悲剧的色彩。埃涅阿斯到场后陷阱就已经布下。狄多于浑然不觉中业已踏上毁灭之路。而且,狄多以狩猎女神狄阿娜的形象出现也有神秘的关联,因为这一形象不仅与埃涅阿斯—阿波罗比喻中阿波罗的"武器"相对应,同时也指向那场致命的狩猎活动。遭普罗布斯苛责的箭囊因而也具有了内在的必要性。维纳斯扮成女猎人(1.314以下),②狩猎女神狄阿娜的比喻,以及狄多作为女猎人,都点明了那个将埃涅阿斯带到狄多面前的命运,这些画面都是悲剧意义的征兆。在这里,我

---

① 在狄多与埃涅阿斯第一次见面的时刻,史诗用一个明喻强调他的美貌,从而使该时刻得到了升华。

② 史诗所述的与爱神会面的方式本身就带有情欲的意味,从而为与狄多的见面埋下了伏笔。尤其是《埃涅阿斯纪》1.318-320:"肩上按常规斜挂着一张备用的弯弓,这个女猎手的头发任风儿吹乱,双膝裸露,飘动的多褶的短衣拦腰系了个结。"这个描写也是对瑙西卡情节的模仿。

们发现了一个值得单独讨论的现象，该现象在《埃涅阿斯纪》其他地方也有出现，那就是使用多个相关联的象征来指涉一系列相关联的事件。

狄阿娜的比喻是一个范例，该范例展示了维吉尔赋予那些给予其灵感的传统作品以崭新和美好意义的能力。尽管拉丁语和罗马文学忽略形式的创新，强调内容的创新，但维吉尔的做法却是独一无二的。他的批评者和辩护者都只看到了维吉尔对荷马的借用，却没有看到隐藏在表层形式之下的脱胎换骨的变化。他们几乎总是默认，维吉尔仅仅是简单地将诸如荷马、阿波罗尼乌斯、奈维乌斯或是恩尼乌斯的作品内容连同主题一道，移植到自己的诗歌中，但上述的分析对这种看法是一个告诫：事实绝非如此！维吉尔的原创性秘诀在于，他将既有的主题变形、关联组合、深化，从而赋予它们另外的意涵和别样的美。① 通过情感的变化、神秘的指涉网络、新奇的声光形式达成了特别的效果。这种处理线索与色彩、构思与组合的艺术能力正是维吉尔诗歌的本质所在。②总之，通过这种形式，如同施了魔法一样，借用的旧题材

---

① 可参见马克罗比乌斯的观点："他关注对转译和模仿效果的判断，以至于我们在阅读的时候，要么将之认为是自己的，要么让我们惊奇地意识到它比原来的更加出色。"(Macrobius, *Satunia*. Ⅵ. 1.6.)

② 霍夫曼斯塔尔关于篇章结构秘诀的评论非常出色，他说："我们逐渐回归到我们祖先的观点；各个部分和谐统一，每一部分之间都相互作用。各部分结合之后就有了一个灵魂，正如诗歌的词语和图画的颜色互相映照，使彼此获得生命……在园丁手中灌木和其他植物如此，正如诗人笔下的词语一样：他将词语做出如此排列，让这些词语获得崭新的陌生的效果，同时也第一次回归本意。这就是词汇组合和分析的效果；灌木或树木单独出现就不会有高与低，高贵与卑下，丰腴与瘦小之分，只有环境才会让它们产生这样的效果。它掩映了高墙，它生长的花床给它形式和背景。所有这些只是基础而已，但是在谈及此事时，我恐怕看上去会有些高深莫测。"见 Hugo von Hofmannsthal, "Garten", *Die Beruhrung der Spharen*, 1931.

迸发出新的灵魂。[69]我们需要在内心做好准备,需要可爱的(如果也是批评性的话)思考来辨认他的艺术技巧。尼采说过,"美的声音是一种低语"。在维吉尔这个罗马魔术师的诗歌中寻找到美并非易事,高雅的维吉尔,静静地在俗世中退守一隅,如其他真正的艺术家一样,他在诗歌中用象征隐藏情感。接下来,狄多入场的动作被平复,柔化成一幅庄严的画面,恰如一段庄严的行板(普罗布斯忽视了这一点):

接着,在神庙的门内,在神庙圆穹屋顶下面正中的地方,①由武装的卫士围绕着,她坐上高高的宝座,略事休息。在这里她向人民颁布了法律和条例,把工作公平合理地分给众人,或抽签决定。(《埃涅阿斯纪》1.505-508)

诗段的前两行表明,神佑与武器是王权的基石。接下来的两行则表明了权力的内容,提出了正义的形成和实现方式。所有这些最基本、最重要的内容都被压缩到了严谨的形式之下。而这恰是古典风格最基本的特点。

女王狄多的德性也用象征的手法被表达了出来:第一诗行表现了虔敬,第二诗行表现了王者仪态和庄重举止,第三、四诗行表现了正义。女王狄多在尤诺女神神殿内,面向神殿门口登上王座,这一形象表明了她与天神之间的关系。而且,宣告她入场的语词 regina ad templum[女王来到了神庙]这句话也已经表明了这种关系。这样的做法依然属于古典风格:伟大者必由[70]伟大相衬。

---

① foribus divae 指神殿的大门,参见 Turnebus *Adv.* 10.11。塞尔维乌斯引用了瓦罗的《拉丁语研究》(*De lingua Latina*)中的话:"在神殿里,会留出一块宽敞的露天的地方,这并非遗弃之地,而是特别保留的空间,叫作穹顶。"

狄多女王的第一次出场必须在神庙中,因为只有在这个地方,她的身份和行动才能找到合适的框架,她与其保护神尤诺之间的关联才能为我们所知。因为当她坐在尤诺神庙里的宝座上的时候,狄多就成了尤诺在人间的代表者。

在接下来的故事发展中,狄多女王的虔敬和她对自己肩负之宗教责任的自觉至关重要。埃涅阿斯的到来,以及狄多关于爱与死亡的决定都伴随着仪式活动,表明她对诸神的崇敬是由衷的。就敬神这一点而言,她与埃涅阿斯不相上下,但虔诚却不能让她避免前方无情的命运。埃涅阿斯的话语,在狄多灰暗的命运背景下讲出来,别具辛辣的嘲讽意味:

如果天神还眷顾正直的好人,如果世界上还存在正义,那么天神和你自己的正义感,将会给你带来你应得的报酬。(《埃涅阿斯纪》1.603-605)

正如埃涅阿斯的虔敬增强了我们对他所受的磨难的同情一样,上述场景也增强了狄多情节的悲剧效果。① 接下来的场景更加丰富并深刻地揭示了女王的内心世界。先是在和伊利翁纽斯(Ilioneus),此后是在和埃涅阿斯相见的场景里,狄多的人性(埃涅阿斯已从刻画特洛亚战争的浮雕上有所了解②)展现出了最美和最纯净的状态。voltum demissa[眼帘低垂]这一姿态微妙地揭示

---

① 诗人自己也强调了这一点:"诗神啊,请你告诉我,是什么缘故,是怎样伤了天后的心,为什么她如此妒恨?迫使这个以虔敬闻名的人遭遇这么大的危难,经历这么多的考验,天神们的心居然能如此愤怒?"

② 《埃涅阿斯纪》1.462-463"在这里,光荣也仍然获得他自己的报偿,万事堪落泪,生活的痛苦依然撼动人心",这句话也为埃涅阿斯的恋情埋下了伏笔。

出她因为粗暴对待遭遇船难的特洛亚人而表现出来的窘迫。①狄多与埃涅阿斯首次交谈的基调是非常人性的。对话以"我就是那个你们要寻找的人"(1.595)引入,以 O sola infandos Trojae miserata labors[只有你可怜我们特洛亚人无法形容的苦难]开始,以 non ignara mali miseris succrurere disco[我自己经历过灾难,懂得要帮助受苦的人]这句充满人道主义精神的经典表达结束。②[71]狄多与埃涅阿斯精神上的相通之处表现为温柔、本性的慷慨以及对他人的同情。但同时,恰恰是这人性的温情有意地与后来的难以消弭的憎恨形成了对比。而且,正是因为初始时的温情与伤感,才会有第四卷的尾声场景中的彻底翻转。

狄多的悲剧缘于她伟大而高贵的灵魂。曾有人质疑,狄多情节结尾处的祈求(即狄多自杀前的祈祷)是情境使然,而非狄多性格的结果。③ 但事实恰恰相反。狄多所做的一切,她的痛苦皆为其内在性情(innermost being)所致。她命中注定必死无疑,这并非因为情境,而是她的个性与情境冲突的结果。通过说明这一点——那些最能突出表现狄多命运的形象以及作者表述那些形象的基调从一开始就具有一种注疏者所不曾意识到的悲剧色彩,接下来的讨论就可以清楚地弄明白上述的这个判断。诗人这样刻画,不是因为他想将女王赴死的决定归结于情境,而是因为他想给

---

① 海因兹关于此处的理解有误(海因兹,前揭,第138页,注释2)。阿波罗尼奥斯的希普西皮勒(*Hypsipyle*,1.730)以及他的美狄亚(*Medea*,3.1008)可看作是维吉尔模仿的对象,但人物动作的意义发生了变化。

② 在特伦提乌斯的意义上,狄多的爱也是从她的人性中萌发出来的,毕竟"我是人,我相信,人类的事务中没有什么我不熟悉"。昆体良(《论演说术》ix.2.64)曾就《埃涅阿斯纪》4.550做出以下评价:"尽管狄多对婚姻确有不满,但这里却暴露出了她的感情,因为她相信,倘若没有婚姻,人的生命就不是人道的,而是蛮荒的。"

③ 海因兹,前揭,第140页以下。

情节的发展蒙上一层不祥的征兆。认为维吉尔是从安娜的请求不被采纳之后才开始向读者强调那种不曾被注意到的悲剧结局的必然性,这样的说法并不正确。①如多数其他悲剧一样,在《埃涅阿斯纪》中,所有的情节从一开始就朝着悲剧的结局发展,我们根本不可能预期别样的结果。在第一卷结尾对爱神丘比特行为之结果的描述中,这一点表现得非常明显:

> 不幸的狄多,未来要遭毁灭的狄多,
> 不能如其心中所愿。(《埃涅阿斯纪》1.712-713)

[72]这种悲剧特征最终源于维吉尔的观念。恰如在《农事诗》中被描述的那样,爱情有一种魔性的、悲剧性的力量。在有关动物之间的爱情诗段中,爱的激情对个体命运的不幸影响最直接有力地被表达为爱得发疯的年轻人形象(《农事诗》3.258 行以下)。《埃涅阿斯纪》第一卷结尾处就已经显示出了悲剧的先声:狄多女王初萌的爱意被暗示出来,但其所指向的同样也是悲剧性的方向。② 而第四卷从第一个诗行开始,就完全沉浸在悲剧的情绪之中。但如前文所述的那样,导致其激情加强的原因却被掩藏在狄多的品性之中。埃涅阿斯的故事和经历打动了狄多,是因为他的英雄主义触动了狄多的心弦。因为她是一个真正的女王,她只能爱上这个神的儿子,这个英雄的王者。③维纳斯和尤诺在关键时刻

---

① 海因兹,前揭,第 141 页。
② 参见本书第 150 页(译注:指原书页码,即中译本中括号内的页码)以下。
③ 《埃涅阿斯纪》4.3-4:"埃涅阿斯高贵的精神和出身一再萦绕在她的思绪,其相貌和言谈牢牢地印在她心上";4.11-14:"他的相貌如何? 他的气概和臂力有多雄壮啊! 的确,我相信——并非毫无根据——他是神的后裔,卑劣的性格一定表现为胆怯,唉,他受命运的折磨好苦啊! 他讲的那场战争结束得多惨啊!"

的推动，丘比特以阿斯卡纽斯的形象出现加以干预，狩猎以及随之而来的暴风雨，这一切都只是附属性质的可见形象，被用来反映其内心世界里的波澜。

　　与荷马一样，在维吉尔的眼中，正如奥拓兹（Walter F. Ottoz）在《希腊众神》(Die Gotter Griechenlands)一书中写的，神和自然在相当程度上是对应的。但这并不意味着可以用完全理性的方式来解释神的干预，并仅仅将他们看作自然现象的可见象征。由于维吉尔寓言化地理解诸如天神的露面等这类事件，他"将心理上的现实转译为诸神的干预，而'受过教育'的读者则可以将之转译回心理学的术语"——海因兹的这种想法是错误的。它与诗人的宗教精神不相容，且就诗歌的本质而言也不恰当。和希腊诗歌一样，在维吉尔诗歌中，人类内心雄浑的激情也同样被表现为狂暴的天神的力量展示。这些激情得到了最自然的呈现，既未通过修饰使之易于理解，也没通过赋予其崇高风格使之更完美和具有尊严。经由神话形式中的天神与魔鬼、预言与梦兆，[73]人类生命中的那些神秘与邪恶之处可被人理解，总体上也不再显得模糊，这些更伟大的力量也因此被呈现得更清晰和切近——虽然这些力量也会在其他地方出现。奥古斯都的时代不曾那么盲目，但也没有抛弃神明。维吉尔真诚地相信诸神的力量，对这个真诚而虔诚的诗人来说，神话不止是诗意的故事，更是他们的宗教的象征。关于诗歌的性质和象征性语言，霍夫曼斯塔尔在《关于诗歌的对话》(Conversation about Poems)一书中的说法颇具洞见和观察力："对虔诚的人来说，只有象征是真正真实的。"①

　　维吉尔敬畏神秘的命运，保有罗马人相信神明可为人所见的

---

　　① Hugo von Hofmannsthal, *Die Prosaischen Schriften gesammelt*, Erster Band, Berlin, 1917, p. 89.

那种虔诚,持有一种古典时期的人们对感官的态度,这一点与诗歌的要求相合,因此,他并未在心理学的意义上,而是在神话与宗教的层面去构思灵魂。如波德莱尔所言,在诗歌创作中,维吉尔处于一种 enfance retrouvee a volonte[乐于回到童蒙]的状态。诗人的世界并不"更有尊严、更完美",而是更可触知、更加原始。维吉尔对"自然心理学"(natural psychology)不以为然。神对他来说是活生生的存在。任何其他想法的前提都是非艺术家的艺术观,都是与无神论时代相应的宗教观。而且,在维吉尔那里,诸神的角色与掌控和引导世间事的神圣计划这样的观念紧密相关。维吉尔的这种观念与他史诗中诸神的作用密不可分。正因为这样,事件的分析必须超越个体命运的心理学状况并与诸神关联起来。由此,通过刻画神祇的诗学世界,展示诗人对更高力量的信仰,历史的双重性被表达了出来——所有历史事件都在两个层面发生:一个层面是人的企图、欲望和激情,另一个是伟大而神秘的层面,掌握在万事万物的神秘控制者的手中。从这个角度来理解,则维吉尔的思想层面得以提升,达到了奥古斯丁、黑格尔以及布克哈特等诸多历史哲学家所共有的水平。

[74]狄多的经历不只是她心理的发展过程,也是神圣力量所属意的命运,是世界历史中的一个事件,同时也是罗马命运链条中的一个环节。除了自我毁灭之外,其影响远远超越了个人命运,最终带来了迦太基的灭亡。

女王的命运预示并表现了城邦的命运,这不仅源于诗歌的基本想法——埃涅阿斯和狄多代表了罗马和迦太基帝国历史势力的神秘化身(正如在更高层面的尤庇特和尤诺一样),这一点在描述女王悲惨死亡的诗行中得到了明确的叙述:

一阵呼号直冲屋顶,消息像脱缰野马传遍全城,全城为之震惊。整座官殿回响着呜咽、叹息和妇女的哀号,一片啼哭之声响彻霄汉,恰像是敌人冲了进来,整个迦太基或古老的推罗①要陷落了,人间的庐舍和天神的庙堂统统被卷入疯狂的烈火之中一样。(《埃涅阿斯纪》4.665-671)

这是对悲伤情绪的强化表达,且同时也是超验的象征。该比喻构思来自情节的逻辑,也来自读者可获得的更高的视野。在这一时刻,读者可看到更广阔的背景。狄多的命运得以昭示,而且,她的命运和城市的命运休戚与共。维吉尔从荷马的比喻中获得了这种效果:

……周围的人们,
也一片哭号,整座城市陷入了悲恸。
到处是凄惨的哭声,有如巍峨的伊利昂
从高堡到窄巷突然被熊熊的大火吞没。(《伊利亚特》22.408-101)

[75]在这段哀悼赫克托尔的刻画中,也有特洛亚命运的预兆。在《伊利亚特》中,赫克托尔的死亡不止一次地与特洛亚最终的毁灭相关联,在《伊利亚特》6.403以下、22.382以下、24.499行等处均有表现。②

安娜的话语也越出了字里行间,指向同一个问题:

---

① 在 aut antique Tyros[或古老的推罗]这几个词中,维吉尔站在迦太基人的立场上表达他自己的情感,这是他一贯的做法。在维吉尔眼里,迦太基人怀念推罗,正如埃涅阿斯纪怀念特洛亚一样。

② 参见卡利马科斯(Callimachus)为阿尔西诺伊(Arsinoe)之死写作的颂诗。

姐姐啊,你不但毁灭了你自己,你也毁灭了我,还有你的人民,西顿的元老和你的城邦啊。(《埃涅阿斯纪》4.682-463)

在较小的故事框架下来看,这段话不过是一个妹妹悲恸的、夸张的表达而已。但是在更深的层面上,这些话比安娜预料得更真实,因为狄多的情节就是以迦太基的毁灭结束的。

狄多身上所附带的政治和历史的象征意义可能被轻视了。她的悲剧不必借助于自然和超自然的冲突来解释,完全可以从人类的层面上来理解。在维纳斯和尤诺挑起整个事件之后,接下来的发展就水到渠成了。在第四卷开篇处,狄多对她妹妹说,她在压制自己对埃涅阿斯的钦慕,因为她尚无意打破对先夫立下的誓言。她庄严地宣誓说:

但是我宁肯大地裂开一道深沟把我吞下,或万能的天父用闪电把我打入阴曹地府,淹没在朦胧的阴影和幽深的黑夜之中,我也不能昧了良心,破坏了良心的准则。(《埃涅阿斯纪》4.24-427)

[76]这不仅仅是戏剧化的语言,而是一语成谶,残酷地应验在她的身上。这几个诗行让人眼前出现了堕入幽冥地狱之中的形象,而它终将成为现实。这样看来,第四卷一开篇就预示了它的结尾。

安娜并非像阿提卡戏剧中暗示的那样好色淫荡。她并非欧里庇得斯悲剧中的姆妈,也不是米南达剧(Menandrian)中的心腹知己。她一开口,就表现为一个温柔而充满爱意的妹妹的形象:O luce magis dilecta sorori[噢,比生命还亲的姐姐啊]。她的话触动了已经满怀情爱的狄多的心事:这个遭人觊觎的国家需要一个保护人,而只有埃涅阿斯才能给迦太基带来真正的辉煌:

如果你和这样一个人结为夫妇,姐姐,我们的城邦、我们的王国将会有多伟大的前程啊!有特洛亚军队的协助,我们将能建立多少事业,腓尼基人的光荣将多么显赫啊!(《埃涅阿斯纪》4.47–49)

用这样充满着激情的话语,安娜诉诸女王所负有的职责和荣耀,诉诸她对自己倾尽时间和精力一手建成的城邦的热爱。就这样,狄多重新点燃了濒于熄灭的微弱的火苗,释放了矜持的内心。狄多之所以陷入热恋,并非仅仅出于爱的激情。她的情感既来自对埃涅阿斯的爱,也有内心对英雄主义、伟大、光荣的渴望和她对王室责任的担当。实际上,狄多本性中所有高贵的一面都得以显现出来:她对伟大爱情的本能追求(这一点在希凯斯生前身后都得到了证明)、她对特洛亚人的同情(如此轻而易举地转变成爱)、她的女性特征(也在第四卷第33行)被安娜唤醒,"难道你不晓得甜美的儿女,不晓得爱的奖赏么",以及她对圆满生命的渴望(表现在她温柔地[77]把阿斯卡纽斯抱在怀里,发自内心地诉说着"如果能有个小埃涅阿斯在庭院里和我玩耍就好了"[《埃涅阿斯纪》4.329])。①

狄多对埃涅阿斯的爱与她伟大而高贵的本性紧密交织在一起——这正是她的悲剧所在。其王者精神的伟大本质以及因此而来的堕落之甚,将她和与之相比较的希腊榜样人物区别开来。她不是欧里庇得斯笔下那放纵、野蛮、母老虎样的美狄亚(Medea),也不是阿波罗尼奥斯笔下的柔情少女——尽管狄多兼具此两者的特征。崇高的激情和古代的荣誉将她与欧里庇得斯笔下的人物联

---

① 前文已经强调了维纳斯对埃涅阿斯的话:"她原先是同希凯斯结婚的……不幸的她非常爱他。"(《埃涅阿斯纪》1.344)

系起来,而她的温情则让人想起阿波罗尼奥斯笔下的人物。但同时,她比美狄亚更具人性,比阿波罗尼奥斯作品里的少女更伟大,尽管比那少女少了些许温情。狄多的命运之钟摆过的弧度更大:从作为对死去丈夫忠贞不二的守寡者体现的忠诚与荣誉,摆向放纵的情爱所带来的羞耻,从第一次出场时的骄傲的尊严和王者的荣耀,摆向最可耻的羞辱(4.412以下)。身处欢愉与最深沉的悲伤之间,从温暖的人性到无情的痛恨,从担当王者责任到玩忽职守(4.86以下),从几近完成的建国大业到最终的断壁残垣,狄多悲剧之所以给人以巨大冲击,在于这种对比的烈度,在于这种毁灭性的逆转。这也是狄多一卷能够从罗马悲剧中脱颖而出,媲美于希腊悲剧的深刻原因(恰如利奥[Friedrich Leo]所述)。

与安娜的对话释放了狄多内在情感的全部力量。毁灭以激情的形式来临,其第一个高潮则表现为狄多狂乱地满城徘徊这一行动以及麋鹿的比喻。这个比喻与此前狄多献祭安抚诸神时的形象构成对比:

> 美丽的狄多亲手拿着酒碗,把酒浇在一头雪白母牛的两只犄角之间,她又在神像面前一路拜舞到放着丰盛祭品的神坛,重新献上当天的祭礼。(《埃涅阿斯纪》4.60-63)

[78]在沉着高贵的祭仪与野性疯狂的比喻之间,在明亮的祭祀场景与昏暗的躁动狂乱之间的,是一个带着悲剧色彩的预言场景:

> 她张着嘴谛视着破开的羊肚,想从那还没有死透的五脏六腑发现朕兆。(《埃涅阿斯纪》4.63-64)

这一预言场景预示着女王即将深陷其间的野性激情和深刻迷恋。接着,诗人发出了痛苦的呼喊:

> Heu vatum ignarae mentes⋯
> 唉,对卜人无知的灵魂哦(《埃涅阿斯纪》4.65)①

接下来的诗行,直接描述了女王的狂乱,指向在表面的平静之下四处蔓延的爱火:

> 在神庙里许愿对一个爱得发狂的人有什么用处呢?爱火一直在侵蚀着她温柔的心,她心里的创伤还在暗中活动。(《埃涅阿斯纪》4.65-66)

这两行诗歌与卷首的诗行形成呼应。同样的画面——伤口、火焰、箭矢(《埃涅阿斯纪》4.4-5:"但是女王狄多早已被一股怜爱之情深深刺伤,用自己的生命之血在调养创伤,无名的孽火在侵蚀着她"),坐立不安与痴心妄想,这些都传达着她的痛苦。如果说海上风暴代表了自然界狂暴的[79]力量(也是对历史的暗示),如果

---

① 并不像塞尔维乌斯、海因兹和皮斯理解的那样,此处的 ignarae[无知]就是对 Amoris reginae[女王的爱情]的无知。后世的模仿,比如西利乌斯(Silius,《布匿战争》8.100):"唉,神圣的卜人的错谬哦。"(Heu sacri vatum errores),以及阿普列乌斯(Apulleius,《金驴记》10.2):"唉,医生们的无知的灵魂哦。"(heu medicorum ignarae mentes)等,都只是证明了这些词在古代就被误解。Vatum 一定是宾语属格(译按:作者认为这句话应被翻译为"对卜人无知的灵魂"而不是"卜人的无知的灵魂")。参《埃涅阿斯纪》8.627"对预言无知的"(vatum ignarus)。亨利(Henry)曾经指出,在维吉尔的作品中,ignarus 一词从来不曾与主语属格一起出现过。另参《埃涅阿斯纪》11.501,这里描述了图尔努斯的悲剧性的盲目状态。

说阿列克托的行动指向战争,那么,狄多的徘徊和麋鹿的比喻则指向了爱欲的力量:

> 不幸的狄多心如火焚,她如痴如狂满城徘徊,就像一头麋鹿,在克里特岛的树林里徜徉,不提防被一个携带武器的牧羊人从远处一箭射中,而牧羊人自己也不曾理会他的羽箭已经留在它的身上了;这头鹿穿过树林和狄克特山间小径奔逃,那根致命的箭杆一直扎在它的腰间。(《埃涅阿斯纪》4.66-73)

不能简单地从现实的角度去理解上述的场景。它是故事中特定的一刻,同时也是一个心理事件的象征。对古人来说,激情是整个人的疾病。而且,心理事实也总是要通过神祇和魔鬼(我们可以将其理解为象征手法),特别是行动、形象和比喻表达出来。古人将身体看作灵魂的表达,内在灵魂通过外在的躯体表现出来。如果我们认为,较之心理学意义上的生活,"转化成象征"(transformation into the symbolic)的意思是说,象征性的诗学生活是第二位的,那我们就搞错了。此二者所构成的是一个不可分解的单元。要了解古人,就要对内心事件做感官上的理解,[80]而不是去做抽象的分析。与现代人不同,古人的头脑仍然充满了具体的形象而不是概念。在他为《神殿入口》(*Propy-lä'neinleitung*)杂志撰写的前言中,歌德表达了古代的一个创作的准则:"一个人如果不能清楚地表达感觉,也就不能直接地表达思想。"①这种认识或多或少一直存在于诗歌中。诗人们总是倾向于象征性地表达感官现实,并将其当成是人类情感天生的、直接的方式。正如歌剧不能将

---

① 昆体良说,没有任何令耳朵前庭不悦的东西会进入听众的情感和理智中。

内心事件转换成音乐,却可以很大程度上体验到它。诗歌也以同样方式将内心活动变成为可感知的事件。恰如冈都夫(Gundolf)评价莎士比亚时所说:

> 诗人首先进行抽象的想象,然后找一个恰当的形象将其表达出来,先用心感受,然后才寻求感官的帮助——这样的想法是错。诗人用形象来生活、思考、感受、承受痛苦、表达欢悦。对世界的反应冲动与对韵律的反应冲动紧密相连,这才是真正的诗人的重要特征。①

这个经常被模仿的著名的麋鹿比喻,其审美特征与深刻意涵依赖于以下几个条件。陷入爱情的女人试图逃离的行为展现了她心理上的真实状态,与此同时,它也同样真切地表明了她不提防地(incauta)陷入爱情危险、对自己未受保护状态的认识。而且,狄多内心的犹疑不决(dubia means: 4.55)、羞惭与内疚,都在这个逃跑的形象中得到反映,就像是试图逃离无情命运做出的最后的挣扎。她的悲剧是无辜的,这一点通过 incautam[不提防]这个词得以表现,"牧羊人……不曾理会(pastor nescius)"同样表明,埃涅阿斯也是无辜的。而且,这只高贵的承受着痛苦的麋鹿激起了读者的同情。但逃跑,和祈求诸神的恩典一样,都无济于事,haeret lateri letalis harundo[那致命的箭杆一直扎在它的腰间]。

正如狩猎女神狄阿娜那个比喻的含义在最后几行诗歌中才得以昭示的那样,此处的最后几行诗歌才揭示了麋鹿这个比喻所隐含的意义:它包含着揭示现状和预示未来的两层意思。就这样,麋鹿的比喻为故事情节注入了新的意义。

---

① Gundolf, *Shakespeare und der deutsche Geist*, Bonn, 1911, p. 238.

[81]荷马的情况与维吉尔不一样。荷马的目标是要刻画可见的联系,而维吉尔则要状摹情绪、揭示思想、暗示未来的命运。荷马的比喻严格地画出轮廓,经常表现出令人吃惊的理性,也常常带着些古怪的冷漠,似乎不那么通人性。相反,维吉尔的比喻则富于变化、生动灵活,可以让人们更多地去感受而不是去观察。荷马努力明确地表述一个事件,而维吉尔则努力解释和演绎这一事件。

维吉尔的比喻结构复杂。倘若可以来分析一个本来浑然一体的比喻的结构的话,我们或可说麋鹿这个比喻有三个功能:(1)它更加明确地表现了女王的踌躇彷徨(这是荷马史诗中比喻基本功能——澄清一个外部的事件);(2)揭示了狄多的内心状态(描述一个内心的事件);(3)通过事件的内容、基调和情感刻画来预示她的悲剧性的结局(象征性的预言)。因此,第四卷一开篇就已经奠定了悲剧发展的基调。第三点功能还可以有进一步的扩展:麋鹿比喻中鹿的狂乱举动在狄多情节中的作用,恰如海上风暴对整部史诗架构的作用,又恰如阿列克托情节对后半部史诗的作用。而这两个例子中,悲剧性的行动都由一个悲伤的和戏剧化的场景为先导,并以此来象征性地预示着悲剧性的情节。

正如一座希腊神庙,决定其整体的比例和形式会在组成它的各部分中一再地复现,或如一部交响乐,其部分也会反映整体,在《埃涅阿斯纪》中,无论部分还是整体,服从的都是同一个形式原则。在更小的范围内,这一原则在狄多情节的过程中还重复过一次。悲剧的起点是对流言女神法玛(Fama)之疯狂行动的描写,紧接着她出现的是,雅尔巴斯的祷告和尤庇特的干预——要求埃涅阿斯离开迦太基。史诗描述狄多得知埃涅阿斯决心离开时的暴怒,在这个时候我们第三次感受到了这个形式原则。所有这些场景,包括[82]海上风暴,阿列克托情节,西比尔的癫狂(第六卷的开篇),拉奥孔的死亡(第二卷的开篇),卡密拉情节中墨塔布斯

(Metabus)带着孩子泅过泛滥的河水(第十一卷547行以下),都是同样的主题的变奏,都被用来强调悲剧情节即将上演。

在接下来的高潮场景中,第四卷特有的悲剧氛围通过宇宙间的自然现象表达出来。它崇高庄严、令人敬畏,与行动相呼应——自然界的雷雨伴随着男女主人公的欢爱。早在荷马史诗中,自然就已经作为行动的传声筒存在了。这一点反映了希腊人关于人与自然相统一的早期观念。也就是说,人的行动被理解为发生在自然现象之中并与之相伴。维吉尔为此附加上了古典艺术的形式原则:寻求统一性,拒绝任何冗余的情节或无关的内容。划过天际的闪电是婚礼的火炬,女仙们在山顶的呼喊混合着雷声,象征着婚礼的颂歌。情爱与婚姻被象征性地表达出来而不必进行具体的描述。但是,那些征兆,加上大地的颤动(prima et Tellus et pronuba Juno dant signum[万物之母的大地和赞助婚配的尤诺发出信号])①并不是欢乐的婚宴上应有的征兆,反倒像是冥界诸神的显灵。②它们都预示着即将发生的事件,并且附有一个荷马式的明确结论,Ille dies primus leti primusque malorum causa fuit[就是这一天导致了苦难,导致了死亡]。

流言女神法玛的行动作为开端,她指向一种不断增长的恶性的力量,无可逃避,恰似另一个阿列克托,宣告了悲剧的开始。③这些意象和场景营造了一种气氛,从而为最终的灾难埋下了伏笔。恰如女王对埃涅阿斯的爱情源自其本性一样,这里的灾难也是她

---

① 塞尔维乌斯指出:"这里的说法技巧纯熟。因埃特鲁斯坎人曾经教导我们,没什么比天摇地动更加不利于结婚了。"

② 参《埃涅阿斯纪》4.490以下关于赫斯帕里得斯和6.255以下关于赫卡特的描写。与之相对照的是阿波罗尼奥斯,《阿尔戈英雄纪》3.1218以下。

③ 狄多自杀之后,或许,法玛女神像酒神狂女一样满城狂奔,宣扬她的胜利,这并非偶然。

本性的必然结果。极高的自尊(self-respect)是其决定性的特征，也是其生命的内核。严格的亚里士多德意义上的自爱(love of self)或许正是罗马和古代伦理体系中的终极价值。[83]对古人来说，"荣誉"散发着如此耀目的光辉。荣誉和自爱最密切相关，是"自爱"这一内在火焰的外在光辉。正是因为狄多内心充满了自尊，她才会说服自己必须永远忠于死去的丈夫。一旦背弃，必遭天谴。① 因此，当埃涅阿斯背弃她以自尊为代价的爱时，除了一死，她再无选择。得知埃涅阿斯即将离开后，狄多一见到埃涅阿斯就提到了死亡：Nec moritura tenet crudeli funere Dido? Cui me moribundam deseris[等待我狄多的是惨死，难道这些都留你不住吗？](4.323)在对埃涅阿斯发出的第一个诅咒中，她也提及死亡：

> 我虽然不在，也要擎着黑烟滚滚的火炬追来，即使冰冷的死亡把我的灵魂和肉体分开，不管你到什么地方，我的魂魄也会到来的。(《埃涅阿斯纪》4.384-386)

"我虽然不在，也要擎着黑烟滚滚的火炬追来(sequar atris ignibus absens)"，这句话阴郁压抑，暗示了从火葬堆上升起的明亮火焰会紧随业已启程的特洛亚舰队。在接下来的诗行中，复仇女神欧墨尼得斯(Eumenides)的火把随即闪入脑海(4.385以下)。② 但是，已经知晓结局的读者会听到两层意思。语义双关是希腊悲

---

① 当厄运降临到她头上，尤其是在埃涅阿斯决定离开之后，她为自己失去的尊严感到永恒的悲哀。在深切的哀伤中，她回顾自己迷失了自我后的形象："还是因为你的缘故，我丧失了节操和昔日的美誉，这些都是使我名垂不朽的东西啊！"

② 当阿列克托将火把掷向图尔努斯时候，"火把冒着黑烟"表明了愤怒的特征。

剧的常用手段,而此处恰是语义双关的典范。①注疏者们多数认可了塞尔维乌斯的一种解读:

> 一些人认为这是"怒火",因为"我将为你唤来诅咒"。另一些人认为这是"属众们带来的火把",因为随后就有这样的诗行,"快拿来火把"(卷四,行594)。然而,还有更好的理解。就像我们在《埃涅阿斯纪》第五卷读到的那样,我们即将看到城市里"火葬堆浓烟滚滚",隐约地预示着一场灾难。

但是,正是因为语义双关是有意为之的,我们就不必只选择其中的一个。当然,这一点对[84]崇尚理性的塞尔维乌斯和他的现代继承人来说是不可理解的。完全不应该如塞尔维乌斯注疏提议的那样,排除史诗提及的复仇女神欧墨尼得斯的火炬。如果因为考虑到第四卷594行,将其理解为"属众们带来的火把",这样指涉完全是造作的。但就另一方面而言,如果说火炬可能指的是迦太基和罗马之间的战火,倒可能存在几分真实性(exoriare aliquis nostris ex ossibus ultor, qui face Dardanios ferroque sequare colonos[让我的骨肉后代中出现一个复仇者吧,让他用火和剑去追赶那些特洛亚移民])。而且,在哀悼狄多的那个比喻中,超验性的象征又一次出现了。

作为制造悲剧性紧张的手段,语义双关也出现在狄多情节的其他部分。例如:

> 妹妹,祝贺你姐姐吧,我找到了一条出路,可以叫他回到

---

① William Bedell Stanford, *Ambiguity in Greek Literature*, Oxford, 1939.

我身边来，或者可以让我和他之间的爱情烟消云散。(《埃涅阿斯纪》4.478-479)

至于冥神的献礼，我已经及时开始安排并即将完成它，以结束我的痛苦。(《埃涅阿斯纪》4.638-639)

可怜可怜你姐姐吧，这是我求你替我办的最后一件事，如果他答应我这件事，我将在死的时候(morte)加倍报答他。(《埃涅阿斯纪》4.435-436)

海因兹也没能领会上述诗行的双重含义(前揭，第134页，注释2)。Cumulatam morte remittam[我将在死的时候加倍报答他]这几个词的含义并不单一：(1)感激之情的夸张表达(与安娜的理解一样)，[85](2)死亡的预言(读者明晓，狄多也暗自知道)。① 在同一段讲词的稍前面一点地方，也有语义双关的类似例子，Extramum hoc miserae det munus amanti[请他答应一个可怜的痴情女子最后一件事吧](4.429)，以及 Extremam hanc veniam[我求你替我办的最后一件事](4.435)。和安娜理解的一样，这是狄多最后向埃涅阿斯提出的请求，从此之后两不相欠。但同时，这也是狄多的临终请求。海因兹否认狄多已有赴死的决心，这并不正确，史诗中早有明确的表示(4.308，4.323，4.385 和 4.415)，起航的延迟仅仅意味着死亡的延迟。不需要对眼前的形势进行考虑和反思，狄多就可以确定，埃涅阿斯的离开必然意味着她的死亡。尽管我们可以认为，她的反应是极端的激情所带来的后果，是其自尊

---

① 这在古代被认为是无法解决的问题，至今仍未得到解决。我倾向于认同亨利的解释：此处的 morte 为时间夺格，译为"在死的时候"。

受挫的必然结果：身陷不合时宜的困境中，她只能从死亡中得到解脱。①

《埃涅阿斯纪》第四卷522行以下的那段深夜独白里，狄多在心中辗转思索当时的情势，最后一次试图找到另外一条出路。这几行诗歌已被多次用来证明，维吉尔意图"强行使读者接受悲剧结局的必然性"。然而，这些诗行很明确地说明了还有其他的解决办法，但狄多的性格不允许她做出那样的选择。她本可以委身于之前的求婚者，却会由于埃涅阿斯而受人奚落，她骄傲的个性不允许她这样做（4.534以下）。她也可以追随特洛亚人的舰队，但这种屈辱同样令人无法忍受（行543：Sola fuga nautas comitabor ovantis[独自一个跟着这些欢欣雀跃一心想离开此地的航海人走]）。她可以命令推罗人去追随特洛亚人的舰队，但她同情他们，不忍使他们重新蹈入刚刚脱离的大海（4.544以下）。死亡是唯一的答案，任何其他方式都无法拯救她的自我，挽回她的自尊和荣誉。死亡是唯一能让她摆脱外界的不测以及不堪忍受的痛苦的方式，也是她赎罪的方式（4.577：Quin morere ut merita es[但只有去死，这是你应得的]），死亡可以恢复她希望留存后世的那个"伟大的形象"。狄多诅咒埃涅阿斯和罗马人，[86]然后高贵地死去，她的灵魂因此恢复了伟大和自由。她的诅咒表达了由爱生恨的感情，也让她重获失去了的尊严。对于古人来说，复仇意味着获得灵魂的再生。因此，在狄多的遗言中，她因为替希凯斯之死复了仇而自豪；厄凡德尔苟延残喘是为了将复仇的消息带给身处死亡之地的儿子（11.177以下）；②史诗最后的情节是埃涅阿斯为帕拉斯报

---

① 她很了解自己："还是你想逃脱我吗？看在我流的眼泪和你的誓言的分上，可怜的我给我自己留下来的，除此以外没有什么东西了。"（《埃涅阿斯纪》4.314）

② 死者的灵魂只能通过复仇才能得到安宁。

仇;为凯撒的复仇标志了奥古斯都事业的开始。

狄多的骄傲、自尊自爱以及对复仇的渴望,都需要她的死亡。海因兹意识到了这一点,但他却认为,维吉尔之所以不允许狄多失恋的悲伤成为自杀的主要理由,是"因为他遵循传统""拒斥个体性格的刻画"(前揭,第139页)。但我认为,是狄多的性格决定了她不会因为失恋而自杀,而只会因为意识到自己深刻的堕落而自杀。狄多因为爱情受挫而自杀,这对维吉尔来说远远称不上伟大。因爱情受挫而自杀,这样的动机确实感伤动人,但却与维吉尔意图激发的目标相悖。

诗人并不需要为狄多的死寻找一个"动机",因为死亡已经是唯一的出路。相反,他需要说明,为什么女王的死亡需要耽搁这么久。最佳的理由是,她尚存一线希望,希望埃涅阿斯会改变想法。在狄多与埃涅阿斯两次决定性的对话中,可以看出她真实的选择。但这选择并非如海因兹猜测的那样,她还在犹豫是要留住埃涅阿斯呢,还是要毁灭埃涅阿斯抑或她自己。事实上,贯穿整个故事情节,狄多一直在爱与恨、婚姻与毁灭之间摇摆不定。她曾三次试图改变命运:第一次是她恳求埃涅阿斯留下来;第二次是在安娜带给他的口信中;最后一次是在埃涅阿斯离开前,在备受煎熬的夜里,她在独白中表达了是否应追随所爱之人的犹豫心理。每一次核定的结果都使得她[87]无条件地倒回死亡的决定。恳求的话语之后是自我毁灭与复仇的威胁,安娜讲和不成之后是葬礼用的柴堆,最后,狄多用"命该赴死"的决心取代了追随埃涅阿斯下海而去的想法。

诗人煞费苦心地将一线希望留到最后。没有这一线希望,故事的悲剧性会被大大地削弱。① 狄多赴死的决心不定,主要是因

---

① 狄多听从女祭司的话(4.478)以及举行的神秘仪式(4.512-516)也是此类作用。关于4.512-516的不同解释,参见海因兹,前揭,p.142,n.1。

为她还怀着欺骗性的希望,因为她无法割舍的爱情。当埃涅阿斯斩断系在舰船上的缆绳那一刻,她的命运已经被决定了。①

在内心的检视之后,狄多再也无法抗拒死亡的最终决断,而之前的犹豫也增加了她的负疚感。也就是说,越是临近离别,狄多就越是受到激情的控制,也越失去骄傲的王者的庄严。维吉尔因此让我们同时感受到她爱情的强烈程度和她的耻辱与内心沉沦的可悲之处。例如,她希望在埃涅阿斯离开之前孕育一个孩子,这希望令人动容,可对她来说却有失尊严。在安娜带给埃涅阿斯的口信中表达的恳求,她只是徒劳地想要延迟埃涅阿斯的离去:Improbe Amor quid non mortalia pectora cogis[无情的爱神啊,有什么你不迫使凡人的心去想望呢](4.412)。在黑夜的独白之中,她甚至在斟酌,如果他不愿意让她登船随行,她是否要驾船追随埃涅阿斯。这个无比骄傲的女王,陷入如此卑微的地步。而她真正的悲剧是她知道自己已然如此地没有尊严,而非显而易见的死亡结局。面对尊严已失的不幸,她选择了死亡,最终得到了自由和救赎,因而摧毁了自讲述特洛亚陷落故事的致命夜晚开始便迷失其中的那个邪恶的情欲迷宫。最终,她获得了解脱,也重新获得了尊严。仪式上的酒变成鲜血、希凯斯的召唤、死亡之鸟的哀悼、女巫的魔法、追逐她的凶兆和噩梦、折磨她的内疚和屈辱等等,所有这些都被海因兹看作狄多做出决定的动机。② 但实际上,这些都只是外部的症候,是次要的,仅是她赴死途中内心活动的象征而已。

[88]当我们看到,狄多伟大的灵魂从病态、哀伤和激情的幻想中再次站起来时,故事就产生了强烈的悲剧性升华的效果:她用高

---

① 此处的象征模仿了奥德修斯在莱斯特吕恭的历险情节,并因此得到了强调。
② 此处的女祭司也有象征性的联系:她不仅是女巫,也是生死之界的中间人。

贵的话语宣告了自己的墓志铭：

> 我的生命已经结束。我已走完命运限定我的途程,现在我将以庄严的形象走向地府。(《埃涅阿斯纪》4.653-654)

狄多再一次成为了开篇的那个女王,而且还更伟大,也更像罗马人。如果说激情一度遮蔽了她真实的自我,而死亡则重新确定了这一点,并将其提升到了一个更高、更纯粹的境界。死亡的尊严成就了她"庄严的形象"。她以这样的形象进入冥府,"因为人是以他死去时的形象进入冥府的"。①

重新恢复庄严的形象,这一点以象征的形式先后被表达了四次:(1)从宿命难逃的阴郁情绪中恢复,直到在对安娜讲话时那种近乎快乐的镇定举止(4.450-521),并肃穆庄严地准备葬礼用的柴堆(4.478以下)。(2)深夜独白中,她决心赴死,将复燃的激情所带来的折磨置于身后(4.534以下)。(3)在最后最著名的那段独白中,她又一次控制住情绪,最初令人心碎的质问与哀叹变成了精练的、无情的和言辞激烈的诅咒(4.607)。Sol, qui terrarium flammis opera omnia lustras[太阳啊,你的光焰照见人间的一切活动],她从狂怒的人变成了高傲的迦太基女王,心中充满了复仇的火焰,发誓要与情人永世为敌。(4)临终独白时,她辞别现世,作为闻名于世的恋人和迦太基不朽的缔造者的"庄严形象"光耀后世。[89]其临终的言辞里并不缺少爱恋的甜蜜,维吉尔用他一贯的方式缓和了 exoriare aliquis[另一个复仇者]的无情,同时也改变了狄多结局的情绪特征。

---

① 歌德将这个古代的概念用在他撰写的温克尔曼传记中,用来描写温克尔曼生命的尾声。

在准备火葬堆和向太阳、尤诺、赫卡特（Hecate）和复仇女神（Dirae）祈求复仇的过程中，严格的仪式形式蕴含着一种宛如古罗马碑铭那样简洁与悲怆的风格，象征着狄多重新恢复了庄严。尽管带着一丝和谐的爱意柔情（paulum lacrimis et mente morata……dulces exuviae[她停留了片刻，流泪沉思……可爱的遗物啊]），但狄多的临终遗言主要是关于复仇的，Hauriat hunc oculis ignem crudelis ab alto Dardanus et nostrae secum ferat omina mortis[让那个无情的特洛亚人在海上用他的眼睛摄进这火光吧，把我死亡的噩兆带在他身边吧]（4.661）。正因为这样，在《埃涅阿斯纪》第六卷的冥府中，狄多离开埃涅阿斯时，仅稍稍有些犹豫，但很快就重新表现出了那种无可挑剔的高傲品质（6.469）。狄多死了，她死在放置于火葬堆之上的婚床（love-bed）上，胸上插着埃涅阿斯的剑。① 一个高贵的女王，在赴死之中仍然割舍不断爱情的纽带，而她追寻光明的殷殷心意在临死的一刻再次得以展现出来：

> 三次她试图坐起来，用两肘支撑着，三次倒在床上，用迷惘的目光寻索高天的光明，她找到了，长长地叹了一口气。（《埃涅阿斯纪》4.690-692）

狄多的祈祷以祈求太阳开始，最后的目光也在寻索光明，其生命的尾声和故事的结尾都有妹妹安娜陪伴在身侧，都有妹妹的抚慰。安娜止住了血污，尤诺出于怜悯从天界派出伊里斯女神帮她解脱了被肢体纠缠着的生命：

---

① 诗人刻画的并非事件本身，而是其效果。类似的例子有，在《农事诗》第四卷描写欧律狄刻之死时，并未描述她被蛇咬伤的过程；在《埃涅阿斯纪》第二卷中拉奥孔的结局并没有被讲述出来。

[90]所以伊里斯张开橘黄色双翼,闪耀着露珠的光泽,衬托着阳光,像一条五彩缤纷的彩带飞过天空。(《埃涅阿斯纪》4.700-701)

如果说,狄多的死亡最初可以看成是激情和悲痛的结果,而现在则可以看作是激情和悲痛的变形与失败。显然,她在爱恨之间摇摆不定,也就是在屈辱和荣耀之间摇摆不定,而甚至在屈辱中也有荣耀的光芒。尽管女王的激情好像是自我欺骗,辱没了她的尊严。但她的激情也可以被认为是伟大而敏感的灵魂力量的展示,这一点恰是狄多悲剧的基本要素。事实上,她在心灵的渴望和尊严之间犹疑不定,在幸福和荣誉之间踌躇徘徊。

狄多内心的挣扎与埃涅阿斯心中一次又一次汹涌而起的矛盾冲突息息相关,为她的命运增添了悲剧的色彩。和埃涅阿斯一样,她承受着无法消除的矛盾,在内心的渴望与自尊和荣耀的无情要求之间,无所适从。在刻画性格的内在关系时,维吉尔符合歌德的要求:尽管人物角色全然不同,相去甚远,但应该同属一个类型。[①]且诗人的灵魂应在这个将人物角色统一起来的类型中得到展示。人物角色之间的冲突正是诗人内心的冲突。

歌德还要求戏剧的每个部分都要代表整体,这一点在《埃涅阿斯纪》第四卷也得到了体现。狂野不羁的力量被驯服是整卷诗歌的基本主题,激情的爆发与克制是这一主题的变奏。因为从最狭隘的意义上来说,对激情的斗争存在于狄多自己的灵魂之内,在她的内心得到了最具悲剧性的表达。埃涅阿斯需要面对自身之外的激情力量(神祇、自然、爱恋、战斗),必须像英雄一样克服这些力量,公开地承受它们。但他的英雄气概和他经受的痛苦都

---

① 歌德于1797年4月8日给席勒的信。

问心无愧。[91]实际上,任何可以被解释为愧疚的特征都已被削弱成为背景。① 相反的是,狄多(类似的例子还有稍显低劣一些的图尔努斯)却深陷罪恶的泥潭。因为冥冥定数、悲痛和哀伤,埃涅阿斯卷入了人世间的痛苦漩涡之中,但他从来没有深陷其中以至于无法自拔。和诗人一样,他承受苦痛却终有升华——他身处世事纷扰之外。狄多则是一个更具有张力,更具悲剧性的人物。作为一个完整的形象(Gestalt),她是史诗悲剧中更伟大的象征。因为她身上涵括了构成《埃涅阿斯纪》整体的各种相异的力量。从这个意义上说,狄多这一卷可以被看作是整部史诗的高潮。

第三节 图尔努斯

图尔努斯第一次出场是在午夜(《埃涅阿斯纪》7.414),这说明他的命运属于黑暗的势力。当复仇女神——"黑夜的女儿"阿列克托头戴橄榄枝,以尤诺的女祭司卡吕贝(Calybe)的形象出现在他面前的时候,图尔努斯仍然十分自信,相信自己会受到女神的眷佑。② 阿列克托劝图尔努斯攻击停靠在岸边的特洛亚舰队,而图尔努斯却带着优越感讽刺她,并拒绝了她的劝说。勃然大怒的愤怒女神随即扔掉面具,露出真容:"看吧,我来自复仇女神的驻地,

---

① 尤其是埃涅阿斯对狄多的负疚。我不确定康威在这点上是否正确:他认为对埃涅阿斯的诅咒得到应验,这证明了维吉尔寻求公正的思想。海因兹赞同此看法(前揭,第274页注释1和第136页注释2)。也可能维吉尔和当代人对此看法不同。第六卷463-464行"我没有想到我的出走竟然给你带来如此深重的痛苦"可以说明这一点。埃涅阿斯主要愧疚于他忘记了自己的使命,没有为自己的光荣做出努力,即所谓"他自己不肯努力去赢得赞美"。

② 海因兹认为,这个情节表明,图尔努斯不相信女祭司的话(海因兹,前揭,页189),但我认为未必仅仅只是这样。

我手里拿着战争和死亡。"①她向图尔努斯的胸膛掷出冒着浓烟和火焰的火炬。图尔努斯十分恐惧,颤抖着从睡梦中惊醒,唤人拿来武器。他的胸中开始激荡起"愤怒"和"对兵器的渴望以及战争的罪恶的疯狂念头":

> 就像木柴燃起熊熊大火,在铜锅下噼啪作响。锅里的水热到沸腾、汹涌。热气腾腾的激流高高地掀起泡沫,控制不住自己,化作黑色的蒸汽飞向天空。(《埃涅阿斯纪》7.462-466)

[92]荷马笔下燃烧的斯卡曼德河(Scamander)②的比喻(amnis[河流]一词会让我们联想到这个形象)使用了沸腾的、怒火中烧的形象。③该形象无论对拉丁人还是对希腊人来说都是实实在在的。这个明喻强调了图尔努斯战斗激情中所隐含的黑暗的、狂暴的力量。悲剧性特质由诗歌的韵律和有旋律的乐章表达出来,尤其是最后一段诗行:Nec iam se capit unda, volat vapor ater ad auras[控制不住自己,化作黑色的蒸汽飞向天空]。正如维吉尔大多数明喻一样,情感内容控制着形式,象征性内容支配着具体的形象。尽管我们可以说,激荡的愤怒是具象的,但对"兵器"的渴望和

---

① 研究一下这种包含三重意味的场景应该会很有趣。类似的场景包括:《伊利亚特》第三卷中 Helena 和阿芙洛狄忒的对话;同样的用意在帕里努鲁斯被睡眠神征服的场景中也出现过;第四卷中,狄多和埃涅阿斯的对话也属此类。这种用自然界的变化来表达高潮的做法是戏剧的特点。

② 《伊利亚特》21.326。

③ 可对比 Fervere、fervidus、fervor 的使用。9.66 的 ignescunt irae[怒火中烧]和 9.736 有 mens exaestuat ira[心智被怒火焚烧]也都指向图尔努斯。另外,《伊利亚特》18.108 也有"怒气像烟雾一样弥漫"之说。

对罪恶战争的疯狂热爱,这些用比喻描述的情感爆发则处在抽象与具象之间的边界上。被表现为由阿列克托注入图尔努斯胸中的邪恶力量,这些概念因而产生了一个模糊的形象。这里的比喻代表着一种解释:邪恶力量侵入英雄的内心。但这并不代表一个真实的事件,而只是一种象征。①就视角的深度而言,维吉尔的沸水这个比喻与荷马的比喻并不相同,却与狄多诗卷中的麋鹿比喻所起的作用一样:用最贴近的形象化的方式,表现了一个象征着命运的内心事件。该比喻表明,诗人意图强调图尔努斯激情背后的悲剧性特征。而诗人的这种意图在其他诗行也得到了强调。

随着场景的展开,图尔努斯身上发生了一些变化,这些变化颇令人同情。从图尔努斯开始说的那段话里,我们可以看到这位勇士的谨慎和信心,在其本性的内核中显然具有英雄的崇高品质。在阿列克托的影响下,图尔努斯被激情的火焰控制,变成了地狱势力的傀儡,[93]从而偏离了正轨。图尔努斯最初的抗拒使女祭司与来自地狱的不和女神间的对比成为可能。这一对比既富有戏剧效果,②同时也表明了图尔努斯内心沦陷的过程及他无辜犯罪的事实。③此一结局也足以引起人们对图尔努斯的倾慕和同情。图尔努斯具有英雄的最优秀的品质:俊美、青春、高贵的出身和勇气(7.473)。其容颜的俊美和出身的高贵早有交代(7.55),此后又有强调,称他是意大利人中最俊美的人,是一个高贵的青年(7.650)。因为在《埃涅阿斯纪》中,外表的美总是和精神的崇高密不可分。在古人的观念中,美貌是德性之花(flower of *arete*)。诗人挑选出来的年轻人,得到诗人特别眷顾的人都容貌出众,比如帕拉斯、欧

---

① 荷马史诗的明喻很少用这种方式。
② 海因兹正确地指出了这一点。
③ 海因兹忽视了这一点(前揭,第189页),他认为图尔努斯最初的抵抗毫无道理。

吕雅鲁斯、劳苏斯,当然还包括埃涅阿斯,而图尔努斯也不例外。

上述场景虽然包含了许多重要的前提,这些前提足以支持我们对图尔努斯的命运进行悲剧性的解释,但这种解读依然遭到不少人质疑。例如,在 1940 年出版的《语文学家》(*Philologus*)中,弗里德里希就因循了埃勒斯(Ehlers)在《百科全书》(*Realenzyklopadie*)①中的观点和海因兹的权威看法,②将图尔努斯看作国家公敌,而不是悲剧性的人物。但这两种解读并不是非此即彼的关系。的确,即便未被描写成"城邦的敌人",也已经被刻画成渎神的愤怒的化身了。同时,他也是悲剧性幻象的受害者。史诗重点强调的是后者,因为和其他真正的诗人一样,维吉尔主要描绘人类的命运,而不是给出政治评价。没有什么比认为"和荷马相比,维吉尔是个'党派诗人'(party poet)"这一并不新鲜的论调更错误的了。③

海因兹引用西塞罗解释图尔努斯得出的结论完全错误。西塞罗认为,"这种心灵振奋通常只是在危险和劳苦中才能显示出来,但如果它缺乏公正性,不是为公共福祉,而是为个人私利而战,那它便不对了;这不仅不是美德,[94]而且更应该是违背整个人性的疯狂"(《论义务》1.62)。实际上,图尔努斯根本没有为了一己私利而战。相反,他努力保卫意大利(7.468 以下),捍卫他对拉维妮娅的权利(7.423),而这一权利是他作为拉提努斯之

---

① 参见 W. Ehlers,*RE*,s,v,图尔努斯:维吉尔同时代的人不会错误理解他的本意;现代解释者只可能在特殊国家倾向上产生理解偏差,从而把图尔努斯看作是悲剧英雄。

② 海因兹的观点源自 Nettleship。参 Nettleship,*Lectures and Essays*,p. 108f.。

③ 原词句源于 Friedrich,"Cato, Caesar und Fortuna bei Lucan",*Hermes*,1938,p. 402。

统治权的保卫者,通过抵御伊特鲁里亚人的威胁(7.425以下;8.493以下)且在战斗中流血牺牲赢得的。同样重要的是,他是在为自己的荣耀而战,ut virtus enitescere posit[为使自己的美德出类拔萃],而这也是撒路斯特对凯撒的评价。根据罗马人的思维方式,这是夸赞而不是责备。① 的确,强烈的自尊是古代人寻求荣耀的基础,图尔努斯完全接受这一信念。②这是他的特质,而且,在这一点上,图尔努斯和维吉尔笔下的其他人物一样。比如前一章讨论过的狄多,接下来还有阿斯卡纽斯(7.496)、尼苏斯和欧吕雅鲁斯(9.197以下;9.205以下),帕拉斯③等也是如此,而最突出的当属埃涅阿斯自己。letum pro laude pacisci[为争得荣耀而死]的图尔努斯完全不像西塞罗设定的情况那样,"为一己私利"而战。相反,图尔努斯是意大利历史上最伟大的英雄之一。但丁将他和尼苏斯、欧吕雅鲁斯以及卡密拉等为了意大利而死的英雄相提并论:

---

① 关于撒路斯特的段落,参 Lammli,"Sallusts Stellung zu Cato, Caesar, Cicero", *Museum Helveticum*, 1946, p. 105。

② 尽管这种情感对现代人来说是陌生的,可用来解释下面的诗段:1.378"我是虔诚的埃涅阿斯……我的声名远播天外";8.131"相反,我的勇气,神的旨意共同促使我向您求助";10.829(埃涅阿斯对劳苏斯说)"这一点可以安慰你不幸的死亡:你死在伟大的埃涅阿斯的手里";11.688(卡密拉对俄尔尼图说)"你仍可以不失体面,因为你是被卡密拉杀死的";12.435(埃涅阿斯对阿斯卡纽斯说)"孩子,从我身上你要学到什么是勇敢"。我已经讨论了这种认识对理解狄多命运的重要性,西塞罗讲词中经常被批评的骄傲与这种古代的基本态度相关。海因兹笔下的"病态的雄心壮志"则从另一方面提及了这一点。

③ 在帕拉斯死亡的时刻,尤庇特说:"一个有勇气的人的职责是靠他的功绩延长他的名声。"(《埃涅阿斯纪》10.468)显然,撒路斯特对此种态度做出了清楚的表述。

为这个国土,处女卡密拉
跟欧吕雅鲁斯、图尔努斯和尼苏斯
都曾负伤而死。(但丁《神曲》地狱篇 1.106)

人们之所以贬低图尔努斯,既有 19 世纪学者们视野狭隘的原因,也是 20 世纪政治幻觉的结果。在这种幻觉的影响下,人们总是选择从意识形态一侧出发来解读史诗,丝毫未曾意识到那些伟大的天才们对这种思考方式表现出的轻蔑之情。德默尔(Richard Dehmel)曾经说过:"作为一个诗人就意味着要用爱去拥抱世界,并将其升华到神的高度。"这句话用来描述维吉尔尤为适合。埃涅阿斯的敌人也是正常人。[95]尽管图尔努斯受激情的控制,他的本性并不邪恶。哪怕是恶魔般的墨赞提乌斯,在他毁灭的时刻,也表露出一颗充满爱意的心。

在沦入深渊之前,图尔努斯犹豫不决,这集中地体现并加强了其悲剧性的特征。"迟疑的一刻"——在大灾大难前那片刻的停顿,让读者再次燃起希望,他们或可逃脱难以避免的命运。这不仅是一种展现外在的紧张气氛的方式,是悲剧发展过程中一个令人激动的时刻,也是悲剧内部不可或缺的要素。通过对照另一种"非悲剧性"的可能,我们看到深渊之中的种种可怖之处,①即将发生的厄运也就显得愈加可怕。

图尔努斯的命运从一开始就染上了悲剧色彩,且这种悲剧的

---

① 图尔努斯悲剧也用另外的方式进行了强调。阿列克托对他说:"我手里拿着战争和死亡",这句话含着悲剧的模糊性,因为这死亡可能是带给图尔努斯自己的。图尔努斯从噩梦中突然惊醒的情节强调了这种可能性,因为在类似的情节中,只有此处使用的词句要强烈得多。这些类似情节包括:3.175 以下埃涅阿斯梦见家神后惊醒,4.280 以下埃涅阿斯梦见墨丘利之后醒来。

迹象和征兆如影随形，直至结局。① 但另一方面，图尔努斯的命运受到来自冥府的恶神的摆布，这一点将他与史诗中的其他人物区别开来，同时也将他与作为范例的荷马式英雄区别开来了。阿列克托的魔咒使图尔努斯成为疯狂的战争的化身，是恶灵的肉身化在人类历史中的显现。他发动的战争亵渎了神灵，是罪恶的，因为他将注定会得到"永久和平"的国家拖进了战争。正因为如此，尤庇特成了他的敌人（"尤庇特的敌人"，12.895）。这是一场内战，象征着由奥古斯都所终结的那个奄奄一息的共和国内部的灾难性纷争。图尔努斯的形象与尤庇特讲词中的那个被奥古斯都征服的亵渎不恭的愤怒之神密切相关。图尔努斯败给埃涅阿斯，正是尤庇特在其演讲尾声处表明的内容，是对史诗之基本观点的最强烈的表达。但这一点并没有削弱却反而增强了图尔努斯的悲剧性。其悲剧性的感人力量恰恰来自其高贵本性与狂躁激情——正是这种激情使他丧失了睿智与清醒——的对照，来自其英雄气概与邪恶诡计——恶神的诡计使他的力量偏离了正轨，倒向了罪恶的一面——的对比。②

---

① 战争伊始时拉提努斯曾经给出警告说："还有你，图尔努斯啊，等候你的将是可怕的惩罚，等到你想要对神明誓，那就晚了。"（《埃涅阿斯纪》7.596）而且，元老会上（11.305）以及接下来悲剧发展的象征都表明了这一点。狄多情节中，她的遭遇和恶兆也是以类似的方式伴随表现的，这种写作模式以另一种方式，证明了图尔努斯的命运注定是悲剧性质的。

② 参见以下诗行：7.470"他一个人足以抵挡特洛亚人和拉丁人"；9.148-149"要攻打特洛亚人，我用不着什么伏尔坎打造的武器，也不需要一千条战船"。图尔努斯夺去帕里斯的剑带时，诗人宣称："人是何等的无知啊，他的头脑怎会想到未来的命运啊，当胜利使他飘飘然的时候，他却想不到要保持谦逊。"（10.501）图尔努斯人格的不同侧面得到如下展示："极度的羞愧夹杂着疯狂和悲痛，爱又被复仇的激情与心中已知的勇气所冲击"（12.667-668）；德郎克斯指责他的"罪恶的脾气"（11.347）；维纳斯称他为"不可一世的图尔努斯在战神的帮助下"（10.21）。

[96]在《埃涅阿斯纪》最后的几卷中,图尔努斯个性中悲剧的、激情的力量及他的命运将如何得以展示呢?在意大利人的将领名录中,图尔努斯的名字出现在最后出场的卡密拉之前,诗人这样描述他的甲胄:

> 他的高高的盔顶上插着三根羽毛,还装着一个妖怪奇迈拉的像,它嘴里吐出埃特那火山的火焰。随着战斗愈来愈激烈,血流得愈来愈多,这妖怪的吼声也愈来愈大,它的可怕的火焰也愈来愈旺。(《埃涅阿斯纪》7.785)

在荷马提供的范例中,没有人物和图尔努斯一样,头盔上装饰着口吐火焰的奇迈拉(Chimaera),正如荷马那里也没有任何人物可与其性情中的疯狂激情相比拟一样。① 尽管也可以说,这种创造性的描写反衬出了《伊利亚特》的精神——在《伊利亚特》中,战斗中的英雄变成了战魔,宛如化成了暴烈的火焰(《伊利亚特》15.605;12.465;13.53;8.348;20.490)。

荷马笔下的英雄接近于神,但都被限制在现实的范围之内。而维吉尔则打破了这一限制。② 图尔努斯头盔上的奇迈拉不仅仅是英雄的怒火和战斗力的象征(海因兹的解释)。奇迈拉口吐烈焰,轰然有声,好似埃特那火山的喷发,在战斗中显身,是真正的来

---

① 海涅关于图尔努斯激情特征的分析有误:由于其激情的成分与荷马有差别,所以他对这一段诗歌颇有微词,称"堆砌辞藻,内容空洞,却是为了通过这些奇幻之事塑造出一种同样坚定的信念"。
② 在其他的一些地方,维吉尔也描写了一些不可思议之事,例如卡密拉令人称奇的速度(7.808 以下)、埃涅阿斯的长矛在力量上超过了雷电(12.921 以下),以及图尔努斯投出令十二个人都抬不起来的巨石。

自地狱的恶神。①

图尔努斯本性中的悲剧特征和他狂暴的性情也是《埃涅阿斯纪》第九卷的焦点。虽然该卷诗歌含括了欧吕雅鲁斯的情节,但在除此情节之外的其他部分中,维吉尔都竭尽笔墨,状述图尔努斯的英勇。第九卷诗歌以虔敬的行为开始,这表明了他对先祖的虔诚敬仰。在开篇的一个漂亮的场景中,诗人把图尔努斯和他的先祖皮鲁姆努斯(Pilumnus)关联起来。图尔努斯将重现其先祖的荣耀,"无愧于我们伟大的祖先"(《埃涅阿斯纪》12.649)。[97]开篇的这一描写使后来的情节发展得到了升华。该场景以伊里斯女神呼唤图尔努斯投入战斗之后,图尔努斯举行祷告仪式结束:

> 他说完就走向水滨,从漩涡面上捧了一掬水,久久向诸神祈祷,向苍天一次又一次地祝告。②(《埃涅阿斯纪》9.22-23)

和狄多一样,图尔努斯也是从宗教仪式和祈祷开始,逐渐走向了毁灭。我之所以强调这一点,是因为它与那种认为图尔努斯是"城邦的敌人"、为"一己私利"而战斗的观点不符。

在刻画了宁静的背景之后,维吉尔开始描写战争的狂暴场面。获得胜利的并不是虔敬的英雄埃涅阿斯,而是凶猛而富有激情的勇士图尔努斯。战斗一开始,图尔努斯就按捺不住了。他和一队

---

① 奇迈拉在维吉尔创造的地狱里是属于神话怪物一类(6.288)。

② 出于诗人的对称感与平衡感,本卷描述了图尔努斯回到具有涤荡罪恶力量的友善的河流,清洗了自己杀人的罪孽(9.816以下)。想要找到更多的以相关主题建构情节框架的例子,可参 Franz Bomer, *Rhein. Museum*, 92 (1944), p. 333f. 。

骑兵策马奔驰在队伍前面。当特洛亚人退守到营地的围墙之内的时候,图尔努斯嗜血的渴望还在燃烧:

> 他就像一条狼半夜里等候在挤满羊群的羊圈外面,在风雨之中对着篱笆圈嚎叫,羔羊在母羊身体庇护下不住咩咩地叫着,而这条凶狠的狼,压不住怒火,对着吃不到嘴的佳肴急得发疯,对食物的需求长期得不到满足,折磨着它,它的嘴发干,失去了血色;图尔努斯望着特洛亚人营寨的土墙心里也同样气得像火燎似的,他一身硬骨也像火烧一样痛苦。(《埃涅阿斯纪》9.59-66)

[98]这是一个关于战争场景的描述性比喻,模仿的对象是《伊利亚特》第十一卷第548行的比喻,也是对图尔努斯性格本质的表现。这个比喻构成了接下来的诸多残酷血腥的战争场面的序章。图尔努斯在战争中的愤怒一再地被提及,被比喻成野兽。相反,埃涅阿斯仅有一次被比喻成追寻猎物的野兽,这一例外非常具有代表性:

> 就像一群在浓雾中觅食的狼,无情的饥饿使它们疯狂,逼得它们盲目奔走,而留在窝里的狼崽正在张着干渴的嘴等它们回来那样。我们穿过枪林,穿过敌阵,冲向必然的死亡。(《埃涅阿斯纪》2.355-359)

该比喻的主题与其说是野兽的嗜血,不如说是他们预料到死亡(哺育留在身后的幼崽的本能,受到难挨的饥饿的折磨)。"因爱而生出的绝望"准确地描述了埃涅阿斯和他的同伴们经历特洛亚城被毁时的情绪。比较关于图尔努斯和埃涅阿斯的比喻,就可以

看出这两人的不同:

图尔努斯:狼(9.59);鹰或狼(9.563);虎(9.730);雄狮(9.792);雄狮(10.454);牡马(9.492);雄狮(12.4);[99]公牛(12.103);战神玛尔斯(12.331);北风神玻瑞阿斯(12.365);石块崩落(12.684);噩梦中的人(12.908)。

埃涅阿斯:象牙、银子、饰以黄金的大理石(1.592);狼(埃涅阿斯和他的同伴:2.355);阿波罗(4.143);橡树(4.441);广阔的爱琴海(10.565);漩涡或者旋风(10.603);雹暴中的流浪者(10.803);漩涡(12.451);阿托斯山、厄利克斯山、阿本宁山(12.701);猎手(12.749)。

埃涅阿斯和图尔努斯:大火或者山间的洪水暴发(12.521);两只公牛(12.715)。

我们看到,诗人竭力将图尔努斯刻画成激情力量的化身。对比图尔努斯的激情和埃涅阿斯作为勇士的荣耀,我们会发现,埃涅阿斯的光芒在图尔努斯这个黑色背景的衬托下,显得尤为夺目。狄多和图尔努斯的激情衬托出埃涅阿斯泰然自若的自控力及其内心世界的力量与威严。在他们恶魔般的阴沉背景的映衬下,埃涅阿斯崇高本性的光芒尤为耀眼。埃涅阿斯的本性因而显得更为崇高。①

---

① 吉斯拉森认为,用野兽的比喻来描述图尔努斯已经成为《埃涅阿斯纪》的特征之一,参 Gislason, *Die Naturschilderungen und Naturgleichnisse in Virgils Aeneis* (diss. Munster, 1937), p. 89。

而且,这个结论证明,维吉尔的明喻比荷马的比喻更贴近人物性格特征。① 荷马使用比喻的目的是为了说明某个事件的某个特点或者某种感官印象,其他都是次要的。这也揭示出他只对比喻中的相似点感兴趣的原因。在维吉尔笔下,比喻是紧密联系的整体,是正在上演的情节的焦点和精彩之处。其比喻的刻画独具魅力,可以鲜明地描绘史诗中英雄的思想和命运。②故此,维吉尔不能将埃涅阿斯比作猛兽。维吉尔的作品消除了荷马比喻中的那些粗糙与不协调的地方:埃阿斯(Ajax)被比作驴子、墨涅拉俄斯被比作苍蝇、奥德赛被比作香肠(haggis),他的衬衣被比作半透明的洋葱皮、对帕特洛克罗斯(Patroclos)的尸体的争夺被比作撕扯牛皮、[100]帕特洛克罗斯的葬礼队伍被比作拖拽树干的骡子。在维吉尔笔下,相比较的物体之间的关系十分重要,只有事物和人物具有共性的时候,才会被拿来比较。

《埃涅阿斯纪》后四卷刻画了血淋淋的战争场面。这不禁令人产生疑问,维吉尔如何能完成这貌似完全背离其艺术直觉和人格的血腥场面的描写。荷马在《伊利亚特》中刻画了毫不容情的杀戮与鏖战,极大地偏离了强调和谐之美的传统艺术规则。歌德时期那些所谓的古典主义者发现这一点,并强调了它与他们理想中的希腊艺术的偏差。席勒在给歌德的一封信(1797年7月7日)中

---

① 野兽的比喻很少用在特洛亚人和他们的盟友身上。比如帕拉斯被比喻成晨星(8.589)、紫罗兰和风信子(11.67)。潘达鲁斯(Pandarus)和比蒂阿斯(Bitias)被比喻成橡树(9.679)。阿斯卡纽斯被比喻成宝石和象牙(10.134)。只有塔尔康掳走骑兵的行动被比喻成一只雄鹰抓起一条蛇,以一种阴险的方式杀死卡密拉的阿伦斯被比作可耻地躲入深山的狼,杀死一群醉汉的尼苏斯被比作雄狮,但随后他和欧吕雅努斯被杀掉了(因为后者戴着被他们杀掉的墨萨普斯的头盔)。

② 荷马开创了用比喻来表达故事的内部发展的传统。参 Riezler, *Die Anike*, 12(1936)。但是有形的现实对荷马来说更加重要。

曾有如下感叹：

> 在荷马史诗和希腊悲剧中经常能见到粗糙、低劣或者丑陋的文辞，这一点与人们关于希腊的美的传统观念不符，人们试图调和此二者之间的矛盾，迄今为止，曾有多少的精力被投入，或正被投入到这样的努力中啊！① 如果某个人敢于放弃这种观念甚至这个词，就像针对很多错误的概念我们已经做过的那样，让真理复归其位，这才算公正！

维吉尔并未剔除荷马作品中的现实，只是通过艺术笔法将其弱化，将其改头换面。毕竟，现实主义的刻画作为获得荣誉的素材，也代表了罗马那血淋淋的历史。战争的恐怖必须被展示出来；在战争中生活的人们承受的苦痛与激情也必须被展示出来，这样，罗马的力量与荣光在这种并置中才能显得尤为光耀夺目。还有一点不应忽视：维吉尔的本性也允许这样的做法。除了具有精妙笔法与悲悯之情之外，维吉尔还是一个真正的罗马人。史诗需要用温润平和来平衡埃涅阿斯性格中坚韧的英雄主义、崇高人性以及他宁折不弯的坚定个性。狄多也在严苛的自尊与热烈的放纵之间摇摆。冷酷与温柔的特征在整部诗篇中得到了均衡的分布。诗人身上全无娇弱之气，[101]就像他身上也没有卢坎（Marcus Annaeus Lucanus）和塞涅卡笔下巴洛克式的残暴无情一样。我认为，维吉尔的性格比他的当代解释者——这些解释者对体现了维吉尔生命特征的《埃涅阿斯纪》的后几卷全无兴趣——更坚忍，也

---

① 值得注意的是，歌德的作品《阿基琉斯》（*Achilleis*）完全排除了这个层面，完全取消了战争。关于歌德的《阿基琉斯》的评论，参 Otto Regenbogen, *Griechische Gegenwart* (Leipzig, 1942) 和 Karl Reinhardt, *Von Werken und Formen* (Godesberg, 1948), p. 311f.。

更具有罗马的特征。

这些充满激情令人感动的场景在艺术上是必要的。荷马以同样的悲天悯人的公平心态看待一切生命现象,使自己的眼光围绕着战争中的种种可怖之处。在荷马看来,残酷与恐怖也是自然的和伟大的——当然,需要用美的衣裳将其包裹起来。他这种态度也渗入维吉尔的笔端。与荷马一样,维吉尔在赞美生命与历史辉煌的时候,美化了残暴与恐怖,将其作为史诗的组成部分。在《农事诗》第三卷开篇中,神殿的象征暗指酝酿中的罗马史诗,因此,也必须将他的诗歌理解为歌颂神性的神圣作品。

与荷马史诗一样,在维吉尔的诗篇中,除了关于战争中的杀戮,也有对战斗中充满力量的亮丽的英雄主义之花和雄壮伟大的行动的状摹。的确,残酷与壮美交融,永远不可能被完全分开。正如在荷马史诗中一样,通过华丽的描写,血腥的战争情节可以展示出英雄的力量和光芒。① 尽管有野性的一面,受控制的、经过平衡的和谐的"美"的观念在维吉尔的诗篇中得到了相当程度的升华。从另一方面来说,维吉尔笔下的场景也少了希腊史诗那种勃勃的生命力和原始的力量。《伊利亚特》中那种原始状态的残酷而令人恐惧的现实已被更深远的理想所取代。荷马尽管也温柔,充满魅力,也曾展示了温和的、熠熠生辉的人性,但与维吉尔相比,他还是更无情、更朴素。他的眼睛距离现实更近,较之严肃的、经过雕琢的艺术之美,生命中的灼热气息在他体内来得更强烈些。

在图尔努斯的场景中,战争的无情得到了特别的强调,而战

---

① 在帕拉斯的高光时刻,最血腥的部分也是整个场景的高潮部分,当帕拉斯砍下拉里德斯的右手及其孪生兄弟头颅时,阿尔卡迪亚人以他为榜样,战斗激情高涨。尼苏斯和欧吕雅努斯的光辉时刻也是在狂热的杀戮中达到高潮的。

争中辉煌的一面则展现在埃涅阿斯和卡密拉的英雄主义精神中。[102]埃涅阿斯"罗马式"战斗风格与图尔努斯的野蛮风格形成对照。卡密拉在第十一卷中的表现也没那么残暴：由她主导的那些迅疾，甚至有些欢悦的骑兵冲锋陷阵，似乎超越了死亡的恐惧，表现出战斗的雄壮与华美。荷马史诗那样血淋淋的细节描写几乎不见了踪迹。① 在这里，维吉尔创造了他关于战争的最佳描述，这完全是他的独创。即使是图尔努斯的战争风格，也与诗篇各卷的特点吻合。在《埃涅阿斯》后四卷里，存在一个精心构建的高潮：情节发展从第九卷中的小规模战斗（包括尼苏斯和欧吕雅鲁斯杀死熟睡中的敌人）开始，到第十卷更具"悲剧性"的一对一的搏斗，再到第十一卷中的战斗以及第十二卷中的单打独斗，终于达至高潮。相应地，那些表现图尔努斯的比喻也层次分明，与整部诗篇中弥漫的氛围和精神相吻合。在第九卷中，图尔努斯是残暴的战争恶神，是在羊圈外的"恶狼"，是"好战的恶狼"。第十卷描述他战胜帕拉斯的过程，称他是一头挑战公牛的雄狮（10.454）。在所有刻画战斗场景的诗卷中，第十一卷是最灰暗的一卷，其中雄壮的牡马的形象让读者更加了解图尔努斯的勇气。这个比喻也适合卡密拉这个亮丽人物的情节，因为该比喻为接下来骑兵的战斗场面和气氛的刻画做好了铺垫。情节的运行从这里开始，一直延续到最终的决斗。在第十二卷中，图尔努斯

---

① 海因兹列举的诸多伤口中，只有一个（11.689）是出自此卷的。第二卷中也没有这样的场景。由于所有的事件都围绕着埃涅阿斯展开（或许是出于照顾狄多的考虑），诗人很少描写恐怖的景象。唯一详细描写的是特洛亚王普利阿姆斯的死亡，而这也是为转去描述安奇赛斯命运的必要的过渡。海因兹也认为，维吉尔不愿意描述恐怖的内容（参海因兹，前揭，p.28，n. 1）。尽管如此，维吉尔也没有完全回避之，比如拉奥孔的死亡即是如此——歌德认为那里的描写让人恶心。

像刚开始一样,又被比喻为狮子——却是一只受了致命伤的狮子。

在第九卷中,图尔努斯的凶狠残暴与超人力量得到了最鲜明的展示。在埃涅阿斯出场前,他的力量都毫无阻碍。图尔努斯咄咄逼人的嗜血的渴望在三个逐渐升级的场景中展开:试图点燃特洛亚人的船只、袭击营寨、突入寨墙。

维吉尔善于创造具有高度适用性的意象。[103]第九卷描述熊熊烈焰的场景便是这样的一个典范:维吉尔让英雄内心的火点燃了外在的火。从图尔努斯拾起燃烧的松木火把开始,火焰越烧越旺,成为人们手中的火把,成为火神伏尔坎的行动,也成为宇宙力量之火的爆发,直抵天宇:

> 气得像火燎似的,他一身硬骨也像火烧一样痛苦。(《埃涅阿斯纪》9.66)

> 图尔努斯就直奔船队而去,叫他的兴高采烈的随从们取来火把,他急切地把燃着的松枝拿过来,握在手里。在图尔努斯的榜样的启示之下,他的部下也都全力以赴,人人捅开炉火,拿起冒着黑烟的火把武装自己,冒烟的松枝发出漆黑的光焰,司火神伏尔坎把烟灰杂着火星吹上了天空。(《埃涅阿斯纪》9.71-77)

荷马描述过赫克托尔将火把扔上希腊人的舰船(《伊利亚特》15.596,716;16.122)的情节,但没有维吉尔史诗中火焰造成越来越大骚乱的那种剧烈感。在荷马史诗中,火焰只是被一笔带过,并没有创造性地强化火焰的戏剧效果,也没有暗示火焰与赫克托尔性格的联系。而维吉尔的火焰形象则展示了图尔努斯个性中释放出来的毁灭性的力量。维吉尔的做法不仅强调了主题,也使之获得了新的意义。在这里,形象再次成为了象征。

[104]本卷的末尾部分以恩尼乌斯式的号角声开始:

> 这时,从远方传来了可怕的铜号的声音,接着是呐喊声,响声震天。(《埃涅阿斯纪》9.503—504)

然后是向缪斯女神卡利俄佩(Calliope)的祈求,这标志着一个高潮(9.525)。图尔努斯的光辉时刻也通过他第一个投掷出火炬后,轰然倒塌的塔楼得以展示出来。这段描写之后的场景是,图尔努斯把吕库斯(Lycus)连同寨墙的一个部分一起拽了下来,如同雄鹰扑向一只兔子或者天鹅,或者像是战神豢养的狼袭向羔羊。① 接下来,大规模的战斗开始了,图尔努斯神威大显的时刻却被阿斯卡纽斯的情节所打断。阿斯卡纽斯的这一节显然是硬塞到了卡利俄佩序曲这一段早已被设计好的写作计划后面。因为这个序曲宣告了某些内容,却并没即刻展开。这种不一致的情况可能是因为诗篇并未最终完成。但的确,与埃涅阿斯有关的偶数卷相比,奇数卷更缺乏统一性。偶数卷的情节都比较紧凑,并且体现出了关注艺术形式的匠心,而奇数卷在文体风格上更接近荷马史诗的风格。这就可以解释这个问题:为什么节外生枝在史诗的其他地方不能被接受,在这里却可以得到宽容。但也不能说这里的插叙削弱了史诗的艺术效果,尤其是布局谋篇上,当作者

---

① 见《伊利亚特》22.308以下。这个比喻更适合维吉尔的情境:图尔努斯确然像鹰一样冲向并抓住他的敌手,而赫克托尔还没有触及阿基琉斯就已经被杀。紧跟着第一个狼的比喻(9.59),维吉尔在这里又加上了一个战神豢养的狼的比喻,其目的是加强嗜血的形象。上述各个形象又一次地相互关联,使得第九卷的氛围达成了一致。

需要更大篇幅的时候。①

　　在努玛努斯口出不逊的言辞(9.598 以下)中,倒是可以找到在此处插入阿斯卡纽斯杀敌这个情节的原因。虽然就上下文而言,这段插叙的存在似乎并不合理。但实际上,插叙的出现可能是因为维吉尔渴望借此颂扬意大利人。努玛努斯的话让人回想起《农事诗》中对意大利人的赞美。和第七卷结尾处长长的名单一样,[105]都是为了赞颂意大利人民蓬勃的朝气。从努玛努斯的话中可以看出,图尔努斯接下来的光辉时刻可以看作是对意大利人民的传统美德的赞颂。图尔努斯自己代表了传统意大利人勇猛的形象。维吉尔对于意大利的肯定态度(从他的描写中可以清晰地体会到这一点)最鲜明地体现在尤诺的祈求——"让罗马民族靠意大利人的品质强大起来(12.827)"——中,而且,尤庇特也让她得偿所愿了。这显然与维吉尔将意大利一方的首领图尔努斯塑造成反派人物的想法不符。如果要坚持认为维吉尔将图尔努斯作为反派来刻画,那就完全无视了《埃涅阿斯纪》后半部分的象征意义。史诗的后半部分揭示了诗人关于好几个世纪的罗马史的评价。他的悲剧观念加上他想要强调意大利在罗马的宏图远景中的作用(这个目标和维吉尔的出身及奥古斯都的意大利政治同样相互呼应),使他不可能对图尔努斯做出负面的评判。事实上,诗人的心灵与战争的双方同在,并无偏颇。②

---

　　①　我也为第九卷第 76 行之后的中断感到遗憾,因为特洛亚舰船的前历史与情节发展的相关性很弱;而埃涅阿斯和图尔努斯的决斗被尤庇特和尤诺的交谈所打断则可以被接受,因为他们的谈话与情节的联系更密切。当然,插叙的目的在于提升兴趣,从那时起,无数的史诗作者都曾使用过这种方式。

　　②　参《埃涅阿斯纪》10.758-759:"在尤庇特的天宫里,诸神看到双方这种徒然的疯狂杀戮,看到这些总有一死的凡人受这么悲惨的折磨。"12.503-504:"尤庇特啊,我们这些民族将来是要和平相处的,你为什么现在要让他们这样地相互残杀?"

该情节之后,以安提法特斯(Antiphates)之死为起点,开始了一段高潮叙事。而这段残酷的、血淋淋的情节与图尔努斯的风格是一致的:

> 这支意大利樱桃木制成的标枪飞过澄澈的天空,从高处落下,正中他的腹部,插在胸口下面,从伤口的黑洞里流出一股带着血沫的血流,矛头插进胸膛也变得温热了。(《埃涅阿斯纪》9.698-701)

"意大利樱桃木制成的"在一开始就强调了是意大利人在战斗,以此达成了维吉尔荣耀意大利人的目标。接下来,特洛亚巨人比蒂阿斯被图尔努斯用弩枪杀死,而且,还用更血淋淋的方式描述了他的兄弟潘达鲁斯被杀死的过程。[106]然后,图尔努斯独自一人突入寨墙,开始了疯狂的杀戮:

> 图尔努斯立刻又重新冒出光焰,摇撼着武器,声音吓人,盔顶上血红色的盔缨在颤动,盾牌发出一道道闪光。(《埃涅阿斯纪》9.731-733)

虽然这些诗行场面血腥,颇有荷马之风,但没有用荷马的方式进行描述。

在嗜血冲动的驱使之下,图尔努斯忘记放自己的同伴进入寨门,就此结束战争(9.757以下)。这既说明了他无穷的力量,又说明了他受悲剧幻象困扰的境况。而这一点在第十卷中得到了更为清晰的刻画。实际上,他个人悲剧色彩的加深也是整卷情节发展的趋势。埃涅阿斯的形象在偶数卷中总是呼应着对事件更深刻也更强烈的悲剧性解读。① 尽管在第九卷中有多处鏖战与杀戮,但真正的悲剧是埃涅阿斯的两个朋友尼苏斯和欧吕雅鲁斯的死亡。第十卷一开始就刻画了诸神会议上的悲剧决定:尤庇特决定的那场战争必须进行。帕拉斯、劳苏斯和墨赞提斯这三个人中,后两者尤其是悲剧性的人物,因为他们的死不仅是因为战争,更由于他们的辉煌灵魂必然导致他们的悲惨命运。帕拉斯面对图尔努斯时,决意要光荣赴死(10.450)。劳苏斯为了父亲丢了性命。墨赞提斯一心赴死,因为儿子丧命后,自己活着也了无生趣。随着帕拉斯和劳苏斯的死亡,埃涅阿斯的同情心达到了令人心碎的极致。当帕拉斯被杀后,[107]他的同情心在愤怒中得到表达:他砍倒大批对手,杀死乌芬斯(Ufens)抚养的四个儿子作为对死者的祭礼。杀死劳苏斯时,在他对这个已死去的敌人的话语中,埃涅阿斯的同情心得到充分的表达,而这也是维吉尔式的永恒人性的表达:他用双手托起年轻英雄的尸体:

埃涅阿斯亲自把劳苏斯从地上抱起来,他梳得很光洁的头发上已沾满血污。②(《埃涅阿斯纪》10.831-832)

相应地,图尔努斯的悲剧色彩在本卷中尤为浓重。第七卷阿列克托入梦的象征与第九卷里悲剧性的盲目,清晰地表现了图尔努斯内心的败坏。而他的结局也在帕拉斯之死时被直接地预言出

---

① 与其他不那么悲惨的诗卷相比,它们是"悲伤的"诗卷。参见 R. S. Conway, "The Architecture of the Epic," *Harvard Lectures on the Vergilian Age*, Cambridge, 1928。

② 《埃涅阿斯纪》以外的范例是《伊利亚特》5.445,在那里,墨涅劳斯举起帕特洛克罗斯的尸首(《伊利亚特》17.587 以下)。参 B. Schweizer, *Die Antike*, 14(1938), p. 43f。

来了（《埃涅阿斯纪》10.501 模仿的是《伊利亚特》16.46 关于帕特洛克罗斯的诗句；在《埃涅阿斯纪》10.606 以下尤庇特和尤诺的对话中也有同样的预示）。

从死去的帕拉斯身上夺走剑带，这给图尔努斯带来了毁灭。但他在摄取剑带时表达出来的怜悯心却使其悲剧性特征愈显深切。赫克托尔掠走帕特洛克罗斯的全部铠甲的时候，并未像图尔努斯这么动情，也没有让人把尸体带回，但图尔努斯则宣称：

> 我把帕拉斯送还给他，帕拉斯这下场是厄凡德尔自取其咎。你们愿意厚葬他，愿意通过葬礼得到一点安慰，我都答应。（《埃涅阿斯纪》10.492-494）

最为重要的是，正是在这里，他第一次意识到了自己身处悲剧之中的事实。图尔努斯紧追埃涅阿斯的幻影登船（10.636 以下），而当他不在场的时候，[108]埃涅阿斯的真身则向他发起挑战。把图尔努斯带向大海的疾风象征着他面对外力时的无能为力。① 当潮水带着他回到达阿尔德亚（Ardea）时，他才从幻象中醒来，一时间为此心灰意冷。他逃离战场，因而丧失了荣誉；他撇下同伴，令他们陷入敌手；这种种的愧疚让他难以承受：

> 跟随我作战的我的部下现在怎样了？我把他们都抛弃了，将遭到不可名状的死亡，可怕呀！我是不是看见他们四散奔逃，又听见他们在呻吟中倒下了？（《埃涅阿斯纪》

---

① 该情节的范例不是埃涅阿斯被营救的情节（《伊利亚特》5.445 以下），而是阿革诺尔被营救的情节（《伊利亚特》21.595 以下）。

10.672-675)

他第一次承认自己的愧疚,他的悲痛如此深沉,刺痛心扉。和索福克勒斯笔下的埃阿斯一样,他为此召唤死亡,不愿在荣誉尽失的情况下仍苟活于世,同时也以此来摆脱良心的谴责:

> 大风啊,还是你们可怜我吧,把这条船往岩石上撞去吧,我主动向你恳求,或者把它推到无情的浅滩流沙之中,这样鲁图利亚人也不会找来,我身后也不会留下可耻的名声。(《埃涅阿斯纪》10.676-679)

图尔努斯三次企图结束生命,但都被尤诺阻止。尽管受到激情的控制,图尔努斯仍然有荣誉感,他高贵的灵魂依然完整。显然,这一场景可以反驳那种认为图尔努斯是罪犯的看法。

[109]在战斗溃败之后的元老会上(11.225-444),维努鲁斯(Venulus)宣布了狄俄墨得斯(Diomedes)拒绝结盟的消息;作为一个智慧的元老,拉提努斯王开口敦促调停战争;而德朗克斯(Drances)则在演说中直接攻击图尔努斯。图尔努斯则用一个男子汉英勇无畏的话语,回应这些人。他陈述了自己的荣誉观和英雄观以及抛却生命的打算。他说自己将战斗到最后:

> (我认为)谁不愿看到这种可耻下场,宁愿赴死,葬身疆场,他就是一个比任何人都幸福而成功的人,精神最高贵的人。(《埃涅阿斯纪》11.416-418)

图尔努斯这些话语中的态度证实,李维(Livy)赞赏萨谟奈人

(Samnites)是事出有因的。①

第十二卷是图尔努斯的诗卷,正如第四卷是狄多的诗卷一样。悲剧的基本特征在这一卷里得到了进一步的强调和凝练。正如第四卷一样,第十二卷的所有元素从一开始就激起了对悲剧即将到来的隐隐忧虑。该卷以一个明喻开始:

> 就像那只非洲沙漠里的雄狮胸口被猎人严重刺伤,终于起来战斗了,它怀着欢悦的心情甩动颈上蓬松的鬣毛,毫无惧色地挣断了猎人刺进它身上的枪,张开血口大吼大叫,图尔努斯心里也同样燃起一股火热的狂暴。(《埃涅阿斯纪》12.4-9)

[110]荷马关于雄狮的比喻尽管精妙(《伊利亚特》20.164),但还是被维吉尔的诗艺远远超越了。在《埃涅阿斯纪》的这个比喻里,从受伤这个细节开始,整个情节的发展就逐渐攀上了由大量 m 和 u 这样沉闷枯燥的音符(tum demum movet arma leo)所表达出来的严重威胁的高峰,再发展到雄狮抖动鬣毛,一直到长矛的折断,到最终"血盆大口"发出咆哮。维吉尔着意将结尾部分与尤庇特的讲词呼应,因为图尔努斯显然成了亵渎不恭的愤怒之神的化身:②

---

① 李维《建城以来史》10.31,13:"萨莫奈人丧失了他们最杰出的将军,看到军事盟友们……和他们自己一样蹈入困境,无论依靠自己的资源还是外来的支援,他们都没法儿支持下去了。然而,他们并不放弃战斗,他们如此地渴望自由,尽管他们并未成功地捍卫。他们宁愿被打败,也不愿意不去争取胜利。"

② 这一举动比荷马史诗中狮子用尾巴鞭打大地更加庄严。

用精巧的铁栓箍紧；门内，亵渎不恭的"愤怒"之神将坐在一堆残酷的武器上，两手反背，用一百条铜链捆住，张开可怕的血口嚎叫着。(《埃涅阿斯纪》1.294-297)

与第四卷的开篇一样，第十二卷的开篇也是以深深的伤口开始的。这伤口象征着图尔努斯正承受着军队被打败的痛苦：

但是女王狄多早已被一股爱恋之情深深刺伤。(《埃涅阿斯纪》4.1)

就像一只雄狮胸口被猎人严重刺伤。(《埃涅阿斯纪》12.5)

狄多诗卷和图尔努斯诗卷由一个共同的开篇象征关联起来。和女王类似，勇士的激情以溃烂的伤口的形象出现。伤口给受害者带来令人怜悯的毁灭。接下来，我将说明埃涅阿斯两个主要对手的悲剧在构思上引人注意的相似性。

在《伊利亚特》的比喻中，[111]雄狮的伤口也展示了勇气，但它所指涉的阿基琉斯并未受伤。相反，阿基琉斯正处在胜利的开端，①在他身上似乎只有战斗的热望。但图尔努斯不同，他实际上已受了致命之伤，毁灭已是注定的结果。因而，维吉尔的比喻似乎更贴切些。②从某种神秘的意义上来讲，雄狮身上的伤口

---

① 或者，人们是否会想到阿基琉斯内心的伤痛，为帕特洛克罗斯之死感到悲伤？

② 认为一个主题通常在第一次出现时最好，这种观点并不正确。维吉尔的诗艺一次次地超越了他模仿的对象。这种错误的观点主要源自对"模仿者"的误解，在古罗马文学中，模仿者是同等伟大的。在很多时候，我们完全可以反过来说，一个主题通常在后来的模仿者那里表现得最好。参 Karl Reinhardt, *Sophocles*, p. 68。

其实就是他图尔努斯的,正如麋鹿身上的伤其实是狄多的一样。致命的结果在两个比喻中都得到了象征性的揭示。同时,雄狮的比喻也暗示了第十二卷的情节发展。越接近死亡,图尔努斯内心的要求就越高。他逐渐意识到神祇已经将自己放弃,反而更坚定了决心,要为荣誉坚持到底,正所谓 Increscunt animi, virescit volnere virtus[精神借创伤生长,德性借创伤茂盛]。① 在整部史诗中,图尔努斯情绪态度的发展与埃涅阿斯的背道而驰。② 埃涅阿斯开始时灰心丧气,直到坚定地认为自己被命运的意志选中;而图尔努斯却如俄狄浦斯一样,从一开始确认自己受到神意的护佑:nec regia Juno immemor est nostri[天后尤诺也没有把我忘却](7.428),而且还通过朕兆、祭祀和祈祷,相信自己与神祇的联系。③ 图尔努斯对神祇护佑特洛亚人的有形证据视而不见,对船舰变成海上神女的神迹做出对自己有利的解释(9.128),违逆命运女神的权力(9.136以下)。即使是埃涅阿斯和他那熠熠闪烁的盾牌都没能摧毁他胜利的信念(10.276)。但是,随着事件的发展,图尔努斯越来越失去信心。在追逐埃涅阿斯的幻影这个情节中,图尔努斯第一次感到神祇在欺骗他、惩罚他。尽管有第一次溃败、狄俄墨得斯的拒绝,以及反映神祇对拉丁人发怒的重重坟茔(11.232以下),④ 图尔努斯并没有弃绝希望(11.419以下)。然而,他的确开始考虑自己失败的可能性,而且自己难以

---

① 这是安提阿斯(Furius Antias)的诗行,曾被尼采选作自己的座右铭。
② 正如《伊利亚特》中的阿基琉斯和赫克托尔一样,在这里,我们也可以看出类似的命运进程中的对位式平行关系。
③ 《埃涅阿斯纪》9.21:"我服从伟大的预兆。"尤诺强调了他的虔敬:"他经常带来许多重礼献到你的庙阶前。"(10.619-620)
④ 维吉尔倾向于用甚至更宁静的时刻推进情节的发展,这一点十分明确。比如,反战是在墓地和城中的哀悼声中开始的。

活命。他已经准备好牺牲自己的性命:①

> 我,图尔努斯,就勇气而论,不亚于古代英雄,我已把我这生命献给了你们和我的岳父拉提努斯。(《埃涅阿斯纪》11.440-442)

[112]随后,图尔努斯勃发的青春力量、洋溢的勇气以及不羁的激情在逃离马厩自负地奔驰而去的骏马这个比喻中又一次得到了展示:

> 他就像一匹马扯断了缰绳,终于(tandem)获得自由,冲出马厩,跑到了寥廓的旷野(campoque potitus aperto),或是奔到一群牝马在吃草的牧场,或是跑到它熟悉的河边,浸在水里,像从前那样洗个澡,然后跳出来,把头高高昂起,肆意地(luxurians)叫着,鬃毛在它的颈上和两肩飘动(jubae per colla, per armos)。(《埃涅阿斯纪》12.492-497)②

对图尔努斯来说,《埃涅阿斯纪》第十二卷的雄狮比喻是一个灰心沮丧的转折点,标志着他对自己令人扼腕的死亡的接受。从图尔努斯对国王的回答中可以看到,他对自己的未来命运的暗示:

---

① 《埃涅阿斯纪》11.411-418 以及 10.443:"我不愿德克朗斯代我去犯神怒而死。"

② 这是维吉尔最少偏离荷马(《伊利亚特》6.506 以下)的一个比喻。"最终"和"寥廓的旷野"的说法可能表达了更重的分量;除非荷马的"带到母马常去的牧场"表达的是同一个意思,否则此处的公马奔向一群母马的意象也是维吉尔增益的一个部分;"肆意地"也是一样,维吉尔加上这个词,用来强调图尔努斯盲目的激情。维吉尔以壮丽的画面(鬃毛在它的颈上和两肩飘动)结束这个比喻,而荷马比喻在壮丽程度方面则稍逊一筹。

Letumque sinas pro laude pacisci[让我用死换来荣誉]。但他的信心最终被阿玛塔和拉维妮娅的泪水所动摇：①

> 母亲，我求你不要用眼泪这种不祥的朕兆送我上那残酷厮杀的战场，图尔努斯没有拖延这场生死搏斗的自由。(《埃涅阿斯纪》12.72)

尽管拉提努斯王的讲词中再一次提及胜利，但唯一确定之处是图尔努斯战斗的决心。图尔努斯已然跃跃欲试，要和埃涅阿斯单打独斗。这一态度让人想起埃斯库罗斯(Aeschylus)的厄特俄克勒斯(Eteocles)那几分荣耀：

> 只让他和我用鲜血来决定战争的胜负，谁能娶拉维妮娅必须在战场上见分晓。(《埃涅阿斯纪》12.79-80)

阿基琉斯在与忒提斯(Thetis)的对话中，曾经主动地选择荣耀的死亡。这里的图尔努斯与阿基琉斯一样，决心选择在荣誉中战死。图尔努斯重现了阿基琉斯的"悲剧性的道德意志(prohairesis)"。

[113]在接下来披戴铠甲的一幕中，图尔努斯的战斗激情激荡于胸，令他几近疯狂。海因兹(前揭，第229页，注释1)提出了合理的疑问：在荷马或阿波罗尼奥斯的诗歌中，对披盔挂甲的描写都处在战斗即将打响之前，维吉尔出于何种考虑没有这样安排呢。海因兹对此的解释是，诗人主要关注人物性格塑造而非穿戴铠甲

---

① 因为悲伤(12.64以下)，拉维妮娅更显得楚楚动人，她的美貌激发了图尔努斯战斗的决心。与埃涅阿斯对狄多的爱一样，史诗在图尔努斯对拉维妮娅的爱的处理上，同样有节制。对于罗马人来说，除非经过虔敬神圣化，最后进入婚姻和家庭，否则爱情就不够光明正大，反而应受道德的谴责。

本身。"在大战前的夜晚,在刚刚做出决定的时候,图尔努斯被渴望与冲动灼烧,他按捺不住,急切地想要痛击切齿痛恨的敌手埃涅阿斯。但到第二天早上,在面临战斗的那一刻却精神崩溃了。而埃涅阿斯仍然岿然如昨,并无变化。"然而,这个解释或许需要重新考虑。当这个挥舞着标枪的英雄图尔努斯沉溺于狂暴情感的时候,他口出傲慢之言,怒火中烧,预示着一触即发的战斗。这些都比性格描写更能说明他被幻象和骗局蒙蔽双目的情况。"他怒火中烧,狂热的眼中闪烁着火焰,整张脸熠熠生辉。"这个诗行很容易唤起人们记忆中 stant lumina flamma[两眼炯炯有光]的冥府摆渡人卡隆(Charon)的形象(6.300)。这一形象被恰如其分地用来形容图尔努斯凶恶和狂怒的一面。①

将图尔努斯比作欲火中烧的公牛,不仅描绘了他对战斗的狂热和愤怒,也揭示了他的幻象,及其各种努力的徒劳。这句话出自《农事诗》,同样具有悲剧色彩:"奋力地向一阵风发起攻击。"(3.233)②该诗行与图尔努斯追逐埃涅阿斯幻影场景中的 nec ferre videt sua gaudia ventos[却不知他这场欢喜是飘在一阵风上的]恰相呼应。这既是牡马比喻的延续,也是不受约束的情欲主题的强化。

披盔挂甲情节被置于此处有形式上的原因。第十二卷第一个情节序列在此处结束,需要有一个上升的尾声。图尔努斯的愤怒

---

① 参《伊利亚特》19.16、1.200 以及 15.605:"赫克托尔勇猛攻击,如同持枪的阿瑞斯,又如山间蔓延于密林深处的火焰。他嘴里泛着白沫,两眼在低垂的眉下威严地熠熠闪烁,闪光的高脊头盔在他冲杀时在额边不断可怕地晃颤。"与描写阿基琉斯武装的诗行相比,这几句诗歌更接近维吉尔的描写。另外,道努斯的剑在斯提克斯河的波浪里淬过火(12.90)的描写也指向了地狱的层面。

② 《农事诗》3.224。海涅比较了欧里彼得斯《酒神的伴侣》第 724 行与 irasci in cornua[愤怒地用角冲撞](12.104),Voss 对这句诗歌的解释是正确的:"就好似把愤怒集中到角上一样。"

以及开篇的雄狮比喻中呈现的原因和表现,必须在结尾再次得到呼应。而披盔挂甲的情节正好可以在此达成与前文的这种呼应。

该情节与《埃涅阿斯纪》第四卷第一个场景的呼应(4.1-89)引人注意。[114]第四卷的第一个情节从描述女王承受的痛苦开始。在与安娜谈话时,狄多盘算了令人厌恶的其他选择,而且已经确定了唯一的"另一种"可能。接下来,狄多陷入疯狂。这个情节在麋鹿比喻中达到高潮,增强了开篇时幻象的主题。同样,第十二卷也以图尔努斯的自我欺骗与痛苦开篇,随着拉提努斯徒劳的警告得到了进一步发展,并且在公牛搏斗的比喻中爆发出失去理智的愤怒,最后以穿戴盔甲结束。这两个情节的相似性甚至还可以更高:正如狄多的疯狂状态是在色彩闪烁的祭祀场景中出现,逐步发展,经历了阴郁的检查内脏获得朕兆的部分,一直到疯狂状态的爆发。与之相对应,图尔努斯披挂盔甲的场景也是以北风神俄利提亚(oreithyia)那匹色彩闪烁的华丽的白色骏马开场,最后以沉郁的愤怒结束。相反,可以作为维吉尔写作范例的阿基琉斯披挂盔甲的场景则是以马队的入场结束的。

这些场景序列长度相同,作用一样,都是对悲剧的解释。它们都象征性地宣告了灾难的开始。这种解释与海上风暴以及阿列克托情节在功能上相似,它们之间的联系在麋鹿比喻中已经得到了阐释。狄多和图尔努斯的悲剧是《埃涅阿斯纪》中的两个悲剧,它们分别在史诗前后两半部分平行地发展。第十二卷的开篇是维吉尔自己的创造,显示了维吉尔的创作上的特点。①

---

① 但接下来关于埃涅阿斯准备战斗的六个诗行弱化了整个场景的效果。此处可能需要提到埃涅阿斯,因为他同意媾和而不是战斗。但我不相信这就是终稿,它们可能是有待修改的,或可能是瓦里乌斯(Varius)和图卡(Tucca)添加的。尤其值得怀疑的是 12.107-108:"这时,刚硬的埃涅阿斯穿着母亲为他打造的盔甲,一点儿也不缺少战斗的激情,他让自己充满愤怒。"这两行诗歌不符合埃涅阿斯的行为模式。尽管在战斗的前夜,他被战斗的激情和怒火所控制,但仅仅为了让他和图尔努斯一样,就让他自说自话地发怒,颇令人奇怪。

与《伊利亚特》中的场景相比较之后，我们能更清楚地发现《埃涅阿斯纪》内部情节发展的端倪。《伊利亚特》第二十二卷中的赫克托尔、特洛亚王普利阿姆斯（Priam）和王后赫库巴（Hecuba），第六卷赫克托尔与安德洛玛刻的离别，以及阿基琉斯和忒提斯的对话，这些情节都是维吉尔模仿的范例。然而，图尔努斯的愤怒与赫克托尔的愤怒并无可比性。① 在诀别安德洛玛刻的场景中，赫克托尔的唯一动机是追逐荣誉。在与父母话别的场景中，[115]唯一促使他与阿基琉斯决斗的是出于维护荣誉的清醒考虑。这里并没有什么戏剧性的高潮，《伊利亚特》中没有类似的戏剧性的铺排。荷马刻画阿基琉斯怒火的方式与维吉尔那令人动容的方式存在某种相似之处。正如阿基琉斯是《伊利亚特》的悲剧的核心一样，图尔努斯也是《埃涅阿斯纪》的悲剧的核心。

图尔努斯拥有傲视群雄的荣耀。身为神子（11.90：natus et ipse dea[他也是女神所生的]），图尔努斯有着毫不动摇的赴死的决心，他忠诚于同伴，"在他身上，温情与残暴形成鲜明的对比，在他心中，非人性的面向与人性的面向并存，面对命运，他既愤怒又有心放弃"（莱因哈特语）。所有这些都是阿基琉斯式的特征，西比尔介绍图尔努斯时，也说图尔努斯是《埃涅阿斯纪》中的阿基琉斯：

又一个阿基琉斯，也是女神所生的，已经出生在拉丁姆了。（《埃涅阿斯纪》6.89-90）

图尔努斯所有值得称道的特点都来自阿基琉斯。他从赫克托

---

① 参 12.9,12.10,12.19,12.45,12.101。关于赫克托尔的刚愎自用，在史诗其他各处都有强调，参 Schadewaldt, *Iliassstudien*, 1938, p.106ff.；H. Gundert, *Neue Jahrbuecher*, 1940, p.225ff.。

尔身上只获得了外在的攻击性,例如他突破营寨,焚烧战舰,以及在决斗中的失利。甚至在决斗前的话别场景中,也可以从他身上看到阿基琉斯的特征。图尔努斯代表了荷马世界中的英雄,而与之相对,埃涅阿斯的性格就被悄然刻画出来了。在第十二卷的第一个场景序列之后,图尔努斯显然已经明白自己得胜无望,但是他战死的决心依然不改。在与埃涅阿斯订立协议之后,他的信心更加消沉(12.161-221)。① 这一点在其入场时便已昭然若揭了:

> 图尔努斯驾着一辆两匹白马的战车,手中晃动着两把阔刃长矛。(《埃涅阿斯纪》12.164-165)

[116]此处的晃动(cripans)意味着焦虑的情绪。② 接下来,在与埃涅阿斯和阿斯卡纽斯的对比中,这一点得到了更有力的表现:

> 对面来的是族长埃涅阿斯,罗马人的始祖,拿着明晃晃的盾牌和天神打造的武器,光彩照人;在他身边是阿斯卡纽斯,是伟大的罗马的第二代希望。(《埃涅阿斯纪》12.166-169)

埃涅阿斯的铠甲闪耀着神的光辉,预示着即将到来的胜利。这几行简洁的诗句闪耀着简朴的光辉与神圣罗马的尊严。罗马之

---

① 埃涅阿斯和他的敌手达成了合约,这与阿基琉斯形成对比,因为后者强烈拒绝这样做,参《伊利亚特》22.262:"狮子和人之间,狼和绵羊之间,永远不会调和,不会有共同的心愿,因为他们天生就是互相仇恨的死敌!你我之间也不会存在什么友谊,不可能产生誓言。"

② 评论者大多忽略了这一点。该诗行是 1.313 的再现,在那里,非常适合面对陌生国度时谨慎探险的行为。但在这里,它和描述埃涅阿斯装备的有力诗行(拿着明晃晃的盾牌和天神打造的武器,光彩照人)形成了对照。

名在这里被提及两次,这并非闲来之笔。这几行诗歌是古典风格的典范之作,蕴含了奥古斯都时期最基本的想法,正是和平祭坛(Ara Pacis)的精神。与图尔努斯的两匹白马与载着头戴太阳金冠的拉提努斯王行驶而来的壮丽的四马战车形成对比,罗马式简朴风格的效果得到了强化。

面对如此辉煌的气势,图尔努斯丧失了全部希望。他已经被打上了死亡的烙印:

> 图尔努斯默默无言地走到祭坛,十分谦卑地在坛前行了礼,低垂着眼帘,一脸稚气,年纪轻轻却浑身苍白。(《埃涅阿斯纪》12.219-221)

[117]对图尔努斯的描写并非是要刻画这样一个图尔努斯:在战争遥不可及的时候喧嚷叫嚣,而一旦面临当下决断,反又变成了懦夫。[1] 相反,除了维吉尔需要激活茹图尔娜(Juturna)的干预和打破休战协定的技术意图之外,该情节还让读者在图尔努斯英气渐消的过程中越来越清楚地看到灾难的迫近。如果不是感到愧疚的话,那一定是带着一丝隐约的羞惭,图尔努斯开始理解天神的意志。[2] 埃涅阿斯受伤之后,图尔努斯再次生出希望:Subita spe fervidus

---

[1] 海因兹(前揭,p. 212)赞扬了这种"敏锐的观察力",但我认为,他引用亚里士多德的话(Aristotle, *Nicomachean Ethics*, Ⅲ. 10, 1116a 7.)是错误的。

[2] "眼帘低垂"(demisso lumine, 1. 561)、"低头含首"(voltum demissa)和"耻辱"有同样的含义(参本书第 70 页)。类似的词语也用来描写马尔凯鲁斯,表达对少年早夭的悲伤,"面带愁容,低着头,眼望着地上"(6.862)。
图尔努斯被死亡所标识,恰如第四卷中的狄多一样:"她说完之后,就默不作声了,脸色骤然变得苍白"(4.499);"临近死亡时变得苍白"(4.644)。同样的语词也被用来形容克里奥佩特拉,"她死亡临头,面色苍白"(8.709)。

ardet[他心里突然又燃起希望](12.325)。

在故事的高潮来临之前,幸运女神再次眷顾图尔努斯,正如她让狄多在打猎时享受情爱的欢愉一样。命运再次被悬置起来。但是,因为存在与埃涅阿斯的对比,对具有洞察力的旁观者来说,命运的结果越发显明。我们看到,埃涅阿斯未着铠甲,未戴头盔,试图约束喧哗叫嚣的勇士们,要求他们遵守那个除了单打独斗之外,禁止一切其他战斗的合约。在被箭簇击中之后,他成了正义的受难者。然而,图尔努斯似乎忘记了协约的存在,他鲁莽地行动了。在他看来,埃涅阿斯受伤正是进攻的良机。图尔努斯最后表现出来的高光时刻与卷九中的情况截然不同。在席卷一切的热情与壮烈这一点上,他的高光时刻与卡密拉类似,尽管这一高光时刻在该诗卷之阴郁氛围的衬托下,只是显得更加沉郁和残酷而已,情节的发展越发动人心魄。一开始时,图尔努斯被比作战争之神:

> 就像浑身血迹斑斑的战神玛尔斯激动地驰骋在冰冷的赫布路斯河边,他的盾牌摇得哗啦哗啦地响,[118]他鞭策着发了疯似的马,一心要战斗,这些马在旷野上飞也似地奔跑,比那南风和西风还迅速,在马蹄践踏之下,甚至特拉刻最边远的土地也呻吟起来,在他周围,他的随从——黑脸的恐惧神、怒神和诡谲神——也随着他一起奔跑。和玛尔斯一样,图尔努斯也是十分活跃,在乱军阵中鞭策着他的战马。战马身上汗气蒸腾,践踏着那些可怜的被杀戮的敌人的尸体,飞奔的铁蹄溅起了一片片鲜血的露珠,踢起的黄沙也染上了赤血。(《埃涅阿斯纪》12.331–340)

象征英雄的不再是高贵的狩猎的动物,而是战神本人。在其死前辉煌的一刻,图尔努斯变成了嗜血的战争魔鬼,正像阿列克托希望打造的那样。奔腾的骏马用它的野性之美唤起了骑兵作战的景象,而这一景象的核心则是马背上的亚马逊人——卡密拉——孤军奋战的形象。① 这个情节也让人想起图尔努斯的喻体——骏马(11.492)。显而易见,如同在卡密拉之高光时刻(奔驰骏马带着一种巴洛克式的悲怆和哀婉,是维吉尔之艺术理念的特异展现)发生的情况一样,意大利的实力与完美力量得到了最华彩的展示,维吉尔所描绘的壮观程度甚至远远超越了荷马。②

在这一段情节中,战神样的图尔努斯携风雷之势,迅疾地冲杀,甚至影响了维吉尔对诸如格劳库斯(Glaucus)和拉德斯(Lades)等战死沙场的英雄的描写:

> [119]他们两个都是伊姆布拉苏斯亲自在吕西亚培养大的,给他们配备了同样的武装,训练他们交手近战和飞马追风的骑术。(《埃涅阿斯纪》12.343-345)③

疾风般飞驰的骏马形象在这里第三次被使用,接下来,出现了

---

① 尽管受到有关阿基琉斯和赫克托尔投入车战(《伊利亚特》20.499以下,11.534以下。"鲜血的"露珠可能尤其受后者的影响)的场景的影响,但此处的明喻并非荷马式的。荷马把他的英雄比作战神阿瑞斯,当情境需要的时候,维吉尔也以同样的方式来刻画人物。《埃涅阿斯纪》中,图尔努斯在最光彩四溢的时候被比作神,除埃涅阿斯和狄多外,无人获此殊荣,这使图尔努斯成了史诗的三个主要人物之一。

② 对维吉尔和荷马史诗中关于马的描写的形式以及结构作用做一番比较,一定颇有价值。

③ 可以找到更多这种"互相关联"的情节。"也像明月照到水面上的折光"(8.23)紧跟着描述的是台伯河静谧的夜色。关于7.525以下的比喻参本书第31页以下的论述。

北风神玻瑞阿斯(Boreas)的比喻。于是,图尔努斯气势如虹,其力量、广度和范围都得到了更强有力的展示:

> 就像北风从特拉刻呼啸着刮过爱琴海,把海浪推向岸上,又像大风来到之时,乌云扫过天空那样,图尔努斯所到之处,敌军披靡溃散,转身逃窜,图尔努斯靠着他自己的一股力量,往前直冲,他的战车逆风飞驰,吹得他的盔缨在风中乱舞。(《埃涅阿斯纪》12.365)

《伊利亚特》中的比喻(11.305以下)得到了拓展:荷马曾将被砍落的头颅比作浮云和狂风激荡的海浪。而维吉尔比喻的着眼点则是落荒而逃的动作,荷马用泛起泡沫的海浪四处飞溅结束其诗段时,维吉尔则用疾逝之云刻画天高云阔之下宏大的战争场景。

在那个关于弗格乌斯(Phegeus)被杀的比喻之后,图尔努斯的高光时刻立即结束了。弗格乌斯的死亡(在荷马史诗中没有这样的先例)结束了图尔努斯携千钧之势胜利前进的一幕:

> [120]特洛亚战士弗格乌斯看到图尔努斯这样气势汹汹,大喊大叫,忍受不住了,上前挡住他的战车,用他强有力的右手一把抓住奔马,把喷着白沫的马头扭向一边。但他抓住笼头不放,却被战车拖着往前走,他的腰背暴露了,被图尔努斯的阔刃枪一下刺中,刺透了他的双层护身甲,但是只割破了身体的表皮,伤势不重。他负着伤转身去和敌人周旋,他举起盾牌,抽出短刀,来保护自己,但是战车的车轮和车轴向前直冲,把他一头撞倒在地上,图尔努斯紧跟上来,一挥刀正砍在头盔下缘和铠甲的领子之间,砍掉了他的头颅,把尸体留在黄沙地

上。(《埃涅阿斯纪》12.371-382)

转折点出现在下面一段相对平静的埃涅阿斯疗伤的场景之后。埃涅阿斯的"黑暗之师"势如风暴,汹涌而至:

> 战场上一片眯眼的尘沙,大地也被士兵的脚步震得抖颤。从对面的壁垒里,图尔努斯看见他们来了,他部下的奥索尼亚人也看见了,从骨髓里感到寒战。[121]但是早在拉丁人之前,茹图尔娜就已经听到了呐喊声,而且认出是谁在呐喊,她也有些害怕,她退缩了。埃涅阿斯还是飞快前进,他的队伍像一阵乌云扫过辽阔的平野。他就像一片遮住了阳光的阴霾,穿过大海来到了陆地(可怜的农夫老远就预感到风暴要来了,心里发慌,因为大风将要摧毁树木庄稼,广大的土地将遭到祸害),像疾风翻滚向前,带着呼啸声奔向海岸。(《埃涅阿斯纪》12.444-455)

这个比喻的灵感来自荷马:

> 有如一个牧羊人从瞭望处看见浓云
> 在西风的怒吼下漂到海上,漂过海面,
> 引起大飓风,他从远处看,比沥青还黑,
> 他一见就发抖,把羊群赶到岩洞下面,
> 宙斯养育的青年的密集队伍黑压压,
> 举起盾牌和长枪,他们就是这样
> 在两个埃阿斯的身边奔赴杀人的战斗。
> ——(《伊利亚特》4.275-482)

维吉尔的刻画有四个方面的作用：(1)"黑压压"的军队，是视觉效果方面的，(2)毁灭性，是现实效果方面的，(3)令人瘫痪的工具，是心理作用方面的，(4)逼近的劫数，是象征性意义方面的。

而在荷马的比喻中，第一点是唯一真正重要的一点。[122] 黑压压的云朵作为一个感官印象压倒一切。在维吉尔的诗篇中，心理影响则是首要的。农夫看到劳动成果可能毁于一旦的痛苦堪比图尔努斯出师未捷的遗憾，因为和农夫一样，他对战斗也是全心投入的。这种情感比荷马笔下牧羊人落荒而逃要强烈得多，毕竟牧羊人仍然可以挽救羊群。在维吉尔的这一描写中，图尔努斯的悲剧命运可见一斑。风暴的毁灭性和即将到来的令人毛骨悚然的厄运，在此处的效果被大大加强。① 维吉尔比喻的结局并不像荷马笔下的牧羊人将羊群引入山洞那么简单，他的诗篇以迅猛的疾风带来灾难这一壮阔意象结束。命运携风挟云，汹汹而至——这一速度被结尾处的长短格体现出来：Ante Volant sonitumque ferunt ad litora venti[像疾风翻滚向前，带着呼啸声奔向海岸]。在史诗而不是戏剧化的背景下，荷马的比喻在阿伽门农的情节变化轨迹中仅是一个次要事件，但在维吉尔的史诗里，这个比喻则是整个情节发展链条中至关重要的一环，②它预示着即将到来的结局。

在这个序曲之后，埃涅阿斯与图尔努斯相遇（开始时还隔着一段距离）。两人的差异反映在夺人性命的方式上（12.500）：埃涅阿

---

① 或许此处受到了《伊利亚特》5.87 的影响：在那里，狄俄墨得斯的愤怒被描绘为一条冬天里泛滥的河流，冲毁了桥梁和篱笆，淹没了"肥沃的土地"。

② 情节发展从这个 atrum agmen[一阵乌云]和 abrupto sidere nimbus[一片遮住了阳光的阴霾]到最后，埃涅阿斯扔出去结果图尔努斯性命的那支标枪 atri turbinis instar[像一阵黑色的旋风]（12.923）。

斯杀人时刺伤的是"致命的所在",①图尔努斯则将割下的血淋淋的头颅堆在战车上,他也曾将尼苏斯和欧吕雅鲁斯的头颅刺穿在尖桩上。②但在荷马史诗中,赫克托尔并不比阿基琉斯更残忍。与维吉尔对埃涅阿斯的描述不同,荷马不会想到削弱希腊英雄的可怖之处,不会用更崇高人性的光辉来掩饰这种可怖之处。对阿基琉斯来说,战斗是开心的事。但对埃涅阿斯来说,这却是为了达成事业必须承受的苦痛。③

我们可以看出,与荷马相比,维吉尔至少在这一方面稍逊公正。然而,我不认为维吉尔对埃涅阿斯和图尔努斯性格刻画上的差异与诗人既同情埃涅阿斯也同情图尔努斯的说法[123]相悖。在人性更高的层面上,罗马人的思考方式与方法,内心的克制与精神的优越感,罗马人对法律和条约神圣性的看法,所有这一切都使埃涅阿斯与图尔努斯截然不同。而且,根据罗马人关于政治原则的理念,埃涅阿斯的胜利顺应了一种更高的道义。然而,这仍然不会减少诗人对图尔努斯的赞赏,因为图尔努斯代表了意大利原生的力量——在接触更高理想之前。罗马的辉煌来自两个缺一不可、弥足珍贵的要素:埃涅阿斯的宗教道德使命(是罗马理想的象征)与意大利的原始本性。埃涅阿斯将特洛亚的诸神带到了意大利(把特洛亚的宗教仪式和神祇引进来;12.192)。埃涅阿斯带来

---

① 在其他地方,埃涅阿斯并未那么残酷地杀死敌人,例如 10.313、10.317、10.322 和 10.326,而图尔努斯则相反,例如 9.698、9.749、9.779,以及 12.356 和 12.380 等处。

② 根据上下文可以推出此一结论,因为图尔努斯的名字刚刚(9.462)被提到过,紧接着就出现了尼苏斯和欧吕雅鲁斯的头颅刺穿在尖桩上的情节[译按:在拉丁文中,未确切指明的主语通常是前面刚刚提到的人或物]。

③ 阿基琉斯因为渴望战斗伤神,参见《伊利亚特》1.491、19.213、13.746。然而,沙德瓦尔特是正确的,他认为,阿基琉斯的残暴表达的是他复仇的决心。

了宗教和伦理,它们是即将来临的罗马辉煌的基石。但意大利也值得得到它们,因为意大利人的本性中存在高贵的品质和向善的本性,一旦接触到更高层次的思想,意大利就会蕴发出勃勃生机。或许,赫尔德(Herder)、黑格尔和蒙森(Mommsen)以及其他一些更晚近的学者,在解释罗马人独特的历史性成就的时候,将之归结为权利政治的天性,并非完全正确。然而,健康的自然力量和更高层次的观念是政治和历史伟业的真正基础,这一理论也许确有某些真知灼见之处。

和图尔努斯相比,埃涅阿斯处于更高的政治层面,代表了更先进的武力冲突的形式。他一共只参加了三次战斗。第一次是鲁图利亚人违反拉提努斯王签署的协议,①抵制特洛亚人着陆(攻击者是图尔努斯,见10.276以下)时;第二次是为帕拉斯之死报仇时;最后一次是拉丁人违反正式缔结的和约后,埃涅阿斯犹豫再三之后才发起的。②埃涅阿斯事实上曾明确地说明,违约是他加入战斗的原因(12.496以下;12.573)。在决斗中不是埃涅阿斯,而是图尔努斯首先举剑进攻。像罗马人一样,埃涅阿斯是出于 sui defendendi[自卫]、ulciscendi[复仇]以及 iniuriae propulsandae causa[惩罚不义行为]的原因而发动进攻的。也就是说,埃涅阿斯体现了[124]罗马人的 bellum justum[正义战争]的理念。然而,有一点不应该被忽视,不应质疑图尔努斯的违约行为。这显然是茹图

---

① 拉提努斯对伊利翁纽斯的首肯(7.259以下)被认为是结盟的行为。参8.540"就让他们挑起战争,破坏协议吧!";12.582"意大利人已经两次与他为敌,两次撕毁合约";7.595"你们要做的事是亵渎神灵,是要付出血的代价的"。

② 《埃涅阿斯纪》12.465-467:"也不屑于和那些站住准备迎战的或向他投枪的敌人交手,他在滚滚浓烟中四处搜索,一心只想找到图尔努斯,和他单独决战。埃涅阿斯遵从合约,只有当墨萨普斯的长矛击中他的盔顶时,他才怒火中烧。"

第二章 主要人物

尔娜干涉的结果,因为一个虚假的金雕的朕兆。这也再次反驳了将图尔努斯看作"国家公敌"的看法。因为如果维吉尔想要这样塑造他,必然会指控他违反了条约。①

在两个英雄会面之前,发生了一场大规模的战斗。埃涅阿斯首次冲向了拉丁都城的围墙(12.554 以下),该情节与第九卷特洛亚人的营寨被围攻这个情节相呼应。在埃涅阿斯的领导下,军队有条不紊地进攻,这一点也与图尔努斯在第九卷中缺乏理性、毫无计划的进攻形成对比,也是 Disciplina Romanna[有序的罗马人]与 vis consili expers[毫无智性的暴力]之间的对比:

> 埃涅阿斯说完,全体战士形成了梯形队列,个个求战心切,他们以密集队形向城市进军。(《埃涅阿斯纪》12.574)

接下来,齐心协力的罗马人开始攻击分崩离析(discordia)的拉丁人一方,阿玛塔王后自缢而死,②而拉提努斯王则抓起地上的垢土撒在自己的头发上。

这时,因为受到茹图尔娜的保护,图尔努斯还没有和埃涅阿斯正面冲突,他似乎正在赢得一场又一场战斗(12.479)。但如往常一样,他总是在错误的地方为错误的目标作战。与接受了阿波罗的建议、有意回避阿基琉斯的赫克托尔不同(《伊利亚特》20.379),图尔努斯并不知道敌人身在何处。③ 直到他最终听到了城中的喧嚣,才意识到那里正在进行着战斗。与荷马不同,维吉尔倾其所能

---

① 尤诺没有在其中起到作用(12.134 以下)。
② 这种可耻表明了王后身上纯粹的恶,而不仅是如海涅认为的那样,是悲剧中的死亡的通常模式。
③ "图尔努斯有意地避免碰上埃涅阿斯,直到眼见自己手下遭受痛苦,他的荣誉感才渐渐恢复"——海因兹的这种观点并不正确(前揭,第 212 页)。

避免描写所谓的反面人物的不光彩事件。但图尔努斯在战斗中的欢欣状态渐趋低徊,城中传来的喧嚣声[125]越发让他不安。他对姐姐说的话表明,他不再相信自己能取得胜利,也预料到了自己的死亡:

> 但是是谁的意志把你从奥林波斯派下来和我们一起受这样大的苦呢?是不是要你来看看你可怜的弟弟怎样惨死呢?我现在能做什么吗?我现在的命运如何?能保住安全吗?我亲眼看到,在我的眼帘前,穆拉努斯巨大的身躯倒下死了,他受到巨大的创伤牺牲了,在我剩下的同伴之中,他是我最亲密的,他临死时还一直呼唤着我。乌芬斯也不幸死了,这样倒也免得看我受辱了,他的尸体和武装已被特洛亚人占有。(《埃涅阿斯纪》12.634)①

这些言辞表明了图尔努斯的悲伤。作为领袖他不能救助自己的手下,这是他的痛处所在,他为此感到悲伤和愧疚。在这个幻想破灭的场景中,有一种崇高的悲哀。为一个遗弃他的男人,狄多违背了对被残忍杀害、相爱至深的丈夫的誓言,因而被惩罚。如狄多一样,图尔努斯渴望荣誉,却遭遇悲惨的命运,他失去荣誉,给自己的属下带去毁灭。幻影破灭的场景令人想起索福克勒斯笔下的埃

---

① 与埃涅阿斯表达他感到的命运之悲剧的词语相关:《埃涅阿斯纪》6.721:"为什么这些鬼魂这么热烈地追求天光呢?"同时,也是对《伊利亚特》中的场景的回应,同样的情感可以在宙斯对阿基琉斯那些不死的骏马所讲的话中得到令人动容的表达:"可怜的畜生啊,你们本是长生不老,我们为何把你们送给了有死的佩琉斯?为了让你们去分担不幸的人们的苦难?在大地上呼吸和爬行的所有动物,确实没有哪一种活得比人类更艰难。"(《伊利亚特》17.443)

阿斯——一个遭受此等命运的伟大的悲剧典型。英雄被令人窒息的背弃感所击倒,他感觉到自己[126]被神祇离弃,身败名裂。图尔努斯内心的挫败预示着战斗的失利,加强了悲剧的效果。将图尔努斯的失利归结为性格缺陷,而不是令人惋惜的内心勇气的消失,或逐渐意识到身处两难境地而陷入崩溃,这样的看法是错误的。实际上,图尔努斯和狄多一样,在对抗痛苦和屈辱感的过程中,逐渐接受了死亡,获得了尊严:

> 难道我应当看见敌人就转身,让意大利的大地看我图尔努斯逃跑吗?难道死就那么可悲吗?地下的神灵啊,待我好一点吧,天上的神灵已经没有善意了。我将怀着一颗无辜的心,不知罪孽为何物的心,来到你们下界,无愧于我伟大的祖先。(《埃涅阿斯纪》12.645)

图尔努斯悲情的荣誉令人想起阿基琉斯。一想到自己的同伴呼救无门,在令人悲叹的无助中死亡,他就满怀痛苦。这与荷马笔下的英雄阿基琉斯和他母亲对话的场景相呼应。

> 忒提斯流着眼泪回答儿子这样说:
> "孩儿啊,如果你这样说,你的死期将至;
> 你注定的死期也便来临,待赫克托尔一死。"
> 捷足的阿基琉斯气愤地对母亲这样说:
> "那就让我立即死吧,既然我未能
> 挽救朋友免遭不幸。他远离家乡
> 死在这里,危难时我却没能救助
> 许多其他的被神样的赫克托尔杀死的人。"
> ——《伊利亚特》18.94-103

图尔努斯面对死亡和荣誉的决心恰如阿基琉斯"悲壮的决定":

> 我现在就去找杀死我的朋友的赫克托尔,
> [127]我随时愿意迎接死亡,只要宙斯
> 和其他的不死神明决定让它实现。
> 强大的赫拉克勒斯也未能躲过死亡,
> 尽管克洛诺斯之子宙斯对他很怜悯,
> 但他还是被命运和赫拉的嫉恨征服。
> 如果命运对我也这样安排,我愿意
> 倒下死去,但现在我要去争取荣誉。
> ——《伊利亚特》18.114-121

> 克珊托斯,你预言我死?这无须你牵挂!
> 我自己清楚地知道我注定要死在这里,
> 远离自己的父母,但只要那些特洛亚人
> 还没有被杀够,我便绝不会停止作战。
> ——《伊利亚特》19.420-423

因此,并非人们一直认为的那样,图尔努斯的范型是赫克托尔,相反,他的范型却是阿基琉斯,恰如西比尔所说:

> 又一个阿基琉斯,也是女神所生的,已经出生在拉丁姆了。(《埃涅阿斯纪》6.89)

因此,正如前文提到的那样,图尔努斯身上所有重要的地方都来自阿基琉斯。而其外在的地方,如突破寨墙、焚船、别离、决斗失

利等,则都以赫克托尔为样板——即使在这些场景中,阿基琉斯的特点也有所表现。至于其"悲壮的决心",则当然以阿基琉斯为榜样。图尔努斯在决斗中的表现与赫克托尔的情况也大相径庭。面对死亡,当所有希望都已破灭,图尔努斯依然拒绝自己的姐姐——女仙茹图尔娜相救。此时的图尔努斯达到了其个人荣耀的极致。① 和阿基琉斯一样,他比赫克托尔更伟大,因为后者在战前考虑的是摆脱屈辱而不是争得荣誉(《伊利亚特》22.99 以下)。② 为了荣誉,图尔努斯选择了死亡。③ 在下一个场景中,图尔努斯内心的抉择也得到了外在的体现。象征着灾祸警示的萨刻斯(Saces)满面血污,骑在口吐白沫的马上[128]冲了进来,向他报告了埃涅阿斯即将屠城的威胁、拉提努斯王的犹豫不决、阿玛塔的自尽,以及可耻的责骂。这些责骂如同匕首直刺图尔努斯的心房:

> 现在只有在墨萨普斯和英勇的阿提纳斯在城门前坚守阵地。但是在他们周围都是敌人的密集部队,高举着出鞘的钢刀和枪矛,像一片矗立着的庄稼,而你却在这空阒无人的草原驰骋着你的战车。(《埃涅阿斯纪》12.661 以下)

图尔努斯因为悲痛而失去了理智:

> 他心里思绪汹涌:极度的羞愧夹杂着疯狂和悲痛,爱又被

---

① 茹图尔娜出于姐弟情感,仅考虑保全弟弟的生命。参维纳斯的说法(《埃涅阿斯纪》10.42-46),尽管不能把她的话太当真。
② 赫克托尔离开安德洛玛刻的动力是耻辱和荣光(《伊利亚特》6.441 以下)。
③ 海因兹认为,仅有萨刻斯一人"在他胸中激起尘封已久的雄心壮志"。

复仇的激情所冲击,他也自知有余勇可贾。(《埃涅阿斯纪》12.666 以下)

接下来,当围绕着他的阴影散去之后,图尔努斯看到硝烟中的雉堞轰然倒塌,认为这是自己即将遭受灭顶之灾的象征。但是,和狄多一样,有那么片刻,图尔努斯摆脱了疯狂,重新振作并放弃了挣扎,无论外表还是行动,都堪称是廊下派的典范:

> 现在,姐姐,现在我意识到了,命运的力量比我大,你不要阻拦我了,天神和无情的命运女神召唤我们到哪里去,我们就到哪里去吧。我已经决心和埃涅阿斯交手,[129]我已经决心承受死亡,不管它是多么残酷,姐姐,你是决不会看到我把荣誉抛到脑后的。(《埃涅阿斯纪》12.676 以下)

在即将到来的死亡面前,雅量宽宏地放弃生命,这种自柏拉图以来的哲学家们交口称颂的态度与荷马笔下阿基琉斯英勇的决断力结合,产生出一种辉煌的效果。但在最后的时刻,图尔努斯狂放不羁的本性再露峥嵘,他的话以不那么倾向于廊下派的话语结束:hunc sine me furere ante furorem[让我首先发这一次疯吧]。

图尔努斯将最后的障碍推开,离开了姐姐。姐姐试图挽救他,却只是徒增了他的屈辱感。与赫克托尔不同,图尔努斯的勇气并非来源于恐惧(比照《伊利亚特》22.99 以下)。他也不勇猛,因为和赫克托尔一样,图尔努斯也是受到了神祇(阿列克托和伊里斯)的欺骗。而是因为图尔努斯主动接受了他早已了然的命运。①

---

① 《伊利亚特》18.310:"愚蠢啊,雅典娜使他们失去了理智,人们对赫克托尔的不高明的意见大加称赞。"

开始时,图尔努斯曾经逃避死亡。该情节可以在狄多情节中找到对应的地方:比如他姐姐的作用以及死亡时刻姐姐的缺席。和狄多一样,他一次次地怀有自欺欺人的期望。当希望最终破灭的时候,他只能选择英勇赴死,来拯救自己残存的荣誉。和狄多女王一样,图尔努斯难以放弃心中的渴望——拯救自己的国家和荣誉。然而他越是紧握不放,就陷得越深。恰如狄多,他越是要挽救,就越是更多地失去荣誉。对狄多来说,幻象是她内心的拟造之物,但对图尔努斯来说,蒙蔽他的希望(幻象、埃涅阿斯不在场时自己的高光时刻)来自外部。就史诗中的那些警示和朕兆来说,情况亦是如此。无论狄多还是图尔努斯,在他们对生命的不舍里,和他们在最终时刻来临时对生命的拒绝中,似乎都隐含着一丝负疚。的确,和狄多一样,图尔努斯的负疚包含两个层面,[130]一是出于魔鬼的激情挑起了战争,二是通过魔鬼般的激情拒不结束战争。负疚感增强了图尔努斯和狄多的悲剧性。尽管为了与其作为英勇的武士这一形象相照应,图尔努斯内心的斗争只是隐约地被提及(暗示),但他的负疚感不容忽视,而且,其内心的挣扎证实了我们对其命运的悲剧性看法。

茹图尔娜离开之后,图尔努斯对鲁图利亚人宣布,他确实要代替他们为撕毁协议而赎罪。① 这也证明了他的负疚感和狄多的一样,不是道德上的而是悲剧性的,这更可悲可叹。

图尔努斯和埃涅阿斯均以迅雷不及掩耳之势冲向对方。诗人用相呼应的一对比喻来形容他们俩:图尔努斯如山体滑坡那样,冲向正被埃涅阿斯劫掠的都城:

---

① 《埃涅阿斯纪》12.694-695:"都由我一个人来承担,最好是由我一个人代你们补偿毁约的过错,让刀枪来做裁决。"

就像一块大石头被狂风吹倒或被暴雨冲刷或因年久根基不牢而从山顶滚下来,它无情地趁着巨大的冲力滚下陡峭的山坡,落到平地时还弹跳了几下,一路上砸倒的树木、牲畜和人也都随着它滚了下来。就像这样,图尔努斯冲散了敌人的阵线,直奔城墙而走,一路上血染大地,空中枪矛飞鸣。(《埃涅阿斯纪》12.684)

而埃涅阿斯则有另一番动作:

他兴高采烈,挥动着的兵器发出雷鸣般的可怕的声响。他巨大的身躯就像阿托斯山,又像厄利克斯山,甚至像老父亲阿本宁山上[131]的橡树在风中摇摆吼叫,白雪覆盖的山峰欢乐地伸向天空。(《埃涅阿斯纪》12.700-703)

这段诗歌将滚滚下落的、坠入深渊的岩石与岿然屹立的山峦的宏伟力量相比,同时也将黑夜与光明,下坠与升起,暗色与亮色对比。除了拿图尔努斯和埃涅阿斯做比较之外,这些相对立的象征也体现在溃败与胜利、魔鬼的力量与神性的力量,野蛮人与罗马人,①以及暂时的暴力与永恒存在的力量之间的对比。维吉尔从荷马"全身亮闪闪像座雪山"(《伊利亚特》13.754)这几个字那里得到灵感,而在荷马那里,这几个字仅只描绘出了一个视觉印象而已。

决斗本身是由观众的在场和他们的反应以及周围的自然景观

---

① 罗马帝国的概念在纹丝不动的岩石这一象征中得到体现,9.448-449:"只要埃涅阿斯的后裔住在卡皮托山不可动摇的磐石之畔一天,只要罗马长老掌权一天,你们的事迹是没有哪天会被人遗忘的。"

来强调的。赫克托尔死时,只有可怖的虚无。但在维吉尔这里,史诗对图尔努斯的死亡表现出了怜悯之情:"大地叹息""整个世界都回响着痛苦的呻吟""天空中充满了厉声狂啸"。"天空"(eather)一词将诗歌带向尤庇特——他用天平来称量尚未被最终决定的人的命运。接下来,图尔努斯手中的剑被折断了。这令读者惊讶,因为我们以为,图尔努斯挥舞的是伏尔坎的剑,这早在他披挂铠甲的场景中提到过(12.90 以下)。然而,却是图尔努斯匆忙之中忘记带这把剑,只能从他的驭手那里拿了一把替代品(行 735 以下)。诗人因这一虚构达到了两个目的:其一,增强了紧张感。两个敌手在兵器上似乎是势均力敌的,伏尔坎的剑对伏尔坎的盾,而且读者也知道,图尔努斯无论在勇气和战斗力上都不逊于埃涅阿斯,他只是在精神、谨慎和运气上输给了埃涅阿斯。[132]其二,神祇没有护佑图尔努斯,而埃涅阿斯(如同《伊利亚特》中波塞冬评价阿基琉斯一样)则更受神祇的庇佑。

即使发现宝剑遗失之后,紧张的气氛也未减弱。的确,图尔努斯在逃跑,却并不是因为恐惧或是因为他没有御敌的利剑来保护自己。他逃跑是因为他要去寻找自己遗落的宝剑(行 758 以下),因而可以在回到战斗中的时候,多几分胜算。① 图尔努斯并不是想要逃跑。在这一点上,尽管并不像海因兹认为的那样,对他的形象不利(第 135 页),但他确实与赫克托尔不同。图尔努斯是在丢掉兵器之后才开始逃走的,而赫克托尔则是一看到敌人就望风而逃了。

图尔努斯比赫克托尔更值得赞誉,这一点和常见的解释相悖。与荷马相比,维吉尔不是更偏心,而是不如荷马那么偏心。图尔努斯比赫克托尔表现得更英勇。与海因兹的解释相反,是赫克托尔

---

① 他赢得胜利的可能性因为埃涅阿斯的受伤而增大了。

而不是图尔努斯表现得令人唾弃。图尔努斯从未想要放弃战斗,赫克托尔则认真地考虑过放弃,尽管他最后没有做出这个决定。赫克托尔想要做出这个决定的理由——这一点值得注意——并不是这样会带来耻辱,而是他不能期望得到无情的对手的宽恕。事实正好与海因兹的看法相反,是赫克托尔而不是图尔努斯在未见敌手时①胆大鲁莽,敌人一旦逼近却勇气尽失。②

赫克托尔杀死了帕特洛克罗斯,但这件事并没有为他带来荣誉。赫克托尔是在帕特洛克罗斯被欧福耳玻斯(Euphorbos)的长矛击中后背后退却时出手的。奄奄一息的帕特洛克罗斯没有让他忘记这点:

> 我本可以力敌二十个如你一样的敌人。但是置人死地的**命运女神**几乎已经杀死了我,还有黑暗女神勒托的儿子,还有欧福耳玻斯。而你,夺我兵刃的人,是第三个。(《伊利亚特》16.846 以下)

图尔努斯没能拿到自己的宝剑,而埃涅阿斯正奋力从橄榄树干里拔取长矛时,图尔努斯的祷告似乎已经奏效了——特洛亚人砍倒了田野神法乌努斯[Faunus]的圣树,因而激怒了神祇,卡住了埃涅阿斯的长矛。埃涅阿斯无法拔出他的长矛,命运最后一次踌躇不定。[133]随后,当茹图尔娜最终把宝剑交给她的兄弟,在战斗可能真的会威胁到埃涅阿斯性命的时候,维纳斯伸出了援手,从树中拔出长矛——是女神,而不是人,做出了最终的决定。

---

① 赫克托尔在《伊利亚特》18.306 中说:"我至少从未在战斗面前退缩!我会挺身直面他";在 20.371 中说:"我会挺身而出,即使他的手似烈火,精神似闪烁的钢铁。"

② 赫克托尔只在所有希望都破灭时才变得英勇。

在神祇的世界里,尤诺已然收敛了怒气,但还是要挽回一点:她要求特洛亚的名字永远湮灭,而罗马一族需要凭靠意大利的力量(virtus Itala)变得强大。随后,尤庇特派遣两个复仇女神中的一个(作为死亡的使者看管着他的王位)去分开茹图尔娜和她的弟弟。复仇女神伪装成枭鸟,飞过图尔努斯,用翅膀掠过他的盾牌,[1]以便埃涅阿斯可以将其刺穿。

因此,图尔努斯命运轮转,再次回到起点。因为他的命运从阿列克托附体开始,而阿列克托和复仇女神一样,也是"黑夜的女儿"。

恶魔的现身使图尔努斯气力尽失,正如阿波罗使帕特洛克罗斯(《伊利亚特》16.805)瘫痪一样,她的现身也带来了茹图尔娜那番令人心碎的离别。她的痛苦堪比安娜在狄多之死时表现出的那份哀痛。两者都宁愿追随死者而去。图尔努斯不能死在他姐姐的怀抱里,但姐姐的哀悼将缓解他的死亡之痛。

当图尔努斯最终直面埃涅阿斯的时候,他又一次表达了自己被神祇遗弃的感受:

> 你这傲慢的家伙,你这番大话吓不倒我,我只怕天神和尤庇特对我的敌意。(《埃涅阿斯纪》12.894)

接下来,因为他的宝剑不敌敌手的长矛,图尔努斯掷出一块巨石,但那块巨石对他来说太过沉重(这一点被海因兹解释为他的气力渐失)。[134]在掷出石头的时候,图尔努斯似乎丧失了理智(12.903以下)。凶神使他的内心丧失了思考的力量,这在一个明

---

[1] 参《埃涅阿斯纪》12.865以下。狄多也曾看到象征死亡的枭鸟,参《埃涅阿斯纪》4.462以下。

喻中得到表达：

> 就像在睡眠的时候，夜晚的宁静和倦怠合上了我们的眼睛，我们梦见自己在狂热地奔跑，老想跑得再远些，但是老跑不远，正在我们尽最大的努力的时候，我们懊丧地瘫倒在地上，舌头也不会说话了，身体也不像平时那样气力充沛了，声音也没有了，话也没有了。图尔努斯也和这一样，不管他怎样挣扎用力也找不到一条出路，那凶恶的女神处处让他失败。他心乱如麻，他望见了鲁图利亚人和都城，他害怕，他踌躇，死亡临头使他战栗，他不知道往哪里躲，也没有力气去和敌人拼，战车也看不见了，驾车的姐姐也看不见了。(《埃涅阿斯纪》12.908-918)①

这是一个源自荷马的比喻：在荷马的比喻所描写的梦中，追逐者赶不上被追的人，而被追逐的人也难以逃脱追赶的人(《伊利亚特》22.199以下)。这个比喻令人窒息，是一个让人无力摆脱的梦魇。显然，该比喻的目的并不仅仅是在为最终的悲剧时刻——埃涅阿斯即将掷出手中的长矛，图尔努斯也即将颓然倒下——作铺垫。

[135]为了激发出悲剧性的恐惧与怜悯，维吉尔也想展示图尔努斯意志中为诸神所赐予的弱点。当图尔努斯倒下之时，鲁图利亚人发出的那声哀号回响于天地之间，恰如狄多死亡时迦太基回响着的恸哭声一样。特洛亚人并没有为图尔努斯之死欢呼雀跃，而在《伊利亚特》中，希腊人在赫克托尔死的时候吟唱着颂歌。这

---

① 这让人想起赫克托尔对得伊福波斯徒劳的期盼。赫克托尔被女神欺骗，而茹图尔娜则是应尤庇特的命令撤离。

一区别也是为了唤起我们对图尔努斯的同情。若要理解他临终的话语,也应该记得这种情绪:

> 图尔努斯怀着羞愧,用哀恳的眼光,伸出祈求的手,对埃涅阿斯说道:"这是我应得的下场,我也不求你饶我,你就享受你的幸运吧。倘若一个可怜的父亲所感到的悲痛能够感动你(你当初也和我一样有个父亲安奇塞斯),我求你,可怜垂暮之年的道努斯,把我,或者我的被夺去生命的尸体,送还给我的亲族。"(《埃涅阿斯纪》12.930)

图尔努斯请求饶恕,从拉维妮娅求爱者的身份中退出——在解释这个情节时,海因兹认为这是图尔努斯胆怯的结果。我认为海因兹的这一解释错误地理解了悲剧的情境。[①] 图尔努斯的这个行为仅仅表明,他严格遵守了合约的每一个字。合约已经规定,这场战斗的结果将决定谁是拉维妮娅的丈夫。图尔努斯曾发誓会接受决斗的结果。因此,他的放弃不是"可悲的",而是遵守盟约的合理结果。对于图尔努斯这样的人,用明确的语言承认失败是一种痛苦的惩罚。[136]该情节是图尔努斯信誉的体现。然而,图尔努斯的话也有更深层的含义。当他说"我活该如此"的时候,这是他第一次,也是他唯一一次坦白承认自己对埃涅阿斯的负疚。在他对姐姐茹图尔娜和鲁图利亚人的临终遗言中,也有负疚的情绪存在。这种负疚是在其自身尊严的意义上而言。拉提努斯曾经这样说:"啊,图尔努斯,你的错误以及这严酷的惩罚将压倒你,当你最终向神祇发出崇拜的誓言的时候,一切都为时已晚。"(7.597 以

[①] 他似乎认为,比较赫克托尔与图尔努斯,得出的结论更有利于赫克托尔,但事实恰好相反,参海因兹,前揭,第 212 页。

下)如果说图尔努斯是个失败者,他的失败也是悲壮的,而不是可怜的。这个放荡不羁的狂野英雄,临死之时的陈辞令人深深感动。他曾意识到自己的错误,如在签订协议的一幕中所提到的:aram suppliciter venerans demisso voltu[默默无言地走到祭坛,十分谦卑地在坛前行了礼](12.220)——这是彻底的放弃。在第十卷的结尾,鄙弃诸神的墨赞提乌斯改变了对诸神的态度,该情节是维吉尔最撼动人心的独创,而在这里,我们完全可以把图尔努斯的逐渐成熟的情节与这个场景并置起来。

图尔努斯临终的话语也是特洛亚人和意大利人和解的必要铺垫,符合合约的要求,在最高层次上得到了尤庇特的认可。把图尔努斯和狄多相比较,也是整部诗篇的结构使然。图尔努斯的和解与狄多的不妥协相对应。狄多女王将爱情变成了决不妥协的怨恨,而图尔努斯将不可妥协的敌意变成了卑微的屈服。赫克托尔和狄多在临死前都发出了反抗与复仇的威胁论调。但无论对图尔努斯来说怎样艰难,在《埃涅阿斯纪》的结尾,他都还是服从了自己的命运。

因为让图尔努斯请求饶恕,维吉尔受到了批评。但为了表现埃涅阿斯的犹豫不定,这种刻画也是必要的。埃涅阿斯本来十分乐意饶恕已被征服的敌手的性命,但他对厄凡德尔也负有责任,他要为帕拉斯之死报仇。埃涅阿斯的情感及其责任的重负又一次展示了其性格和悲剧的基本特征。海因兹责备图尔努斯,[137]认为他怯懦,性格中缺乏高贵的品格,这种结论并不正确。他骄傲却又卑微,这一点可以从如下话语得到证实:

> 这是我应得的下场,我也不求你饶我,你就享受你的幸运吧。(《埃涅阿斯纪》12.931)

第二章　主要人物

然后,图尔努斯请求将他或者他的尸首送回给他暮年的父亲(赫克托尔也是这么要求的):me seu corpus spoliatum lumine mavis redde meis[把我,或者我的被夺去生命的尸体,送还给我的亲族]。① 这些话消除了任何关于他贪生怕死的质疑。对他来说,最糟糕的不是死亡,而是奥索尼亚人看到他是怎样举手认输、俯首称臣的。他恳求活命,并不是为了自己,而是为了自己的父亲,为了那将他和父亲道努斯(Daunus)联系在一起的爱:

> 倘若一个可怜的父亲所感到的悲痛能够感动你(你当初也和我一样有个父亲安奇塞斯),我求你,可怜可怜垂暮之年的道努斯。(《埃涅阿斯纪》12.932)

埃涅阿斯对这恳求也并非充耳不闻。塞尔维乌斯说过:"从虔敬的角度考虑,埃涅阿斯想饶恕图尔努斯,但同样是从虔敬的角度思考,他必须将其杀死,两者都增加了他的荣誉。"如果考虑到诗人对虔敬以及父子之爱的珍视,就不能想当然地认为,这些恳求的话会让图尔努斯蒙羞。他的死亡是属于英雄的死亡。②

图尔努斯和狄多都是悲剧性的人物。两人都因为神的干预,陷入悲剧性的负疚之中:都受制于致命的激情,都满怀对荣誉的热爱,他们的毁灭因此增添了华彩。然而,无论在尊严还是在悲壮的

---

① 在"也许你宁愿要我的被夺去生命的尸体"这句话中,图尔努斯认为,敌人也不愿意那么残暴。

② 《埃涅阿斯纪》最后的诗行(12.952:"愤愤地下了阴曹")似乎包含了图尔努斯令人不安与苦恼的命运。这行诗歌虽然是从荷马史诗中翻译过来的,在维吉尔之前可能已经有人用过,但这并不是问题,因为诗人意图用旧的形式创造出新的效果。同样的诗行也用于卡密拉死亡的时刻(11.831:"带着啜泣和不平,她的灵魂游到地府去了"),以此来表达无休无止奋斗的生命的终结。

效果上,图尔努斯都不能和狄多女王相提并论。① 图尔努斯并不缺少伟大的勇气,这从他英勇地面对死亡这一点就可以得到证明。他也不缺乏虔敬,这在他对待神祇、祖国和父亲的态度上得到了展示。[138]他的人性在他对同伴的同情以及他自己的死亡中得以显现。与埃涅阿斯和狄多一样,图尔努斯表现出了《埃涅阿斯纪》中三个首要的美德。但他缺少的是埃涅阿斯和狄多那样的高贵的光环。尽管他是为了荣誉和光荣而战,但他受到了太多来自地狱的怒火的控制,因而不能在我们心中激起如同对高尚的狄多那般的同情。而且,他是埃涅阿斯的敌手,他的失败代表了一种更高价值的胜利。狄多和埃涅阿斯之间达到了平衡,女王的劣势源于她的女性气质。②然而,图尔努斯被击败和失去荣誉的悲恸表达出了更高层面的悲剧效果。在图尔努斯身上有一种类似于阿基琉斯的光辉。正是因为为数众多的先验观念的存在,人们才没能理解《埃涅阿斯纪》后半部的悲壮力量,而这种悲剧性的力量是和图尔努斯这个人物形象密切相关的。

---

① 战斗的激情和对拉维妮娅的爱被忘却了。

② 克尔凯郭尔说:"两种力量纠葛越深,越相像,悲剧的冲突就越发耐人寻味。"参 Kierkegaard, *Der Reflex des antic Tragischen im modern Tragischen*。

第三章　艺术原则

第一节　情绪系列的象征

[139]针对《埃涅阿斯纪》第十一卷的第 183 行,塞尔维乌斯写道:

> 波利奥(Asinius Pollio)认为,维吉尔在描述某一天时,偏爱使用某个短语来恰如其分地刻画一个特定的场景。

海因兹(前揭,第 366 页以下)指出了这句话的正确性,也应得到嘉许,但瑞贝克(Ribbeck, *Prolegomena*,第 116 页)和乔治(Georgii, *Aeneaskritik*,第 145 页)则完全忽视了这一评价。我确信,我们需要超越海因兹划定的解释界限,超越对"破晓之时"以及史诗情境的描写,追随塞尔维乌斯,以达到更高的解释层面,借此来分析维吉尔用来描绘破晓时刻的那些语词的象征意义。塞尔维乌斯虽然也试图这样做,但他对波利奥的引用,无论对错都不堪推敲。① 比如他曾将 extulerat lucem[放出光明](11.183)与 efferre[运出]死者举行葬礼相联系，将 surgebat Lucifer[启明星升起](2.803)与 de patria discedere[离开祖国]相联系，认为它指的是埃涅阿斯的升起。但我们可以找到更好的例子。第十卷的第256行就和埃涅阿斯相关。这行诗歌描述的是埃涅阿斯解除特洛亚人的困境：

> 这时白天已经回转，洒下一派晨光，把黑夜驱散。(《埃涅阿斯纪》10.256)

[140]这个情节让人想起莫扎特的"明媚的日光驱走暗夜"的说法。②《埃涅阿斯纪》第二卷结尾处启明星的升起——塞尔维乌斯出人意料地将之与埃涅阿斯的离开相联系——确有象征意义。埃涅阿斯离开特洛亚时，维纳斯的星星就曾出现在天际："在天上发光的星宿中，维纳斯最喜爱的就是启明星。"(《埃涅阿斯纪》8.590)此处的破晓是一个具有象征意义的破晓，正如第七卷开篇时历史的晨曦一样，尤利乌斯一族(Gens Julia)的恢宏历史就要在这里被揭开了。③

值得注意的是，波利奥发现，这种内在的联系远远超越了对破晓的简单描述。对破晓的描述影响着整部史诗以及其他部分的描写。前文已经证明，受伤的麋鹿(4.68以下)、受了致命伤的雄狮

---

① 塞尔维乌斯关于《埃涅阿斯纪》12.114的评论("既因为战事重新陷入混乱，又因为要表现出这一天的炎热")是一个例外。另外，此处谈到的例子是由瑞贝克和乔治收集的。

② 险境中的救援象征性地被重复，体现在鹤群"从漆黑的乌云之下"逃离的明喻(10.264)中。

③ 在《奥德赛》中，奥德修斯登陆后，晨星也随之升起(13.93以下)。

(12.4以下)以及阿尔卑斯山的橡树(4.441以下)既是命运的象征,也是有关情境的明喻。同样,我们也已证明,《埃涅阿斯纪》中的多数比喻都由情节——不是由外在的行动,而是由内心的活动——来承载。整部史诗可以看作是一系列的情绪变化,一系列的观感变化。我认为这是维吉尔诗歌艺术的基本要义,领会这一点是理解整部史诗绝不可少的条件。例如,关于蚁群的明喻(4.401以下)即是如此。无论荷马还是阿波罗尼奥斯都未曾为此提供先例,该明喻除了用荷马的方式描述埃涅阿斯正在为出发做准备之外,还象征着狄多看到眼前之事时内心升起来的灰暗与纠结。例如,描写狄多出场的狄阿娜比喻也同时表明了埃涅阿斯的内心反应。类似的例子还有很多,鉴于解释者们几乎全然忽略了它们,所以我们也有无数发现此类比喻的机会。[141]接下来,我绝非意图穷尽这一既大且美的史诗中的此类案例,而只是要抛砖引玉,期待后来者能够更深入地去分析《埃涅阿斯纪》的形式及其诗学灵感。

前文的两个例子不仅为了说明,史诗叙述是如何与情绪序列相一致的,也是为了说明,诗人是如何创造出这种精妙的过渡和内在联系的。

在"奥德赛式"的暴风雨之后,立即出现了"奥德赛式"的"福耳库斯港"的登陆情节。维吉尔之所以使用这个场景,是因为这是荷马描述的最美丽的可登陆港湾。这个宁静的港湾与激荡汹涌的大海形成对比,是所有漂泊的目标和终点。维吉尔并没有书写那棵橄榄树——在这棵树下,奥德修斯和雅典娜曾谋划杀死那些求婚者。他也没有描绘山泽女神的洞穴——奥德修斯用它来掩藏费阿刻斯人所赠送的礼物。但维吉尔添加了其他的细节。两篇史诗最大的不同点在于自然风景,维吉尔诗歌中的景色远比荷马笔下的景色令人生畏。荷马写道,"两个岬角盘踞在洞穴口,阻挡着暴

雨带来的湍急河水",但维吉尔则说:

> 港口两侧有巨大的岩石,形成一对险恶的峰峦,耸入天空。(《埃涅阿斯纪》1.162-163)

维吉尔的这段描述并非源于荷马关于伊萨卡港湾的描述,而是源于岬角斯库拉和卡律布狄斯耸立的奇石(山崖耸立,直冲云霄。语见《奥德赛》12.73)。① 出于同样的考虑,诗人添加了接下来的话,从而营造出一种悲怆的氛围:

> 一片枝叶摇摆的大树就像挂着的一幅垂幕,阴森可怖。(《埃涅阿斯纪》1.164-165)

[142]维吉尔风格的显著特征就是这种"恢宏""悲怆"以及"崇高"。埃涅阿斯的第一个独白(1.94)就是一个极好的例子。因此,此处沉郁的色彩描绘当然有一个明确的目的。"幽暗的灌木丛高高在上,摇曳闪烁,阴森可怖",②强调了摇曳不定的树丛

---

① 维吉尔处理荷马诗歌的方式说明,他不仅对其有深入的研究,而且他的诗歌中一直有荷马的影响存在。正如但丁对维吉尔的诗歌了如指掌,维吉尔对荷马亦是如此。这里的"危险"的程度甚至超越了荷马笔下的岩石。"险恶"的岩石作为陌生恐怖的象征在盾牌上的塔尔塔罗斯形象中也可以见到:"其中有喀提林,挂在一块吓人的岩石上。"(8.668-669)在第四卷中,高耸入云的建筑和"巍然"的城墙描绘了凶险的状态:"各项工程中断了,城墙的巨大垛口和高与天齐的起吊机也都停顿了。"(4.88-89)

② 康威曾将 horrenti 一词解释为"令人紧张的和颤抖的",这是维吉尔写作的典型例子,他擅于用一个词表达一种事物,同时隐含着另一事物。注意这处描写对观众的效果:也会让他们也禁浑身发抖。参 Robert Seymour Conway, *P. Vergil Maronis Aeneidos liber primus*, Cambridge, 1935。

背景,①却并不仅是为了表示船只获救(尽管这种解释可能更容易让理性的哲学家们接受),而是为了渲染荒野的诡异,这是由那些巍然耸立的巨石所营造出来的气氛。②幸存者登陆后,面对着一个陌生而且可能潜藏危险的国度——事实也的确如此。③维吉尔以臻于完美的艺术功力,使风景反映并渲染了登陆前后的情绪和特点。而荷马却没能表现出这种关联,他描写的福耳库斯海港并非出现在暴风雨之后,而是出现在费阿刻斯人的船只那童话般的海上航行的结尾。这次航行非常迅疾,无惊无险。但对于罗马人来说,迦太基的意义与伊萨卡对于奥德修斯的意义恰恰相反。

画面出现的顺序表达了某种艺术目的。首先是令人生畏的岩石,接下来是一对尖锐嶙峋的"险恶的峰峦",然后是阴森可怖的"枝叶摇摆的大树",幽暗的灌木丛,之后是山泽女神诱人的洞穴,最后,是微微起伏的诗行:④

在这里,埃涅阿斯的疲惫的船只不需要缆索笼络,也不需

---

① 圣伯夫:"在风景中有一片美丽而广阔的光的运动,荷马对此非常熟悉,他用一个词描绘了树叶摇曳的佩里翁山。"然而,说维吉尔在荷马一棵橄榄树的基础上创造了一片森林,并不十分正确。荷马的伊萨卡已经有森林了,福耳库斯港只是这片风景中的一个部分,参《奥德赛》13.196、13.246以下。

② 在哈尔皮的场景中,"我们在山岩下一个隐蔽去处,一个四周有林木遮挡,浓荫暗密的地方"(《埃涅阿斯纪》3.229-230)的描述渲染了阴郁的场景。同样的描述也出现在对阿姆桑克图斯谷的叙述中,阿列克托从那里回到冥府:"长满了茂密的树木,一片黝黑。"(《埃涅阿斯纪》7.565)

③ 山林女仙们令人愉悦的洞穴隐喻着埃涅阿斯前进途中的恋情诱惑——这种相反的可能存在吗? 我认为,此种非理性的联系在维吉尔的史诗中也不是不可能的。

④ 斯卡利杰说:"转向平静的水流本身就让人高兴。"

要用船锚的弯钩固定。(《埃涅阿斯纪》1.168-169)

画面出现的顺序和这些流浪的航行者眼见的顺序一致:岩石、灌木丛、洞穴和登陆。而他们也经历了这样的一个过程:从荒野的威胁到诱人的魅惑,[143]从狂风暴雨的海上逃脱,直到平息下来的大自然和特洛亚人逐渐平静下来的心境。通过改变荷马的叙述序列,维吉尔的这些描写反映了一种情绪的曲折变化。① 与荷马不同,维吉尔的风景描写,并不仅是为了描写风景,也不只是顺应情节出现的场景和背景。它首先象征着情绪的变化,是内心活动的一部分,也是内心活动的反映。我们几乎一直在观看两层空间中发生的事件——内心世界的与外部环境的。维吉尔的目的是,不仅直接表现,还运用象征的艺术来表达内心事件。

特洛亚人到达意大利与他们在迦太基的登陆相呼应。关于他们从卡耶塔(Caeta)到台伯河河口这段航程的描述是对暴风雨的补充:

> 当夜幕降临的时候,轻风吹来,皎洁的月色照着他们的途程,在闪耀的月光下大海澄澈晶莹。(《埃涅阿斯纪》7.8-9)

他们在清晨到达之后:

> 这时,海上升起了红霞,黎明女神穿着橘黄色的盛装,驾着玫瑰色的战车,已从高天散发出夺目的光彩,风停了,突然间海上一片平静,船桨在一平如镜的海水上缓慢而费力地摇

---

① 荷马的笔下有这样的序列:两处悬崖,一棵橄榄树,一个洞穴。毫无疑问,整个场景逐渐变得安静下来和明亮起来了。

着。就在此时,埃涅阿斯从海上望见了一大片树林。台伯河欢乐的流水穿过这片树林,急流成涡,裹着滚滚黄沙,奔入大海。在树林的四周和上空各种不同的以河岸为家的鸟儿在飞翔,它们的歌声飘扬在空中,令人陶醉。埃涅阿斯下令,叫同伴掉转方向,船头指向陆地,他怀着喜悦的心情驶进了荫蔽的河口。(《埃涅阿斯纪》7.25-36)

[144]台伯河的景观在清晨的田园美景中得到了展现。而且,还有鸟儿啁啾。只有最后一个词(指的是 opaco[荫蔽]一词)隐隐预示着危险:但无论如何,opaco 这个词都削弱了接下来的诗行——它们预示了随后的暴力冲突——的反差效果。这些诗行韵律明快,象征着诗人对罗马风景的挚爱,正如诗人特奥克里托斯的田园诗所表达的城市居民对乡村生活的渴望一样。尚未沾染历史尘埃的自然环境被清晨河面上波光粼粼的景象表达出来。在《牧歌》中,维吉尔就已经将田园作为逃离时间和历史的象征了。另一个例子出现在墨丘利(Mercury)造访埃涅阿斯的情节中,该情节对阿特拉斯山(4.246)的描写是另一个把风景与叙事象征性地关联起来的例子。冰岛学者吉斯拉森(Gislason)能够指出景色描写和情节的关系,因而有一定的贡献,但他的回答并不尽如人意。他提醒大家注意墨丘利和阿特拉斯的关系,但这是维吉尔自己说明的(从他外祖阿特拉斯那里,4.258)。吉斯拉森也提到了阿特拉斯与光彩夺目、盛装出席的埃涅阿斯(4.261以下)二者在形象上的对照。这两个结论都是正确的,但吉斯拉森并未抓住重点。第四卷第246-251诗行象征着情人们将要遭遇的严酷命运。[145]承受严酷折磨的巨人阿特拉斯的非凡形象正是墨丘利造访埃涅阿斯这一情节的主题:

> 他一路飞翔,看见坚不可摧的阿特拉斯的顶额和陡峭的腰,阿特拉斯用头支撑着青天,他长满青松的头常年有乌云缭绕,受风雨的袭击,他的肩头盖着飘来的白雪,洪水又从他衰老的下颌倾泻而下,蓬松的胡须上结了冰变得僵硬。(《埃涅阿斯纪》4.248-251)

阿特拉斯象征着神祇的冷酷和命运的无情。他也象征着人类身上始终未决的命运如今令人叹惋地落到狄多的头上了。就荷马的惯用风格而言,墨丘利的旅程并未被"风景描述"所打断,因为这段描写是听到尤庇特的口信之后,观众情绪集中的象征。较之墨丘利阴沉的语调,他的装束和样貌更是先声夺人,但恰如阿特拉斯的形象一样,同样带着悲剧的色彩。荷马笔下带给人睡眠的人("他拾起魔杖,这样他就可以随心所欲地对我们的眼睛施展魔法,或者把我们从最沉的睡梦中唤醒":《奥德赛》5.47)在维吉尔这里变成了灵魂向导和死亡之使赫尔墨斯。而这一点被强调了两次:

> 然后,他拿起神杖;他就是用这根杖把苍白的鬼魂从阴曹召唤出来,还是用这根杖把另一些鬼魂送进悲惨的地府,他用它催人入睡,用它催人醒来,又用它让死人的眼睛睁开。(《埃涅阿斯纪》4.242-244)

[146]两者出现的顺序被调换了。在荷马笔下,仅有魔法出现在唤醒之前,而维吉尔则将更晦暗的内容放在前面,并且重复了三次:sub Tartara tristia mittit, adimitque, et lumina morte resignat[把一些鬼魂送进悲惨的地府,催人入睡,催人醒来]。墨丘利作为死亡的使者降临——在这一场景中,也就是狄多的死亡,这正是隐藏的秘密所在。为了达到这一效果,维吉尔将荷马

笔下生机勃勃的神换成了俄尔甫斯颂歌中阴郁的赫尔墨斯。①这种阴沉的主题线索在对阿特拉斯的描述中也得到了延续,并经过强化,变成了冷酷命运的无情形象。风景描写的插入可能使主题方面陷入分裂,但该描写与天神的命令之间仍然有"情感的统一",而天神的命令最终导致了狄多的死亡。因此,从逻辑上或实际效果上看,主题的确有中断,但是艺术上和美学上,两者仍然有最密切的关系。

激情澎湃、感人至深的第七卷以一段田园景象开篇,而波澜不惊的第八卷则以激情勃勃的备战和埃涅阿斯发自内心的悲伤起头。诗人最擅长做背景的对比,以强调轻逸和沉重的情节以及宁静、愉悦或悲伤的情绪。②维吉尔用一个闪烁的光线映在花格镶嵌的天花板上的明喻——阿波罗尼奥斯曾用这个比喻来描绘恋爱中的美狄亚那颗悸动的心(《阿尔戈英雄纪》3.755),揭示出了埃涅阿斯内心的焦灼。维吉尔的谋篇布局堪称和谐完美:该比喻作为一个过渡,从开篇时不安的氛围过渡到梦中助他一臂之力的台伯河神,以及接下来的田园景象。埃涅阿斯心中波澜起伏的悲哀(8.19:"随着忧愁的巨浪沉浮")所带来的压迫感越来越轻,直到河神出现(埃涅阿斯在祈祷中对他说话),终告解除。

该比喻背后的情绪基本上是一种欢快的沉思,作为一个缓解焦虑直至平静的过渡者,最后创造出了一种趋向宁静的情节发展过程。因而也很适于作为从黑暗到光明,从战争到和平,从历史到

---

① 诺顿(6.749)认为,维吉尔模仿的可能是《俄尔甫斯颂歌》(*Orphic Hymn* 57)。他有可能是对的,但仍然需要保持怀疑的态度,维吉尔反转了描写的顺序,赋予了整个场景一种阴郁的色彩。

② 《埃涅阿斯纪》第二、六、七、九、十一等情绪激烈的诗卷都是以平静的情绪开篇的,而第一、五、八等平静的诗卷都是以激情开篇的。第四和十二充满悲剧性的诗卷则一直充满了激情,节奏也很迅疾。

田园的过渡。维吉尔在阿波罗尼奥斯的基础上加上了一个描写——radiantis imagine lunae[熠熠生辉的圆月](8.23),似乎是闲来之笔,[147]却使得这个明喻更适合描绘静谧的夜晚。① 而这与荷马所描写的阿伽门农的悲伤是何等不同啊,

> 有如美发的赫拉的丈夫发出闪电,
> 降下狂烈的暴雨或是冰雹,寒雪,
> 雪花飘落到田间或杀人的战争的大口里,
> 阿伽门农也这样从胸中,从心的深处,
> 胸脯不住地颤动,发出不断的叹息。
> ——《伊利亚特》10.6-10

显然,维吉尔不会使用这个比喻,而阿波罗尼奥斯呢,就这个比喻而言,也不会赋予它行文谋篇的作用。

存在很多可用来展示维吉尔如何实现平缓过渡从而贯通上下文的例子。前文已经分析过,骏马的比喻是为后面的骑兵作战准备好了铺垫;展示图尔努斯高光时刻的两个比喻则通过特拉刻的自然环境描写和持续发展的行动而与整个情节融合在了一起;埃涅阿斯的独白中,西摩伊斯冲刷过特洛亚人尸体的意象,预示了船只被暴风雨毁灭;外部的大火维持了图尔努斯内心的怒火,而开战的怒潮则完全在一个接一个的比喻中表现出来。迦太基尤诺神庙前描绘特洛亚战争的壁画以彭忒西勒亚(Penthesilea)结束(1.490

---

① 这才是提到月亮的原因,而不是如梅默尔认为的那样,是模仿了《奥德赛》4.45 的缘故,参 Mehmel, *Virgil and Apollonius Rhodius*, *Hamburger Arbeiten zur Altertumswissenschaft*, I(1940)。只有当人们认为,它模仿的是卢克莱修《物性论》4.211 以下时,才会造成解释上的困难。"熠熠生辉的圆月"强调的是月亮,而不是其反射。

以下)——这个阿玛松女王的情节已为读者和埃涅阿斯铺垫了即将出场的狄多的形象。

《埃涅阿斯纪》中的第二份意大利英雄名录列出了埃涅阿斯的同盟,以海神特里东(Triton)的形象作结:

> 他乘的船是巨大无比的特里东号,特里东的螺角震惊了深蓝色的大海,他的上身是人形,前面长满了茸毛,他肚皮以下则是海兽,他凫水前进,海水在这半人半兽的怪物的胸前汩汩作响,泛起水沫。(《埃涅阿斯纪》10.209-212)

[148]同时,这也是铺垫,画面因此在几个诗行之后,自然地过渡到波浪中浮现出海洋神女的情节(10.219)。作为其悲剧性毁灭的征兆,预告了狄多死亡命运的恶兆连接着对女巫的蛊惑(4.452以下)、狄多的法术,以及巫师向黑暗神俄瑞波斯(Erebus)、混沌神卡俄斯(Chaos)和三头六臂的赫卡特(Hecate)的祈祷(4.504以下)等的描写。所有这些内容构成一条持续不断的情节线索。而将其紧密关联的并不是理性,而是情感和形式。它们表明,狄多决定求助于死亡的力量。

维吉尔的艺术(包括风景)刻画比人们意识到的具有更多的象征意义。海因兹的说法是,其所"表现的内容无一不与史诗内容相关"(前揭,第400页)。但他尚未充分意识到该说法的正确性所在。这里的史诗"内容"必须被理解为"内在"的内容而不是"外在"的内容。下面罗列的是埃涅阿斯给狄多的礼物:

> 一件用金线绣着图案的笔挺的长袍,一块四周织着黄色蓟花花边的头巾,这两件东西都是当年海伦穿戴过的,是她母亲莱达给她的上好礼物,是她从米刻奈来到特洛亚举行非法

的婚礼时携带来的。(《埃涅阿斯纪》1.648)

[149]这是对狄多和埃涅阿斯被禁止的婚姻及其命运的一个预兆。通奸者海伦的衣服本身就是一个不祥的预兆,①表明帕里斯和海伦的致命结合即将重演,而统治者和国家都将承受其后果。该诗段同时也是下一个场景的铺垫:维纳斯让爱神把礼物带去,以此唤起狄多的爱,将她带入"被禁止的婚姻之中"。这些具有象征意味的礼物在该卷的最后几行诗歌中多次被提到(1.657以下)。

礼物在史诗的其他部分也具有象征意义。梅默尔(Mehmel)评论说:

> 赫勒努斯(Helenus)和安德洛玛刻临别时向埃涅阿斯赠送的礼物,他们赠给埃涅阿斯及其追随者的武器、马匹、武士和橹手,以及安德洛玛刻送给阿斯卡纽斯——临时被看成赫克托尔的儿子阿斯提阿那克斯(Astyanax)——的礼物,除了被认为是友谊和好客的标志之外,还象征着特洛亚传统被传递给了埃涅阿斯和他的追随者。(前揭,第50页)

与此类似,伊利翁纽斯将普利阿姆斯的勋章赠予拉提努斯,也象征着普利阿姆斯对"那个东方最大的王国(指特洛亚)"的统治(7.217)被传承到了意大利这个产生了以达尔达努斯(Dardanus)

---

① 西比尔在预言中提到海伦,就是要指涉未来的悲剧命运,"婚姻曾给特洛亚人带来深重的灾难,你将再度结婚,妻子又将是一个外族女子"(《埃涅阿斯纪》6.93-94)。与之类似的还有比蒂阿斯一饮而尽的酒(1.738以下)——因为阿波罗尼奥斯《阿尔戈英雄纪》1.472用同样的举动表达了致命的狂傲。

为祖先的达达尼亚族人(Dardanian)的地方。① 帕拉斯的剑带上描绘了达瑙斯家人(Danaids)的罪行——渎神和血污的婚床,与图尔努斯行将祝福的用鲜血促就的婚姻相关。这一点恰恰在图尔努斯从帕拉斯身上抢走剑带的时候被提及,而图尔努斯正是因为这个剑带招致了死亡。

在对第六卷的评论中,诺顿从头到尾分析了为代达路斯(Daedalus)所建造的庙宇门前的图画(6.114)。他竭尽所能地去反驳人们认为维吉尔的这段描写与史诗的行动无关这一指责。然而,他也不得不情愿地承认,这些描写与史诗行动的联系并不那么令人信服。诺顿给出了一个理由,说它们代表了人们对"意大利的早期历史片段"的一种演绎。[150]但是,他和基本上追随他的海因兹一样,并未意识到这些图画并非严格的,而是在深刻的美学意义上象征性地反映埃涅阿斯的命运。代达路斯和史诗中很多其他人,比如安特诺尔(Antenor)、狄俄墨得斯、安德洛玛刻和赫勒努斯以及狄多和厄凡德尔等一样,都是流亡者。仅这一点就可以将他与埃涅阿斯相联系起来,将他的命运与史诗主题最密切关联起来的是寻找一个新的家园。但是,其意义还不止于此。很显然,这段诗歌的第一行("据传说,代达路斯逃离米诺斯的国土",6.14)就能唤起人们对埃涅阿斯逃离一个危险国度的记忆。② 史诗提到阿里阿德涅(Ariadne)时说,代达路斯同情"公主深厚却不幸的爱情"

---

① 拉提努斯和伊利翁纽斯的对话以达达努斯(7.195)开始,并以特洛亚王普利阿姆斯和他的权杖和王冠(7.205)返回意大利结束。

② 如果考虑到利比亚之行就直接被放置在卷六之前,情况就更是如此,而且,维吉尔似乎也确是这样做的。这个结论源自《埃涅阿斯纪》6.338:"不久前在驶离利比亚的途中……拽坏了船舵。"这里的描述与卷五的描述有矛盾(参诺顿以及海因兹的论述[前揭,第165页])。如果第六卷是紧接着第四卷出现的话,其相关性就毋庸置疑了。

(Magnum reginae sed enim miseratus amorem),而埃涅阿斯回应狄多对他的爱时,"频频哀叹,为深厚的爱情而心碎"(Multa gemens magnoque animum labefactus amore),没人能忽略这两行诗歌之间的呼应关系。而且,第六卷还有下面的诗行来加深这种对应:

> 埃涅阿斯为她那不公平的遭遇心里也很激动,久久地望着她离去的身影,不觉潸然泪下,心里充满了怜悯。(《埃涅阿斯纪》6.475-476)①

代达路斯对伊卡洛斯(Icarus)令人心碎的爱反映了埃涅阿斯对安奇赛斯的渴望。两者都是深切的虔敬(pietas)——是一种将那些被迫分离的人维系在一起的感情——的典范。这种虔敬潜藏在几种形式中,是第六卷的中心主题。代达路斯建造的神庙上的图画与第一卷迦太基的尤诺神庙上的图画显然存在呼应关系,而且这种关系的重要性远远超出人们的想象。埃涅阿斯在两处图画中都找到了自己的故事,在尤诺神庙的图画中,他的故事被直接呈现,而这里他的故事通过象征被隐藏在神秘的第六卷中。在这两个地方,埃涅阿斯都被描写为沉浸在悲痛的回忆之中,然后又都被第三个人的闯入打断:第六卷中的打断者是西比尔,第一卷则是狄多。

在更宽泛的意义上,迦太基宴会上的约帕斯(Iopas)之歌(1.740-746)[151]也可以被视为艺术品。受塞尔维乌斯的影响(往好的方面抑或是往坏的方面),乔治(Georgii)在《〈埃涅阿斯纪〉研究》(*Aeneiskritik*,第99页)中有这样的论述:

---

① 即使是女王(regina)这个词也是精心选择用来指狄多的,阿里阿德涅并不是王后。

如果不曾批评约帕斯口中那令人厌倦的歌谣,古代的维吉尔批评就可能的确不够敏锐,但事实上他们非常敏锐。

马克罗比乌斯在《萨图恩节谈话录》(Macrobius, *Saturnalia*, 7.1,14)保存了对这种评论的记忆,却是令人难以置信的曲解(好像是维吉尔弄反了似的):

将哲学讨论与适宜于宴会场合的故事混在一块儿,这样的杂糅难道不会破坏其雍容的雅致吗?难道不使自己显得可笑吗?

在此之后,谁还会误解塞尔维乌斯在其《维吉尔作品集解》(*Scholion*)中针对此一批评的辩护呢:"在贞洁的女王的宴会上,唱颂一首哲思性质的歌谣是合宜的;相反,在众女仙那里(只存在女性的场合里),他讲述伏尔坎的计谋和马尔斯甜蜜的盗窃行为。"我对乔治含混奇怪的论点不感兴趣,但是,他说约帕斯之歌令人厌倦是否正确呢?为什么维吉尔要用某个特定的神话?当然,一个轻浮的类似德摩多科斯的段落(《奥德赛》8.266)肯定会格格不入,但为什么不用另一个,比如从腓尼基人历史中取一个?为什么说维吉尔——可能受到阿波罗尼奥斯作品中俄耳甫斯之歌(1.496)——倾向于一个探索宇宙起源的哲学主题?我认为这些问题的答案是,该方式最适合用来展示影响了狄多的那些内心活动。让我们来分析这些诗行。请注意,这些诗行与爱神对王后所施展的魔咒、与这个夜晚产生的悲剧气氛极其一致。请注意,这些诗行与它们所寄寓的故事具有同样诱人和哀伤的特质,表达了同样的悲伤。在开始和结尾尤其如此:

他歌唱游荡的月亮和辛劳的太阳(《埃涅阿斯纪》1.742)……歌唱为什么冬天的太阳那么快地就落入大海,为什么冬天的夜晚走得那么迟缓(《埃涅阿斯纪》1.746)。

[152]在真正的象征的意义上,将月亮的漂泊、太阳的辛劳与狄多和埃涅阿斯的命运联系起来,与他们过去与将来的漂泊联系起来难道不合适吗?① 本卷诗歌就是以埃涅阿斯的流浪结尾的:

还是请你从头把希腊人的种种诡计,你的朋友的灾难和你自己的经历对我们说一说吧,因为你在四海漂泊,各地流浪,现在已是第七个年头了。(《埃涅阿斯纪》1.754-756)

有那么一刻,太阳和月亮是作为这对情人的象征出现的,正如他们被看作好似阿波罗和狄阿娜,即太阳神和月亮神(就在埃涅阿斯和狄多两者相见时)一样。在冥府相见时,月亮和狄多的关系又一次以比喻的形式出现:②

宛如一个人隐隐约约看到每月月初云层中升起(surge-

---

① 维纳斯对狄多的生命有如下说法:"这是个不公道的、曲折的故事"(1.341);雅尔巴斯说:"有个女人流浪到我的国境……安居下来"(4.211);狄多自己说:"同样的命运也使我遭受到同样多的苦难,最后我决定在这块土地上安居"(1.628-629);在冥界中,狄多游荡在一片广袤的森林中(6.450)。至于埃涅阿斯的辛劳,见 1.10 和 1.373 等处。

② "睿智"的维吉尔是否借用了费埃克斯人关于巴力(Baal)和阿斯塔特(Astarte)的神话? 参 Heinrich Heine, *Die Nordsee* 和 Goethe, "Die sonne kommt ein Prachterscheinen", *Westoestlicher Divan*? 我似乎找不到关于太阳神与月亮神之间的爱情的民间故事,但是这样的故事一定不少。

re)的新月,但似乎又没看到。(《埃涅阿斯纪》6.453-455)①

狄多第一次出现时,诗人在比喻里称她是狄阿娜。当她的命运在比喻中被表现出来的时候,她也是那个属于狄阿娜世界里的麋鹿。[153]这样微妙的联系正是维吉尔诗歌艺术的特征。

正如约帕斯忧郁的歌声预示着埃涅阿斯和狄多的命运一样,"太阳么快地落入大海"应和了"愉快的思恋"在狄多心中苏醒这种情绪状态。"夜晚走得那么迟缓"与狄多向往的"黑夜的死寂"的氛围神秘地联系起来。情人"良宵无止"的意愿可以在约帕斯的歌中听到;这是他所歌唱的漫长冬夜中的一个夜晚。② 在下一段诗行之后(一旦认出了一个,很难忽略其中的关系),情人的感情和渴望被描述出来:

> 而不幸的狄多呢,她也说东道西,不觉夜长,深深陶醉在爱情之中。(《埃涅阿斯纪》1.748-749)

对狄多来说,这是无法忘却的夜晚——是她希望可以无数次重温的夜晚:

> 接着她要求他夕阳西下之后再来赴宴,在筵席上她像着

---

① 参《埃涅阿斯纪》4.80-82:"当客人散去,月色也渐渐暗去,星辰落下,催人睡眠的时候,她独自一个人留在空荡荡的厅堂里。"在失去光辉的月亮与被抛弃的王后之间存在一种非理性的联系,正如月亮和死亡之间存在的联系一样。

② 上文提到的梅默尔和波特(M. H. Potter)认为,埃涅阿斯到达迦太基是在夏季,参 M. H. Potter, *Classical Journal* (1926)。我更倾向于是在秋季,因为猎户座通常是在 11 月 29 日到 12 月 8 日出现。参 A. Constans, *Revue des Etudes Latines*, 13(1935), p. 398f.

了迷似地说她还想听一遍特洛亚的苦难,当埃涅阿斯再次叙说的时候,她侧身倾听着。(《埃涅阿斯纪》4.77-79)

如果说这样内在的解释还需要外部证据的话,我们可以发现,在维吉尔的模仿对象、阿波罗尼奥斯笔下的俄耳甫斯所唱的歌中,其宇宙论的主题也与诗歌的行动相关联。[154]在歌唱的开始部分,有宇宙间各种自然力量的冲突,这反映了当时的场景。歌唱本应该起到平复好战者心灵的作用,是和谐的艺术(在这个方面,维吉尔是大师),必须被认为是希腊化时代艺术发展的结果。对于阿波罗尼奥斯来说,这纯粹是外在的描写,但对于维吉尔来说,则变成了氛围和情绪的塑造。

因此,约帕斯之歌令人沉浸在某种情绪中,这种情绪弥漫在第一卷的结尾处。它不是理性的语言,而是诗意情绪的一个构成元素。约帕斯之歌中描述的宇宙要素象征性地反映并重现了埃涅阿斯和狄多女王的辛劳和漂泊。史诗中冬日暖阳向往大海和漫漫长夜的意象象征着狄多的感情,尤其是她暗暗萌发的欲望。这个例子明确地展示了诗歌的象征意义:约帕斯的歌唱都是完整的,也蕴含深意,并不需要寓言化的解释。无论如何,这歌唱中也传达了某种神秘的东西。歌唱成了情感的隐喻。词句浮动在夜宴的光影中,带着些许蛊惑的味道,摄住了女王的心房。作为《埃涅阿斯纪》中唯一的一次,当人们听到音乐声时,声音是从约帕斯的六弦琴上流淌出来的,对狄多和听众来说情况就更是如此。当然,在象征意义上,史诗中音乐无处不在,而约帕斯的歌声只是一个例子。在理智可感的内容之外,诗人用意象的语言、节奏和旋律将诗性音乐的片段连缀成一体。

总的来说,纯粹的诗歌和艺术的元素属于灵魂的国度,在那里没有哪种元素如音乐一样能够充溢整个空间,塑造灵魂。因此,任何艺术都意图成为"纯粹艺术"或者就是"音乐"。英国批评家佩特(Walter Pater)在一篇讨论乔尔乔内(Giorgione,意大利画家——译者注)的文章中提到了一个非常有用的、关于美学批评的原则:

> 诗歌和绘画是完美的例子,其中[155]各种构思的部分能够融会在一起,其材料和主题不仅仅是冲击智力,其形式也不仅仅是打动视觉和听觉。形式和本质,联合起来一致性地,对想象性的理性产生某种单一的效果,对此综合效果而言,每一种思想和情感与其类比物或象征物都是孪生关系的。音乐是能够最完美地实现这种艺术理想的艺术形式,是内容和形式的完美统一。音乐达到尽善尽美时,结果和手段、形式和内容、主题和表达方式都将无法区分;如天生的那样本质上互相浸透。
>
> 因此,我们应该认为,所有的艺术都在持续不断地意图和盼望达至这种完美的状态。因此,是在音乐中,而不是在诗歌中,可以找到完美艺术的真正类型和样态。因此,尽管每一种艺术都有其不可言传的元素,都有其不可表达的印象秩序,都有其达到想象性的理性的独特方法,但我们还是可以这样描述:各类艺术一直都在努力追求音乐的法则,意图达到音乐单独就能彻底实现的状态。美学批评的一个首要作用就是,分析艺术作品,无论其新旧,就是去判断这些艺术作品在此意义上、在多大程度上,接近音乐法则。

是维吉尔,其创作的成就为诗歌征服了灵魂这一国度。① 在西方诗歌史上,人们第一次可以将诗歌的音乐氛围的统一性(poetically musical unity)从可被理性理解的主题内容和结构的统一

---

① 在希腊人中,萨福在这一方面是维吉尔重要的先驱者。

性中区分开来。正是维吉尔将这种音乐的统一性引入了诗歌。他首先在《牧歌》中铸造,然后在教谕诗中,最终在史诗中使用这种新的原则。①维吉尔的发现非常重要,就像是画家第一次发现光,将其作为绘画原则,并因此开启了绘画史上一个新的时代那样重要。[156]奥特加·伊·加塞特(Ortega y Gasset)在一篇文章中说:

> 在所有绘画中,一个新的课题出现了,其梦幻般的潜力可以使其无处不在,充溢着整个画面,但却没有挤掉业已存在的物体。绘画者必须看到其艺术作品整体出现在这个包容一切的物体——光线之中。

这吸引了里贝拉(Ribera)、卡拉瓦乔(Caravaggio)和年轻的委拉斯开兹(Velasquez)。和传统的法则相一致,物体仍然是被表现的客体,但它已经不是首要关注点。物体本身开始失去其重要性,只能接受其作为光线洒落其上的承载者。结果是所有光明部分神奇的和谐统一,与阴暗部分形成对照。②

自维吉尔以来,对诗歌来说,"氛围"已经如"光线"对绘画那样具有重要的地位。"氛围改变了诗歌的对象,正如光线附着在绘画的物体上,改变并且超越了物体"。让我们来延续我们的比较吧:荷马属于那种传统的绘画者,他们用"手"或"眼触"将物体表现为近景,力求清晰地分割被呈现的物体和场景,似乎这些物体可以被触摸、被把握。而维吉尔则将它们表现为远景:它们在情感的河流

---

① 内部的音乐般的情节发展并不局限于诗歌,克林纳认为,李维的作品中就含有这种特征。参 Klingner, *Die Antike*, I (1925), p. 95f.

② Ortega y Gasset, *Obras completes*, 6, p. 451.

里,在行动之中,有光线流溢其上,有音乐围绕着它们。维吉尔的诗歌是拉丁人尤其是意大利人音乐和想象力的表达,而不是他们理性精神的表达。在德国,很长时间内,维吉尔或多或少都被看成带着法式变异(French distortion)的意大利人。维吉尔的诗歌是情绪和感觉的流动,两者精巧地融合在一起,以美妙的音乐旋律触动心灵,引导我们从一种情绪特质走向另一种情绪特质。光线、绘画与音乐都只是类比,只是有助于我们理解维吉尔诗歌基本特质的意象。不应该忘记,诗歌的情绪运动是一个独特的现象。维吉尔评论的主要任务就是要去细致地刻画这些情绪运动。对读者来说,这也是一个持续的挑战,因为他们需要去感受并理解象征背后的那些精妙而细致的变化。

第二节　情绪序列的形式

为了对维吉尔的艺术有一个更深刻的理解,勾勒出作为叙事核心的情绪序列至关重要。从整体来看,情绪跌宕起伏,有如反复拍岸的海浪。① 海因兹也已发现,维吉尔技巧的"一个基本原则"是"渐强"。他论证了第九到第十二卷、特洛亚沦陷的叙事结构以及第五卷竞技情节的起伏变化。就阿列克托情节、图尔努斯的高光时刻以及某些比喻的构思,我也给出了类似的论述。其他例子,包括海上风暴的结构安排(迥异于荷马)、埃特那火山的喷发(3.570以下,这一部分描写与其模仿对象品达的描述不同)也都可以说明这一点。然而,描述这些起伏变化的性质,包括其韵律、形态、分布,是更富有建设意义的做法。

---

① 斯泰勒(Stadler)认为:"在维吉尔创造的世界里充满了大海、潮汐和海浪。"

如其他每一个被分析的段落一样，诗人显然慷慨地倾注了满腔心血的序诗部分在这个方面是个极好的典型。尽管开始的时候就已经很鲜明，《埃涅阿斯纪》的序诗仍然不断地增强，从英雄在海上、陆上和战争中的命运，一直到这一诗行："天神，那残忍的尤诺，她不忘前仇"，最后，强有力地、意义深刻地以埃涅阿斯承受的痛苦结束："才能建立城邦，把故国的神祇安放到拉丁姆"，以及"从此才有拉丁族，阿尔巴的君王和罗马巍峨的城墙"。① 最后的这行诗歌娴熟地刻画了一个渐强的过程（这个过程不仅是时间上的）：从拉丁族到阿尔巴诸王（元老院和[158]秩序的暗示）再到"罗马巍峨的城墙"。一个强调的渐强音和加速音，以及一个庄严的、熠熠发光的结尾——恰如海浪翻滚而来，冲上海岸，然后泛起浪花并最终消失不见。渐强和收尾两种运动不仅决定了序诗的形式，也决定了维吉尔情绪序列的基本形式。高潮部分恰好出现在中间："天神，那残忍的尤诺，她不忘前仇。"在下一部分中，从"有一座古城"到"物阜民丰"，引起了另一个类似的结构体系。在平静的史诗式的开篇之后，叙事逐渐上升，节奏更强，无论在思想深邃程度上，还是在形象的情绪上，都更加具有音乐式的动感，一直发展到 Sic volvere Parcas[命运女神注定如此]，中间部分即上升的高潮部分都强调了尤诺恼怒的真正原因。发展的曲线轻轻地下降到沉郁、沉重的最后几个诗行之后开始收场，情节的发展渐趋迟缓、厚重：

> 达不到拉丁姆，年复一年，在命运摆布之下，在无边无际的大海上东飘西荡。建成罗马民族是何等的艰难啊。（《埃涅阿斯纪》1.31-33）

---

① 不像一些评论所说的，这仅仅是倒叙法，它反而是要去特别地强调，将家神带到拉丁姆不只是建一个城市。

从讲述迦太基古城至此(1.12-33),共有各十一行诗的两个部分。首先是尤诺对迦太基的谋划被命运女神的决定破坏,之后是命运女神的决定被尤诺女神干涉。

在尤诺的言辞中,该形式还第三次重复出现了。以特洛亚人平静欢愉的旅程(为了强化对比效果)开始,在尤诺关于雅典娜复仇——雅典娜将闪电之火掷落在可恨的阿尔戈斯人舰队之中——的想法中得到加强:

[159]阿亚克斯胸膛被刺穿,口吐烈焰,雅典娜祭起一阵旋风把他摄起,钉在一块嶙峋的岩石上。(《埃涅阿斯纪》1.44-45)

接下来,诗歌以仍然表达恼怒却不那么暴力的词句结束(1.46-49)。它们构成了一个情绪的序列,表达了尤诺女神对于自己尊严受损的哀怨和她追逐权力的意志。

接踵而至的是海上风暴和滔天巨浪,该情节处在以尤诺和埃俄路斯的阴郁场景开端,以海神涅普图努斯平息风暴的光明结尾作结所构成的框架之内。① 接下来是登陆,在渐弱的情节发展过程中,以埃涅阿斯关于希望的讲词作为高潮,之后是维纳斯和尤庇特对话的一幕。这些讲词都是在中间升起,②在尾声时降落。③每

---

① 吉斯拉森描述了风暴增强的过程。
② 维纳斯讲词的高潮恰好在诗段的中间:"伟大的王啊,你何时才能结束他们的苦难呢?"(《埃涅阿斯纪》1.241)尤庇特的讲词也是如此,即罗马帝国的建成(1.275-277)。
③ 维纳斯的讲词以安特诺尔的光明前景——在意大利被赐予了新的家园——结束。他的圆满的旅程与尤诺提到的阿亚克斯的致命旅程形成了对照。尤庇特的讲词以奥古斯都缚住"亵渎不恭的骚乱女神"的画面结束。

一次起伏都由同一个人物一次强有力的行动连接，从奇峰突起（海上风暴和特洛亚人的大灾难）转入天神间的对话这一崇高的尾声。

最初的这一组情节结构都很明晰，但人们不能假设整个《埃涅阿斯纪》都可以如此划分。毫无疑问，虽然确有此趋势，但并不总是如此清晰，或者说，不总是千篇一律地符合同一个模式。然而，在每处的确存在闭环的情绪序列的地方，这种形式都是可见的。但情节序列的封闭性是相对的，因为形式的开放性和序列的无终止性是史诗的特点。对此类序列构成的整体，最适合的称呼是"情绪单元"，或者，借用席勒的表达方式，称之为"情感单元"。他在评论马蒂森（Mattison）的诗歌时说：

> 在所有的诗歌中，我们区分其中的思想单元与情绪单元，[160]亦即区分其中的逻辑态度和音乐形式。我们要求除了表达内容之外，每一首诗歌的构思还应能模仿和表达情绪和情感，像音乐一样打动我们。

如果考虑其基本形式如我所述的"情感序列"的例子，我们会发现，应该着重注意结尾时的语词，即那些"翻滚而去的浪涛"（unrolling of the wave）。在情绪序列作为精华所在的那种诗歌形式中，情况必然如此，因为到最后，唤起的情绪流变为和弦，反映出完整的内心活动的记忆。很大一部分诗意效果取决于在尾声处达到的"正确"形式，因为这种形式是全部内容的综合。例如，埃涅阿斯的第一段讲词就精确地遵循了固定的程序，激情澎湃地上升到：

> 为什么你没能够在特洛亚的战场上亲手把我杀死，断了这口气？（《埃涅阿斯纪》1.97-98）

然后以西摩伊斯河携着"英雄的盾牌与头盔和他们雄伟的身躯"(逐渐增大)翻滚而去的壮观意象作结。并以波涛卷起浮沫、翻滚而去这个形象结束了整个情绪序列。

情绪序列的结尾都有一个美丽的意象——绝大多数比喻都是如此。在与荷马作对比的时候,这个原则会更加明显。骏马的比喻以"鬃毛在它的颈上和两肩飘动"(11.497)壮丽意象结尾,这一意象在《伊利亚特》(6.506)中并无先例。还有其他的比喻:

蜜蜂的比喻:"真是一番热烈的劳动景象,蜂蜜芳香扑鼻。"(《埃涅阿斯纪》1.436)

战神-图尔努斯在暴风雨中乘风破浪的比喻:"飞奔的铁蹄溅起了一片片鲜血的露珠,踢起的黄沙也染上了赤血。"(《埃涅阿斯纪》12.339-340)

[161]墨赞提乌斯的雄狮的比喻:"满嘴流着鲜血,残酷而令人作呕。"(《埃涅阿斯纪》10.727)

山体滑坡的比喻:"一路上砸倒的树木、牲畜和人都随着它滚了下来。"(《埃涅阿斯纪》12.688-689)

高山的比喻:"像老父亲阿本宁山直直地伸向天空。"(《埃涅阿斯纪》12.703)

色雷斯大风的比喻:"呼啸号叫奔向岸上。"(《埃涅阿斯纪》12.455)

斗牛的比喻:"它们痛苦的吼声响彻了山林。"(《埃涅阿斯纪》12.722)

荷马的比喻通常以具体的细节结尾,但不能使此前的比喻得到有形有色的描写。而维吉尔则以一个意象作为比喻的结尾,满足了音乐需要一个悦耳的尾音的要求。这使得诗段有了一个尾巴，要么通向增强或强调的方向，要么通向某种轻快或生动的结局。

有时候，一个比喻的结尾的几个词最好被认为是一个高潮，狄阿娜的比喻在结尾时开始上升，用两行诗歌状述狄多天仙般的样貌：

> 肩上挂着一支箭，在前进中显得比所有的女仙都高出一头。（《埃涅阿斯纪》1.500-501）

然而，接下的更平静的结尾也暗含着高潮：

> 而她的母亲拉托娜看了心里暗暗高兴。（《埃涅阿斯纪》1.502）

而麋鹿的比喻则强调了逃逸的速度，然后减缓，稳定地过渡到阴郁沉重的语词："那根致命的箭杆一直扎在它的腰间。"

作为一个正在逼近的毁灭的简明象征，一个黑烟滚滚的形象结束了锅炉的比喻，[162]Volat vapor ater ad auras［一阵黑色蒸气飞向天空］(7.466)。在这些场景以及其他类似的情景中，会有一个崭新的、更广阔的视野在比喻的结尾处被展开。荷马刻画的通常是一个正在发生的单一事件，维吉尔则打破了这种表达方式，如歌德所说：他"用象征物"展开了一个无限的视野。

和比喻一样，某些场景和一组场景以及一些细节刻画通常会以一个特定的打动人心的画面结束。例如，关于狄多的第四卷的第一个单元就以天空为背景的断壁残垣结尾。这荒凉的画面，预示着女王煞费苦心的努力最终会失败。该画面突出了迦太基灰暗的命运：

海港和备战的安全防卫设施停止建造了,各项工程中断了,城墙的巨大垛口和高与天齐的起吊机也都停顿了。(《埃涅阿斯纪》4.88-89)

在其他地方,通过最终的画面,这些象征性的点也起到了强调破败或噩运当头的印象的作用。例如,在第二卷的低潮处,有一个普利阿姆斯之死的悲壮形象:

他的巨大的身躯躺在了海滩上,身首异处,成了一具无名的尸体。(《埃涅阿斯纪》2.557-558)

也包括图尔努斯的断剑的形象:

这些碎片在黄沙地上还闪闪发光。(《埃涅阿斯纪》12.741)

在赫克托尔出现在埃涅阿斯梦中这个情节的结尾处,有一个象征着特洛亚陷落的形象:

他说着就从神庙的后堂捧出了彩带、威力强大的维斯塔女神像和她的永不熄灭的火。(《埃涅阿斯纪》2.296)

[163]从后世的角度,即从罗马的角度来看,就是作为特洛亚力量象征的维斯塔的永恒火焰,离开了曾经的故土。

在冥府前厅的各种怪物中,给人带来痛苦胜过其他怪物的不和女神出现在名录的末尾。对不和女神的强调反映出一个事实:到目前为止,她在政治领域中是最危险的力量。她和史诗的主题——驯服亵渎不恭的复仇女神（Furor impius）——直接相关。

在列出令狄多恐惧的厄运征兆时（4.450-472），画面上最终出现的是阴郁的冥府使者复仇女神跃跃欲试，扑向其猎物的凶恶形象："好似复仇女神正坐在门口等着她那样。"

迦太基尤诺神庙的浮雕深化了悲剧色彩，并以赫克托尔的死亡为顶点（1.485-487）。但它们却以彭忒西勒亚这个耀眼的"鹤立鸡群"式的人物结束，以此引出了狄多的出场。

埃涅阿斯的埃特鲁斯坎盟友名录以海神特里东的形象结束，在行动的描述以及诗歌的音乐性表达方面都极其辉煌华丽（10.209-212）。

维纳斯对埃涅阿斯最初的那席话是以巴洛克式的氛围结尾的：

> 也可能吆喝着追赶一只口吐白沫的野猪。（《埃涅阿斯纪》1.324）

埃涅阿斯和狄多的狩猎场景以阿斯卡纽斯渴望猎杀野猪和雄狮达到高潮（4.158以下），结尾的词正是 leonem［雄狮］一词。[164]而整部史诗开篇的序曲是以 Romae［罗马］这个词结尾的。

精彩且有力的结尾使这些诗段出类拔萃。就效果而言，一个音乐性的结尾或可产生其他的可能。比如，在狄多首次劝说埃涅阿斯不要离开的那段讲词里，开头部分是一串充满激情的恳求，结尾时她表达了想要得到一个肖似埃涅阿斯的孩子的甜美意愿。从逻辑上说，这似乎是最动人、最有效的劝说。就其音乐性而言，在开头的那些强有力的意象之后，这个甜美的意愿变成了一个抚慰人心、令人平静的元素。而且,这里的平静并不像史诗其他各处的平静那样,要么静穆要么悲惨,却反而体现了一种温柔且微妙地融洽的情绪。节奏由明快的乐章转变成了一种甜蜜而平缓的音调。所以,这个结尾特色在于,其情绪过程不是更多,而是更少地表达哀伤的情绪和声音。

在《埃涅阿斯纪》第四卷里,同样有可以产生这种柔和而平静的情绪效果的情节:狄多女王自戕身亡的情节恰如惊涛骇浪,而紧接下来的是妹妹安娜充满怜爱的举动,是女王探寻天国之光的凝视,是伊里斯女神现身来解除痛苦的情节;① 在第六卷中,两个历史性预言是情节的浪涛,二者分别在关于奥古斯都和罗马人使命的著名诗行中达到高潮,而接下来的则是被厄运笼罩的年轻人马尔凯鲁斯(Marcellus)的情节,情绪一下子变得婉转低徊;在第五卷中,海神涅普图努斯的车队庄严肃穆,紧接着的则是睡梦之神温柔的魔法。受控于他的法力,忠诚的帕里鲁努斯紧握着舵柄堕入了大海。第一卷的结尾充满了魔力的氛围,而其他各卷的结尾也多有类似。关于生命、死亡与爱情的最深层的秘密主导了卷一和卷二(克列乌莎)、卷三(安奇赛斯)、卷四(狄多)、卷五(帕里鲁努斯)、卷六(米塞努斯)、卷十(劳苏斯—墨赞提乌斯)、卷十一(卡密拉)和卷十二(图尔努斯)的结尾。如果用图画性的两两对照来取代这种音乐性的两两对照,那么,充满激情的情节或可以被比作白昼的耀眼光辉,而平静柔和的情节则可以被比作落日的余晖[165]或宁静的月光;狄多王宫大殿里的灯光,以及海上静谧的夜晚,福

---

① 与荷马史诗中一样,诸神之宁静高贵的世界点亮了阴郁的事件,打断了其他的情节,这样一来,令人痛苦的情节发展成奥林匹亚山上平和的景象,严肃的场面转变成了令人愉悦的游戏。除了彩虹女神伊利斯的显身之外,这样的时刻还包括:海上风暴之后涅普图努斯驾车而行,而他在第五卷中还有更堂皇的出行,维纳斯在第一卷和第八卷中光彩熠熠地现身。

田（Elysium）里紫色调也决定了卷一、卷五和卷六结尾时的情绪氛围。

只是简单地确定情绪的强烈程度还不够，我们还需要确定其色调、细微的差别以及质感。上述所有这些分析过的情节都可以通过光明与黑暗的光影渐变来理解。通过这样的理解，我们就能用另外一个标准来解释情绪的序列了。维吉尔的叙事过程不仅在于其波澜起伏的情节，更在于光影浓淡的变化。在整部史诗中，存在着光影变化的节律模式。此前章节中分析过的例子都可以在光线与色彩变化的意义上得到解释，而且只有做这样的解释，我们才能完全明晰地了解其艺术魅力。光线的多少与色彩的差异在更广阔语境中反映了情绪序列的位置。

从这个角度来分析《埃涅阿斯纪》，将是对康威和斯泰勒（Stadler）关于维吉尔史诗创作之杰出研究的补充。尽管本书囿于篇幅不可能做出全面的分析，但对卷一、卷七和卷八的简要分析仍可以为我们应该采取的探究指明方向。在卷一中，越来越阴郁的情节带来了海上风暴，船只失事后，特洛亚人在充满敌意的海滩上登陆。但接下来，史诗描绘了越来越明快的情节，而最明快的部分则是尤庇特的讲词。在讲词中，这个威严的神祇预告了罗马未来的辉煌。在人间，一个新的明快的情节正在加强，一拍紧似一拍地冲击着阴郁的情绪。埃涅阿斯与维纳斯和狄多的相遇以及恢宏的宴会，这些情节显然正变得越来越光明，但接着则是英雄沉郁地抱怨自己的命运，而维纳斯也已经对狄多的未来做出了灰暗的预言。两种命运的联系在一开始就已经确立。维纳斯的演说以欢乐的指令结束，[166]整个场景以女神的华丽形象收尾：当维纳斯离开转回帕佛斯（Paphos）的时候，她"高高兴兴地回到自己的家，那里有她的神殿，一百个祭坛点燃着阿拉伯的馨香，鲜花编成的花环散发出芬芳"。

狄多故事从埃涅阿斯在描绘特洛亚战争的浮雕前痛苦地沉思开始。紧接着,是女王像女神狄阿娜一样明艳照人地入场。再接下来是神一样的埃涅阿斯出场——维纳斯赋予给他"青春的荣光"。该场景以祭祀神祇、派人去海边接阿斯卡纽斯(1.633)以及准备场面宏大的宴会工作结尾,而这些情节都表达了欢欣的情绪。宴会华美异常,诗人描绘了王室的金银器皿,上面"镂刻着她祖先的英雄事迹,描绘着从远古以来这一族的英雄人物所完成的种种功业"。宴饮和最后的表演,并非没有柔美的情绪。埃涅阿斯命人去接阿斯卡纽斯时,也带来了普利阿姆斯长女伊利翁纽斯用过的一柄权杖,以及海伦和帕里斯在特洛亚举行非法婚礼时,莱达送给她们的礼物——它们是即将发生的事件的预兆。而且,正如与尤诺密谋的那样,维纳斯用爱神丘比特替代了阿斯卡纽斯,①而命运多舛的女王将这个伟大的神祇抱到膝上:

可怜的狄多哪里知道坐在她怀里的小神有多大威力啊。(《埃涅阿斯纪》1.718)

情节的发展势头渐趋猛烈。餐毕之后是酒会。灯光从金色的穹顶上照映下来,火炬也被点着了,一度昏暗的大厅里处处都是光明一片(1.725 以下)。喧哗渐渐平息,狄多向酒神巴库斯和婚姻的护佑者"善良的尤诺"(维吉尔在另外一个地方说,尤诺的职责是"司掌婚姻"[4.59])祈祷。约帕斯之歌(前文已有分析)打动了听众,魔力正在发生作用。狄多饮下"永恒的爱",热切地想要[167]

---

① 这个对话也以甜美轻松的语气结束,与该卷的情绪发展相称:"接着,维纳斯把舒适的睡眠洒在阿斯卡纽斯的四肢上,亲切地把他抱在怀里,把他摄到伊达利亚的丛林深处去了,在那里温和的薄荷花向他散发着芳香,花朵和芬芳的浓荫把他包围起来了。"(《埃涅阿斯纪》1.691-894)

听一听埃涅阿斯的故事。于是,本卷的结尾部分又一次转向阴郁——特洛亚的陷落和埃涅阿斯七年的漂泊。这个结尾发生在光明的情节之后,神秘而沉痛,恰如幽暗不明的预兆,指向狄多和埃涅阿斯的遭遇。光线的明暗对照就这样确然出现,而且还会一再地重复,在这些诗卷的结尾部分尤其如此。阴影与光亮的交替预示了情绪的变化,包括记忆与预兆。

在情绪明快的诗卷的结尾处往往有阴影存在,而与之相对,在情绪阴郁的诗卷的结尾处则每每有光明的形象。《埃涅阿斯纪》第七卷就是一个很好的例子。在这一卷里,在来自地狱的黑暗力量和复仇女神的胜利行动之后,紧接着的则是一个比较明快的结局。第二卷也是如此,结尾处出现的维纳斯(金星)宣告了救赎。而第四卷的结尾处,是伊里斯缓解了狄多的死亡之痛。第九卷的结尾则是善良的台伯河神洗净了图尔努斯身上的血迹,以这个温和的情节结束了残暴的战斗(9.816 以下)。

第七卷中的情绪发展与第一卷对应:卷一从沉郁转向轻快,但以阴郁结尾。卷七则相反,该卷前三分之一是明快的。其最初的场景以在台伯河河口欢悦地登陆作为收尾,第二个场景以对拉丁世界的统治的预告结束(7.96 以下),第三个场景以天上的尤庇特的神迹结尾——证实了饿得吃掉桌子的预言,表明特洛亚人业已到达目的地(7.141 以下),第四个场景以拉维妮娅和埃涅阿斯的婚礼计划结尾(7.259 以下)——他们的子孙后代将注定实现第二个场景中的事件。这些结尾都是非常突出的发展阶段,快速地通向一个快乐的、似乎马上就要实现的圆满结局:"埃涅阿斯的使节们就带着拉提努斯这批礼物和这番话,高高地骑在马上回去向埃涅阿斯报告和平的消息"(7.285)——这是一个多么熠熠生辉的尾声呀。

[168]在接下来的《埃涅阿斯纪》"三部曲"之三的叙事内容中,

反方向的悲剧性的情节运动从阿列克托的三个场景开始(前文已经分析了这些场景的上升曲线),到令人振奋的意大利军队的出场名录这个高潮结束。华丽的终曲最终升华为洋溢的激情,迫在眉睫的战争威胁被古老的意大利英雄们的光荣形象所取代:

> 各位司艺女神,现在你们该把赫立康的大门打开了,启发我去歌唱:哪些国王发愤要参加战斗,跟随各位国王拥向战场的都有哪些队伍,当年意大利肥沃的土地上的花朵都是些什么人,有哪些武器可以代表意大利的炽热的精神。(《埃涅阿斯纪》7.641-644)

在这个名录上,人物的出场顺序明确地表现出了一种上升的过程:从弥漫的黑暗到耀眼的明晰,从阴森的威胁到英雄的魅力。整个名录从邪恶的墨赞提乌斯开始,接下来是一系列意大利王族后裔。他们是:赫拉克勒斯桀骜不驯的子孙阿汶提努斯(Aventinus);接着走下来的是提布尔图斯(Tiburtus)身高马大的兄弟卡提鲁斯(Catillus)和科拉斯(Coras),他们"如同两匹半人半马的肯陶尔(Centaurs),山顶云朵之子";戴着狼饰头盔的凯库鲁斯(Caeculus)带领着普莱涅斯特城的人(Praenestians)加入战斗;墨萨普斯(Mesapus)率领法利斯奇人进入战场。随着他们的嘹亮的战歌,情节的进程越发雄浑有力,阴郁的气氛也逐渐散去。

在克劳苏斯(Clausus)的民众进来之后,名录继续增加,蜂拥而至的形象在利比亚的海浪以及赫尔木斯田里或吕齐亚庄稼地里的麦穗的明喻中,得到了恰当的展示。此时,故事情节进入高潮,辉煌的画卷继续展开,列出的名字包括哈莱苏斯(Halaesus)、俄巴鲁斯(Oebalus)、乌芬斯(Ufens)和翁勃罗(Umbro)的部落,[169]而最终以三个年轻的英雄,希波吕图思(Hippolytus)的儿子维尔比乌斯(Virbius)、图尔努斯和卡密拉结尾。沃尔斯克族的领袖(Volscian)卡密拉以闪闪发光的形象代表了整个意大利的辉煌和力量。她是女王,也是战士,是大自然的赤子和女神狄阿娜的仆人。紫红色的华贵王袍、金别针、一束吕西亚的羽箭以及牧人的桃金娘木杖,这些物件表明了她的特征。意大利人名录部分以装上矛头的桃金娘木杖作结:"一手拿着装有矛头的牧人用的桃金娘木杖",这也是意大利的牧人们加入战争这一事件的明喻。

卡密拉以及拉丁人的英雄主义几乎已经平衡和消解掉了迫使埃涅阿斯加入战斗的黑暗命运。尽管如此,这个结尾也包含着明暗的对照法:在这个光明(glamor)的背后,确然隐藏着针对埃涅阿斯的危险。

光线的明暗变化在其他几卷诗歌里或许并不那么明显。例如,《埃涅阿斯纪》第八卷就是这样。就第八卷而言,"结构的完整性"一直是困扰着解释者的问题。但尽管顺序不同,我们依然可能辨明其情节和情绪明暗的发展过程。这些情节波澜都不大,它们一个接着一个地交错涌现。该卷以图尔努斯开始,他在拉丁的城邦上扬起战旗,空中响起了号角喑哑的鸣咽。于是,"汹涌而来的哀伤"在埃涅阿斯的心间涌动。之后紧接着的是一个明快的比喻,以此过渡到台伯河美丽的夜景以及古罗马郊外乡野间令人印象深刻的宁静与和平。

第八卷别具魅力的特征在于这两种情绪——田园自然与勃发的原始力量,亦即和平与战争——的融合。该卷描写了埃涅阿斯令人心旷神怡的旅程以及厄凡德尔对他的接纳,后面紧跟着的是厄凡德尔讲述的卡库斯和赫拉克勒斯之间灰暗的故事。赫拉克勒斯对喷火怪物的辉煌胜利预示了埃涅阿斯和奥古斯都的胜利,前者构成了后者的神话式的先声。颂扬完赫拉克勒斯,叙事又两次发展到高潮,一次是厄凡德尔讲述的意大利史,以"奥索尼亚人

(Ausonian)部落和西卡尼亚族人(Sicanian)"的战争达到高潮(8.328)。之后是在罗马乡野间的漫步,引出了对卡匹托山的描述:[170]农夫们认为那个地方"令人敬畏",并且看到过尤庇特在那里挥动"黑色的风盾"。然后,在后世的佛鲁姆广场所在的地方,情绪又重归平静——我们在那里看到了群群牛羊,最后,英雄们进入厄凡德尔的简陋房屋,在那里入睡:"黑夜降临了,用它灰暗的双翼拥抱着大地。"

如此柔美的母性姿态引出了火神伏尔坎和维纳斯女神令人陶醉的情爱场景。维纳斯为埃涅阿斯讨要兵器,伏尔坎满足了她的要求。在这个充满爱意的夜晚,诗人从主妇夜半起身看顾纺纱机的明喻开始,过渡到伏尔坎锻造兵刃的情节。这段平静的情绪持续甚久,而主妇的比喻恰好适合用来展示叙事中这个最静谧的时刻。这一传统的罗马式比喻完美地展示了第八卷诗歌中古罗马父权制的色调。伏尔坎锻造兵器的情节里充满了原始力量的要素,该卷诗歌中的次要人物也纷纷出现。① 巨人族(Cyclopean)的暴力曾由火神伏尔坎的儿子卡库斯表现出来,而此处则由巨雷(Brontes)、闪电(Sterops)、霹雳(Arges)和火砧(Pyracmon)表达出来。诗人用娴熟的技巧把诗篇的色调变得越来越暗。一开始是宙斯的闪电,接下来有战神马尔斯的战车、被激怒的雅典娜的盾牌(令人毛骨悚然的)。而最终,我们的思绪被引向埃涅阿斯的兵器以及迫在眉睫的战争。随后是伏尔坎为埃涅阿斯锻造铠甲的情节。史诗的叙事在接下来的场景中更具活力,一直到埃涅阿斯被宣布为意大利人的领袖。在悲悼和哀叹战争的诗段中(7.520以下),在关于帕拉斯可怕命运的预兆的那一段,黑暗再次降临。

---

① 《埃涅阿斯纪》8.408。

表面上异常凶险的天文现象仍然打下了些许欢快的基调,因为它可以被解释为提供武器的承诺,被认为是预兆了随之而来的胜利。埃涅阿斯的告别构成了情节的尾声,阴郁的哀伤蔓延开来,而高潮则由厄凡德尔那番令人动容的诀别以及母亲望着即将离去的儿子的温柔目光表现出来。这是维吉尔笔下一个令人难忘的、触及灵魂的描写:

> 母亲们站在城头,脸色苍白,眼睛望着阵阵烟尘,和骑阵中闪闪发光的青铜武器。(《埃涅阿斯纪》8.592-593)

维纳斯把铠甲交给埃涅阿斯。盾牌上刻画了罗马的胜利,构成了壮丽的结尾部分。盾牌上绘制有母狼与双生子——这温柔一笔的灵感来自卷八的田园风格,以及被黝暗的波涛环绕的金光耀眼的阿克兴:

> 留卡特岛上兵马森然的情状历历在目,波浪上都闪耀着金光。(《埃涅阿斯纪》8.676)

战斗是情节发展的最高点,也是诗篇的最高潮。接下来是令人振奋的尾声——奥古斯都的胜利。尼罗河、幼发拉底河、莱茵河和阿拉克塞斯河对应了开篇时提到的台伯河。结尾沉郁的诗行再次强调,埃涅阿斯担负着沉重的历史使命,Attolens umero famamque et fata nepotum[他把这反映了他子孙后代的光荣和命运的盾牌背在肩上]。盾牌是实现罗马命运的象征,是罗马人民的象征。我们也应该在《埃涅阿斯纪》这部史诗的整体范围内认识色调上的明与暗的激烈冲突:史诗"三部曲"之一(第一到第四卷)色调沉郁,海上风暴和狄多之死是其中的顶点,包括史诗英雄所遭受的一系列最令人痛苦的打击——特洛亚沦陷、丧妻、丧父以及失去挚爱的痛苦。从第五卷的赛会开始，[172]史诗的中间部分（第五到第八卷）沐浴在欢快的气氛中；第五卷中的这些赛事象征性地颂扬了罗马的青年们，而随后更意味深长也更重要的特洛亚赛会（Ludus Troianus）亦是如此；在第六卷中有对罗马的辉煌预言；第八卷的结尾则颂扬了罗马史的高潮——奥古斯都的胜利。在《埃涅阿斯纪》的这个部分中，汇集了全诗最光明欢快的场景，包括特洛亚人抵达台伯河河口、夜间溯流而上的行程、在月光下从西西里到意大利的航行，以及冥府中的福田（Elysians Fields）。

由于《埃涅阿斯纪》"三部曲"之三（第九到第十二卷）主要关注的是战争的悲剧，史诗又一次陷入黑暗阴郁的色调之中。在不断变化的场景中，从黑暗到光明的明暗变化的韵律统摄了整部史诗。然而，此处的光明总是会被黑暗淹没，但在黑暗中，明亮的光线也会一次又一次地勃发。欢乐与悲伤、胜利与失败、无节制的情欲与胜利的精神相互交织渗透。通过对比来强调每一个组成部分，这是传统诗学的特点。它表明了诗人的平衡感与和谐感。读者的关注点不断地被引导着从部分到整体，到整个世界，到人类和国家。在更深层意义上，作为构成合音的主调和副调，所有这些情绪与不同程度的光影变化都在被细致地衡量。它们交错杂糅，而且这种交错杂糅是合适的，因为在维吉尔对情绪发展的刻画中，早先阶段出现的情绪也会在后来阶段里出现。

维吉尔在每一个时刻都努力体现出整体的计划。当他以指涉欢愉的方式来强调痛苦，以光明来强调黑暗，以最终的胜利来强调失败时，他获得了成功。的确，这是任何一部艺术作品都试图达到的目标，因为正如歌德评论《儿童的神奇号角》（*Des Knaben Wunderhorn*）时说的那样，"艺术作品无论整体还是部分都是普遍的象征"。而且，维吉尔表达出了一种宗教的情感，[173]这种宗教情感不孤立生活的任何部分,不孤立任何个体或国家的命运,不孤立任何生命的力量与感官。在任何一个方面之外或之后,总是有其对立的东西。在欢愉之后是痛苦,在爱之后是死亡,在死亡背后有爱。万事万物都在神圣世界里有它的位置,而在这个神圣世界里,荣耀与耻辱、理性与感情、魔性与神性都因其各自的对立面而互为限制、互相加强。

因此,同所有古典的理念一样,维吉尔的美学观念设定了对立面的和谐平衡,与他的世界观密切相关。维吉尔设定了宇宙和历史的连续性,在这种连续性中,黑暗和光明都不是主宰的力量,它们的对立被统一成一个更高的实体。这一实体被描述为一种平衡状态,尽管该平衡状态可能会被打破,但总能一而再,再而三地被重新建立起来。

译后记

《维吉尔的诗艺:〈埃涅阿斯纪〉中的比喻与象征》是德国古典学家柏世尔的著作,德文原版出版于20世纪50年代(Innsbruck-Wien,1950),英译本于1970年由密歇根大学出版社出版,是维吉尔研究领域必读书目之一。本书由英译本迻译而来。

《维吉尔的诗艺》以对景色和人物服饰的深度解读开始,关注其中的情感因素,以及这种情感激荡所代表的原始的不受控制的力量。柏世尔将表达激情的场景描写和人物描写提取出来,用作支撑自己观点的论据,通过分析其中一些表达激情的词汇及其在文中出现的频率,结合对语境的分析,共同来论证《埃涅阿斯纪》中勃发的情感力量,并且用音乐的章节来比喻,用以说明任由激情激荡可能带来的毁灭性的力量。作者将这一因素与希腊文化相联系,认为希腊诸神中的尤诺一方的神祇代表了激情与原始的、不受控的力量。而尤比特作为宇宙最高秩序的象征,则是世间理性、秩序、规则的来源。埃涅阿斯成为人类世界中尤比特的代言人和行动实施者。

柏世尔通过深入分析几个主要人物——如狄多、埃涅阿斯等——给读者留下深刻印象。他将埃涅阿斯"明晃晃的盾牌和天神打造的武器"、图尔努斯头盔、褫夺而来的敌人的剑带等物品的意义,草蛇灰线地联系在一起,揭示了此类物品对于情节推动的意义。作者并未简单地描绘战争场景的恢宏,而是聚焦于理性与激情之间的对抗,剖析埃涅阿斯内心冲突的根源及其最终抉择的历史意义。无论是埃涅阿斯对狄多的情感,还是他义无反顾地驾船驶向远方的选择,其过程中的犹豫与踯躅,都使得这个人物更加真实且动人。

狄多的自戕被解读为激情被抑制的象征,作者赋予了这一行动深刻的意义,将其视为不可控制的原始力量的退潮,并与其他神祇的退场相联系,揭示了这一情节的深层含义。在更高的层面上,这一情节表达了罗马建国者在斩断情感羁绊过程中所经历的痛苦、纠结与最终的决绝。狄多这一文学史上的经典形象,在其他解读中常被视作被抛弃的痴情女子。然而,在柏世尔的解读中,她的悲剧形象不仅包含情感的激荡,还有自尊与不妥协的一面。可见,作者对这一史诗人物形象的解读,展现了其多层面的人物塑造方法。

在史诗《埃涅阿斯纪》中,图尔努斯是一个鲜衣怒马的少年,一个骄傲且被命运女神眷顾的盲目者,受制于激情与自负,充满了逐利的冲动。在愤怒女神的蛊惑下,他在战场上寻找埃涅阿斯的场景,预示着他最终命运的必然。无论是狄多还是图尔努斯,他们内心的无数冲动与激情,最终都将导致走向死亡的终章。

与之形成鲜明对比的是埃涅阿斯的理性。在经历了种种考验后,埃涅阿斯一路披荆斩棘,最终走向了终极秩序的建立。这种叙事不仅展现了个人成长的历程,也象征了罗马文明从混乱到秩序中的核心理性基础。他以沉稳而坚定的声音表达自己的信念,内心的挣扎与激烈冲突在建立强大罗马的责任感驱使下,逐渐转化为一种内在的力量。这种力量推动他完成了自我蜕变,从个人情感的羁绊中挣脱出来,最终为伟大帝国的建立奠定了基石。埃涅阿斯的理性不仅体现了个体对使命的忠诚,更象征着罗马文明以责任与秩序为核心的价值观,成为史诗中理性战胜激情的典范。

柏世尔的研究深入揭示了《埃涅阿斯纪》中维吉尔如何通过塑造形形色色的人物,为理性与激情两种观念的交织发展与激烈冲突赋予生动的血肉。史诗中,维吉尔以寥寥数笔的刻画,塑造了鲜活而深刻的人物形象,充分展现了其卓越的诗歌艺术。无论是神祇还是凡人,都以其象征意义——或受激情支配,或为理性与责任感所驱使——通过言语与行动汇聚成一条情感的河流,逐渐壮大,最终奔涌至史诗的高潮。这些人物不仅是情节的推动者,更是维吉尔思想表达的载体,使理性与激情的冲突在史诗的宏大叙事中得以淋漓尽致地展现。

柏世尔将象征手法与文中的情感表达紧密结合,通过抽丝剥茧般的细致分析,清晰地展示了史诗中的比喻和象征如何支撑情感序列的发展,充分展现了其深厚的文本细读功底和宏观把控能力。这也正是该著作能够跻身研究维吉尔的必读研究著作之列的重要原因之一。作者特别强调了埃涅阿斯的使命与责任,以及他斩断情感羁绊的情节,这些内容深刻体现了史诗中通过对原始情感的控制而发展出的进步文明观,揭示了罗马帝国初创时期以理性和责任为根基的国家形态,以及个体与群体之间的复杂关系,从而塑造了后世西方文明的发展走向。史诗中,情感与理性,个人面对自身、家庭与群体的责任之间的冲突,突显了个体在面对艰难选择时的挣扎和矛盾。

罗马史诗常被认为在某种程度上逊色于其源头的希腊史诗。荷马史诗以其无与伦比的想象力,塑造了一系列半人半神的英雄形象,他们身上澎湃的原始力量被视为推动世界创立的动力。然而,维吉尔的作品则展现出一种冷峻的控制力,其结构上的前后呼应体现了更为严谨、克制与深思熟虑的艺术创造力量。赖特·米尔斯在《社会学的想象力》中指出，文学家凭借其敏锐的情感捕捉能力和超凡的想象力，通过动人的艺术作品展现出其所处时代的社会思潮与情感取向。维吉尔正是运用了这种深刻的洞察力和艺术表现力，将个人情感与社会责任、理性与感性的冲突融入史诗的宏大叙事之中，从而创作出了《埃涅阿斯纪》这部不朽的文学经典。

十年前的译稿，如今重读，才恍然发现自己过去几年的学术生涯，在潜移默化中，已经受到翻译这本著作的深刻影响。十年前，只是专注于翻译，着眼点在字斟句酌，理解其内容与意蕴。而今重览，方悟作者学养之深湛。柏世尔以其老练的笔触将史诗中荡气回肠的爱情故事、战场的搏杀、神祇的情感揭示得淋漓尽致，更令人叹服的是，他又将宏大的社会意义不露痕迹、不染匠气地揭示给读者，在引人入胜地分析的同时，也影响了读者对罗马史诗艺术性和内涵的判断。此书堪称经典，无论是对文学批评学者、初涉学术的研究生，还是对文学怀有热忱的普通读者而言，都值得反复品读，常读常新。

回溯至十几年前，当我对古希腊－罗马文化与文明的认知尚停留在零星名词阶段时，正是通过刘小枫先生的著作以及其组织翻译的作品，方才系统地接触到西方文明的源头脉络。此次有幸承担《维吉尔的诗艺》翻译工作，在深感荣幸之际亦怀有深切惶恐：虽竭力以有限的文字功底忠实地传达原文精髓，然面对文本中大量的拉丁文、少量的德语及散见的希腊语时，仍深感学力之殆。在此过程中，中山大学博雅学院王承教副教授为我开启了经典著作翻译的学术之门。尤为重要的是，本译著从雏形到成稿，仰赖于他逐字逐句的校勘——特别是对非英语内容的专业处理。可以毫不夸张地说，若无王老师的学术加持，本译著恐难以面世。

北京大学高峰枫教授的学术首肯，赋予我将译稿出版的勇气。

此外，我的研究生李杰在出版规范方面的严谨核查，提升了译稿的完成度。编辑彭文曼女士凭借其专业素养，对文本进行了符合学术出版标准的专业审核。

书中所有遗留的错讹均系译者学养所限所致，恳请学界同仁与读者朋友不吝指正。

黄芙蓉

2025 年 2 月

图书在版编目(CIP)数据

维吉尔的诗艺:《埃涅阿斯纪》中的比喻与象征/
(德)柏世尔著;(德)塞利格松英译;黄芙蓉译.
上海:华东师范大学出版社,2025.—(经典与解释).

ISBN 978-7-5760-5994-6

Ⅰ.I546.072

中国国家版本馆CIP数据核字第2025A2G342号

经典与解释·古典学丛编
维吉尔的诗艺:《埃涅阿斯纪》中的比喻与象征

著　　者　[德]柏世尔
英 译 者　[德]塞利格松
译　　者　黄芙蓉
校　　者　王承教
责任编辑　彭文曼
责任校对　王　旭
封面设计　吴元瑛

出版发行　华东师范大学出版社
社　　址　上海市中山北路3663号　邮编　200062
网　　址　www.ecnupress.com.cn
电　　话　021-60821666　行政传真　021-62572105
客服电话　021-62865537　门市(邮购)电话　021-62869887
地　　址　上海市中山北路3663号华东师范大学校内先锋路口
网　　店　http://hdsdcbs.tmall.com

印 刷 者　上海景条印刷有限公司
开　　本　890×1240　1/32
插　　页　2
印　　张　6.75
字　　数　130千字
版　　次　2025年5月第1版
印　　次　2025年5月第1次
书　　号　ISBN 978-7-5760-5994-6
定　　价　69.90元

出版人　王　焰

(如发现本版图书有印订质量问题,请寄回本社客服中心调换或电话021-62865537联系)

Viktor Pöschl: Die Dichtkunst Virgils. Bild und Symbol in der Äneis.
© Walter de Gruyter GmbH Berlin Boston. All rights reserved.
This work may not be translated or copied in whole or part without the written permission of the publisher (Walter De Gruyter GmbH, Genthiner Straße 13, 10785 Berlin, Germany).
Simplified Chinese translation copyright © 2025 by East China Normal University Press Ltd.
All rights reserved.

上海市版权局著作权合同登记　图字:09 - 2023 - 0863 号